旅の地中海

古典文学周航

丹下和彦

学術選書 024

KYOTO UNIVERSITY PRESS

京都大学学術出版会

口絵 1 ●クレタ島の樹齢 2000 年というオリーブの木（川島重成氏提供）

口絵 2●サントリーニ島にて（著者撮影）

旅の地中海——古典文学周航◉目　次

妻に

ドナウ川
黒海
コルキス
ビュザンティオン
アブデラ
ペラ
ルディアエ
トロイア
イオルコス
エーゲ海
アクティウム
イオニア地方
イタケ島
テバイ
アテナイ
コリントス
ミレトス
スパルタ
ロドス島
アラドス
クレタ島
キプロス島
中　海
テュロス
エルサレム
アレクサンドリア
エジプト
ナイル川
紅海

大西洋
ミラノ
ヴェネツィア
マルセイユ
ローマ
エブロ川
イベリア半島
バルセロナ
マドリード
ラ・マンチャ
グァダルキビル川
グラナダ
メッシナ
カルタゴ
シラクサ
チュニス
ジブラルタル海峡
シシリー島
地

地中海世界

旅の地中海――古典文学周航

第1章 なぜアキレウスが——トロイア

トロイア、夢の跡

エーゲ海から黒海へ抜けるには狭い海峡を通って行かねばならない。海峡は二つあって、まずダーダネルス海峡。これを抜けると広い内海がある。マルマラ海である。このマルマラ海から黒海へ抜けるまで、もう一つ狭い水道がある。ボスポラス海峡である。これを抜けてやっと黒海だ。

ダーダネルス海峡は、古い時代にはヘレスポントス海峡と呼ばれた。この名はギリシア神話に由来する。ボイオティアの王アタマスの娘ヘレが継母イノのいじめを逃れて、兄のプリクソスとともに黄金の毛の羊の背につかまって空中を駆ける途中、めまいがしてこの海上に落下した。それがヘレスポントス（ヘレの海）の名の起こりである。

この海峡の東側、すなわちアジア側に海峡の入り口の岸辺からほぼ六キロメートル内陸に入るとヒッサリクの丘がある。いまトルコ領である。そこが古のトロイアの都城の跡とされる。そこには、長い歴史の各々の時代にこの地に拠って栄えた人々の繁栄を証《あかし》する生活の跡が、何層にもわたって堆積し埋没している。

古代ギリシア人は、前五世紀アテナイを中心に古典古代の高度なギリシア文化を開花させたが、そのギリシア人たちの先祖に当たる人たちは、前一九〇〇年ごろにヨーロッパ中部からバルカン半島に南下してきたと言われている。ほぼ同じころ、おそらく同族の人間たちがヘレスポントスの東側にも南下し、定着した。ホメロスの『イリアス』で歌われるトロイアの人々の遥かな先祖と見なしてよい人たちである。

青銅器文化が花開く。彼らは馬を連れてきた。そして肥沃な土地での農耕と、なによりも東西交通の要路としての利点を生かした交易活動による莫大な利益によって富み栄えた。しかしこの繁栄は大地震によって壊滅することになる。前一三〇〇年ごろのことである。だが、時を置かず復興する。そして前一二〇〇年前後のごろ、いま一度壊滅の憂き目を見る。今度は人為的な破壊であった。これがホメロスの伝えるトロイア戦争であったとされる。遺跡の中の第七aと呼ばれる地層にその痕跡（戦火による破壊の跡）が見られるのである。

このトロイアの人為的破壊――トロイア戦争を物語（叙事詩）の形で伝えたのが、ホメロスの『イ

写真●トロイア（川島重成氏提供）

リアス』である。戦争直後から創られ伝えられはじめた戦士たちの奮闘の数々を、ほぼ四五〇年ほど経った後に、ホメロスと呼ばれる一人の天才詩人の手によってまとめられ編集されたのが、今日に残る『イリアス』である（このあたりのこと、すなわちこの叙事詩の成立事情に関してはいろいろ議論の錯綜するところで正確に断言できないのであるが、いまわたしたちはいちおうこう解しておきたい）。

作品に登場する戦士たちは英雄族である。略奪を旨とする盗賊・海賊たちがエーゲ海域を横行した、そういう時代があった。のちにそれは英雄時代と呼ばれることになる。略奪も大規模に、また数を重ねれば、それは英雄的行為として称賛と讃仰の対象となる。荒ぶる賊徒の首魁は王侯貴族に変貌する。成り上がれば、それが板についてくる。ただホメロスの描く男たちは名誉に固執した。死よりも名誉を選んだ。自らを律する価値観をもったというその一点で、単なる暴虐の徒ではなかった。彼らは英雄と呼ばれてもよい男たちだったのである。ホメロスは盗賊を描いたのではない。英雄を描いたのである。

寄せ手のギリシア軍はトロイアの渚に船を引き上げ、そこを陣営とした。トロイア方は都城に籠もって、一〇年間防戦した。主たる戦闘は両者の中間に広がる平原に、たがいに兵馬を操り出して行われた。このトロイアの地における一〇年間の戦を、ホメロスはアキレウスという一人の英雄を主人公にして描いた。なぜアキレウスだったのか。以下はこのアキレウスと『イリアス』にまつわる由無し話である。

1　エピソードの選択

『イリアス』全二四歌一五、六九三行の劈頭《へきとう》は怒り（メーニス）という語ではじまっている。「怒りを歌え、女神よ、ペレウスの子アキレウスの」（第一歌一行。松平千秋訳、岩波文庫。以下同）というのがそれである。開巻劈頭の、しかも行初に置かれたこの怒りという語が持つ重みは、けっして些少なものではない。作者ホメロスは、ここにおいて全歌を貫くテーマ〈怒り（アキレウスの）〉を一挙に提示したと見なしてよいのである。

〈怒り〉がなぜ全歌のテーマとなるのか。それはアキレウスのこの怒りが〈ゼウスの計画〉を呼び起こし、それがひいてはパトロクロスの死を引き起こし、アキレウスのさらなる怒りを誘発し、そしてヘクトルの死とトロイアの滅亡へと続くからである。

詩篇の題は『イリアス』となっている。イリアスとは、「イリオス（トロイアの別称）の歌」の意である。すなわちヘレネの誘拐にはじまってトロイア城市の陥落に終わるトロイア戦争を描く物語ということである。しかし作者ホメロスはそれを、戦争の一から十まですべてを、描くことはしなかった。戦中の一エピソードにすぎないアガメムノンとアキレウスの不和軋轢と、それから生じたアキレウスの怒りに焦点を当てることをもって、それに代えた。

時間も限定されている。一〇年に及ぶ戦いを最初から順を追って描くのではない。一〇年目の最後の約五〇日間の出来事を描くに止める。そのことも劈頭の六行目以下できっちり触れられている、「はじめアトレウスの子、民を統《す》べる王アガメムノンと勇将アキレウスとが、仲違《なかたが》いして袂《たもと》を分つ時より語り起して、歌い給えよ」（第一歌六―七行）と。つまり以下の二四歌で歌われるのは、戦争も一〇年目に入った年のある時点、総大将アガメムノンとアキレウスとが仲違いをした時よりあとの時間、戦争が終結を見る直前の約五〇日間のあいだのことなのである。

アキレウスの怒りとそれにまつわる事件という一〇年戦争の中の一エピソードにすぎぬことを歌うことが、はたしてイリオスの歌すなわちトロイア戦争全般を歌うことになるのか。作者が劈頭に掲げたテーマと題目で示されるものとは、一見齟齬《そご》する感がしないでもない。しかし作者は〈アキレウスの怒り〉という主題を追求しながら、その折々に過去あるいは未来の出来事を想起、予告などの形で詩篇中に巧みに取り込むことによって、けっきょくは一〇年戦争全体を掴むことに成功していると言えるのである。

このことは、じつはすでにアリストテレスが指摘しているところでもある。アリストテレスは、「彼（ホメロス）は、トロイア戦争さえも、それが初めと終りをもっているにもかかわらず、その全体をそのまま話につくることは試みなかった」ゆえに、他の詩人に比べてむしろ神技の詩人であると言えるとしている。[1]

しかしわたしたちが問題とするのは、こうした詩作技術の巧みさではない。「イリオスの歌」を歌うときになぜ〈アキレウスの怒り〉というエピソードが選ばれたのかという作歌の本質に関わる疑問である。[2]「イリオスの歌」すなわちトロイア戦争を詩の素材にするなら、それを歌うにふさわしい歌い方があるのではないか。別に戦争の一から一〇を年代順に歌えというわけではない。一エピソードをもって全体を歌うとしても、もっとそれにふさわしいエピソードが他にあるのではないか。たとえば戦争の発端となったヘレネ誘拐事件の被害者メネラオスこそアキレウスに優る主人公役を演じることができるのではないか。

しかし作者ホメロスはトロイア戦争を歌うのにメネラオスではなくアキレウスを主人公に選んだ。〈アキレウスの怒り〉というエピソードを選んだ。いや、まずアキレウスの怒りを歌うことが頭にあって、それを歌いつつトロイア戦争全般をも作品中に歌い込んだ、ということであるかもしれない。いずれにしてもアキレウスの怒りを歌うことは、作者にとってきわめて意図的なことであったと理解される。ではその意図とは何であったろうか。

2　アキレウス、怒る

アキレウスの怒り（メーニス）には「ウーロメネー」という形容詞が付けられている。これは「破壊的な、有害な」という意味を持つ語である。じじつアキレウスが怒り、戦場を離脱したのちギリシア軍は戦闘において劣勢となり、多大な損害を蒙ることになる。その意味で彼の怒りは有害であった。テクストにはこうある、「アカイア勢（ギリシア軍）に数知れぬ苦難をもたらし、あまた勇士らの猛《たけ》き魂を冥府《アイデス》の王に投げ与え、その亡骸は群がる野犬野鳥の啖うにまかせたかの呪うべき怒り」（第一歌二―五行）と。

これほどまでの怒りの原因は何か。それはギリシア軍の総大将アガメムノンとの不和軋轢《あつれき》である。軋轢の原因は何か。アガメムノンがアキレウスの戦場妻であるブリセイスを取り上げてわが物としたからである。なぜそうしたか。陣中に生じた悪疫を払うために自分の戦場妻であるクリュセイスをその父親クリュセスの許へ返さざるをえなくなったがためである。アガメムノンとアキレウスとのあいだには主従関係はない。それぞれがそれぞれの領地を治める領主として、その地位は対等である。しかしトロイア遠征軍の総大将を務めるアガメムノンは同類中の最高位者としての権力を持つ。アキレウスはアガメムノンの横車に腹を立てながらも、従わざるをえない。アキレウスは言う、「われらが世にも恥知らずのあなたに随ってきたのはあなたの意に添うため、つまりはメネラオスならびにその厚顔無恥、犬にも似たあなたのために、トロイエ人から償いを得るためであった。しかしあなたはそのことを全く考えようともせず、気にも留めておられぬ。今も今とて、わたしの苦労の結晶、アカイアの子らがわたしにくれた分け前(ゲラス)を、自ら手を下して奪うと脅す。[……]わたしはもうプティエへ帰る、船団を率いて国許へ引き上げる方が遥かにましだからな。恥辱を受けながらこの地に留まり、あなたのためにせっせと富を貯えてやるつもりはないのだ」(第一歌一五八―一七一行)と。

これは単に下世話にいう女の取り合いではない。ブリセイスは単なる「女」ではない。戦士が戦場で挙げた勲功に見合うものとして皆から認められ与えられた褒賞(ゲラス)である。それを他人に理不尽に奪われることはおのれの名誉(ティーメー)を穢されることを意味する。これは戦士にとって最大の屈辱である。アキレウスはアガメムノンから最大の屈辱を受けたことになる。アキレウスの怒りは故なきことではないのである。以後彼は戦場を放棄、離脱する。抗議の意思表示である。

同時に、しかしアキレウスは怒りにふるえる胸のうちを母親であるテティス女神に打ち明け、屈辱を晴らす手段をゼウス大神に計ってもらえるよう周旋を依頼する(三九三行以下)。テティス女神は不憫な息子の願いを聞き入れ、ゼウス大神にこれを取り次ぐ。ゼウスはこれを肯《うけが》う。劈頭で触れられていた〈ゼウスの計画〉が、やや遅れてではあるが実施されるに至り(第八歌)、ギリシア軍の苦難がはじまる。アキレウスが戦場を離脱するといかにギリシア軍の力が落ちるか、アキレウスの力の偉大さが証明されることになる。

テティス女神が息子アキレウスの現状を不憫に思う大きな理由の一つは、彼の人生が短く限定されたものとわかっているからである。彼女は言う、「命数短く、長くも生きられぬお前のことゆえ、せめて悲しみも悩みもなしに、船の陣屋に留まっていられたらよかったのに。それが今となっては、短命であるばかりか、だれよりも惨めな身の上となってしまった」(第一歌四一五—四一八行)と。命数が限られている上に名誉を得る場も閉ざされたとなっては、戦士として不憫である。まずはその存在の重さを周知せしめて名誉挽回を図らねばならない。それがギリシア軍の劣勢という、ゼウスの計画にほかならない。そのあとにふたたび戦場に出て名誉をあげる途が用意されているが、いまはそれはさておく。

おのれの死がけっして遠い未来のことではないことは、アキレウス自身も知っている。「母上よ、たとえ命短きわたしとはいえ、あなたがわたしの母であるからには、高天《アイテル》に雷《いかずち》を鳴らしオリュンポスに住まいますゼウスにしても、せめて名誉なりとわたしに保証してくださって然るべきであったでしょうに」(第一歌三五二—三五四行)なる言葉を、わたしたちは目にするからである。またのちにパトロクロスの死を経てふたたび戦場に戻ることを決心したおり、愛馬クサントスが間近に迫っている死を予言する条《くだり》があるが、そのときもその予言を受けて彼アキレウスは言う、「クサントスよ、どうしてわたしの死を予言したりする。要らざることだ。わたしが父母から離れたこの地で果てる運命にあることは、自分でよく承知している」（第一九歌四二〇―四二二行）と。この、近々に迫る死を宿命として受け容れたところに英雄アキレウスの原点がある。死と抱き合せで彼は生き、行動する。それは必然的に英雄としての生、生命と引き換えに名誉のみを追い求める生にならざるをえない。

アキレウスのこの激しい怒りは、アガメムノンからの償いの品をたっぷり添えた和解の申し出を受けても終息しない（第九歌）。アガメムノンはアキレウス不在によって蒙った戦場での損害にたまりかね、老雄ネストルの忠告を容れて和解のための使者ポイニクス、大アイアス、オデュッセウスをアキレウスの幕舎へ差し向ける。しかしアキレウスはこの申し出をにべもなく拒絶する。名誉のしるしであるブリセイスを奪われたことへの怒りは生半可のことでは鎮まらないのである。彼は言う「しかし、彼奴がこの手から、手柄のしるしであるものを奪い、かつわたしを欺いたからには、今更わたしの気持を試そうとしても無駄なことだ。こちらには何もかも判っている、彼奴にわたしを言いくるめることなどできるはずがない」（第九歌三四四―三四五行）、また「彼のくれるという贈物など真平《まっぴら》だ、［……］腹が煮えかえるほどの非道を犯した罪の償いをせぬ限り、アガメムノンはわたしの気持を納得させるわけにはゆくまい」（第九歌三八六―三八七行）と。拒絶されて帰ってきた使者の一人オデュッセウスも以下のごとく報告する、「アガメムノンよ、彼には怒り（コロス）を消す気はなく、むしろいよいよ猛り狂って、あなたの申し出も贈物も拒んでいる」（第九歌六七七―六七九行）と。

しかしこの激しい怒りも終息するときがくる。いや厳密にいえば終息ではない。一旦停止の状態である。パトロクロスの戦死の報がもたらされたときである。

3　アキレウス、また怒る

第一八歌冒頭でアキレウスは親友パトロクロス戦死の報せを受ける。「悲しみの黒雲」（第一八歌二二行）がその身を覆う。いまや彼の心を占めるものは怒りではなくて悲しみ（ペントス）である。パトロクロスを失った悲しみは、アガメムノンに対するこれまでの怒りをも凌駕する。激しく嘆き悲しむ息子アキレウスの姿を見かねて海より姿を現わした母テティスに向かい、アキレウスはこう言う、「アガメムノンはわたしを怒らせたのでしたが、それらのことも、今はやむなく胸の心を鎮めて、辛くはあるが、もう済んだことといたしましょう。さてかくなる上は、最愛の友を討った仇、ヘクトルを求めて出陣いたします」（第一八歌一一一―一一五行）と。自らに死の運命が待ちうけていることは承知の上である。この決意は母親テティスにだけ打ち明けられたものであるが、ギリシアの軍勢全員を前にした場（第一九歌）でも同じ決意を披瀝《ひれき》する、「だが既に起ってしまったことは、辛いことではあるが済んだこととし、今はやむを得ぬ事情であるから胸中の気持を抑えて忘れるとしよう。さればわたしは今ここで怒りを収めることにする、そもそもわたしが頑《かたく》なにいつまでも腹を立てていてはならぬのだ」（第一九歌六五―六八行）と。この悲しみは怒りと裏腹である。親友を殺した敵将ヘクトルへの復讐心がそれである。この新たな怒りが古い怒り、アガメムノンに対するあの怒りに取って代わるのである。ギリシア軍に損害を与えることによってアキレウスの存在理由を明示するというゼウスの計画は果たされた。パトロクロスまでもが失われたのだ。だがそのパトロクロスの死が新たな展開を呼び起こした。アキレウスの屈辱を雪《そそ》ぐこと（ゼウスの計画）がアキレウスの心に多大な悲しみ（パトロクロスの死）を引き起こすことになり、ひいてはそれが彼に出陣を促すことになる。事態は一転してギリシア軍の劣勢からトロイアの滅亡へと向かう。

ただここで、アキレウスが古い怒りを忘れ新しい怒りに駆られてヘクトルへの復讐を口にする場で、また実際の行動面でも以前のサボタージュから戦線へ復帰するときにあたって、その確たる理由が何であるかは告げられていない。先にブリセイスを奪われ戦場を離脱した際には、アキレウスの行動またその精神状況は〈名誉〉（ティーメー）という価値観で説明された。しかしこの新しい展開の場ではその行動原理は明らかにされていない。ただ「最愛の友を討った仇、ヘクトルを求めて出陣する」（第一八歌一一四―一一五行）と言われているだけである。愛する者であると同時に己の英雄的行為の証でもあるブリセイスを奪われたとき、アキレウスはその辱めを雪ぐべくアガメムノンを殺害しようとした。しかしそれはアテナ女神に阻止され、彼の怒りは屈折した形で戦場離脱という結果に終わらざるをえなかった。ただし雪辱の思いはテティスを介してゼウスの計画へと向かい、間接的に果たされることになる。同様に愛する者パトロクロス（これは褒賞（ゲラス）ではない）を奪われたアキレウスは、今度はその悲しみと怒りをヘクトルを斃《たお》すこと（復讐）によって解消しようとする。そこにはもう英雄的行動であることを強調するものはない。彼をして奮起させるのは衝動的で一途な復讐心、新たなる怒りである。その一途さは、出撃前にまず腹ごしらえをと勧めるオデュッセウスに対して、「（報復を済ますまでは）酒も飯もとてもわたしの咽喉を通るものではない、戦友が死んだのだから」（第一九歌二一〇行）と答えるところによく表わされていよう。さらに第一九歌の末尾では、出撃に際し彼の名馬クサントスが間近に迫る死を予言するが、それもアキレウスの逸《はや》る心を抑えることはできない。「わたしが父母から離れたこの地で果てる運命にあることは、自分でよく承知している。とはいえトロイア勢に嫌というほど戦いの苦汁《くじゅう》を味わせるまでは、わたしはやめぬぞ」（第一九歌四二一―四二二行）というのがその答えである。

このような彼の激烈な復讐心を前にしては、かつてのアガメムノンに対する怒りも忘れられてしまう。いや、むしろ自分が腹を立てたことすら後悔の対象になるのである、「あの女（ブリセイス）などはむしろ、わたしがリュルネソスを陥して自分のものにしたその日に船の上で、アルテミスが射殺《いころ》して下さったらよかった。さすればあれほど多数のアカイア人が敵の手にかかって、涯しない大地の土を噛む仕儀にはならなかったろう、それもみなわたしが腹を立てたのが因《もと》なのだから」（第一九歌五九―六二行）と。

これはどういうことなのか。英雄の勲功も具体的な証である褒賞（ゲラス）、しかも「最愛の妻」（第九歌三三六行）と呼ばれるブリセイスをアガメムノンに奪われて腹を立てたあのアキレウスは、このアキレウスとは別人なのか。腹立ちのあまり戦場を離脱し、母テティスに懇願してゼウスの力でギリシア軍に損害を与えせしめたのは、自ら欲してのことではなかったのか。それをいまになって悔やむとは。この矛盾したアキレウス像はどう解釈されようか。

それもこれもみなパトロクロスの死ゆえである。それは事態を一変させた。しかしこれは褒賞（ゲラス）に象徴される英雄としてのあり方を全面的に否定するものではないであろう。いまの怒りが以前の怒りを消し去ろうとしているかに見える。これはいまの怒りがいかに大きなものであるか、そしてまた英雄のあり方を限定する褒賞（ゲラス）とか恥（アイドース）名誉（ティーメー）といった概念をとび越えた恣意的な、きわめて個人的な激情であることを示すものにほかなるまい。なるほどアキレウスは以前自分が腹を立てたことでギリシアの兵士が多数斃《たお》れたことに後悔の念を示した。そしていま出撃に当たって、「さればあなたは早速、髪長きアカイア勢を戦いに奮起させていただきたい」（第一九歌六八―六九行）とアガメムノンに要請する。一見するといかにも劣勢のギリシア軍のために出陣するかに思われる。だが真実は彼自身のため、おのれの私怨を晴らすためである。彼の心には、いまヘクトルを斃して、パトロクロスの仇を討つこと以外、何もない。ヘクトルを斃すことはトロイアの滅亡に繋がるが、いまの彼にはそこまでの配慮もまたない、と言ってよい。

親友の死という個人的な体験によって前言を翻し、英雄としてのあり方も等閑に付す。この点で彼は利己主義的である。建前よりもおのれの感情を優先させるという、そういう瞬間もあるという点で。それは頑是ないとも言えるし、純粋であるとも言いえよう。ここに英雄アキレウスのアキレウスらしさがある。

そもそもアキレウスは共同体への帰属意識が薄い男である。自らの名誉を優先させて戦場を離脱する姿勢からしてそうである（それが英雄の英雄たるゆえんではあるのだが）。彼はミュルミドン勢五〇艘の船団を率いてこのトロイア戦争に参加した族長であるが、その配下の者たちとの関係はいま一つ明瞭に描かれていない。また彼にはその行動を規制する家庭というものがない。いや、そう断言してよいほど家庭の影は薄い。もちろんアキレウスにも妻子がある。妻はスキュロスの王リュコメデスの娘デイダメイアで、二人の間に生れたのがネオプトレモスである。しかし詩篇中でこの一家に触れた箇所はない。わずかに言及されているのが二箇所あるだけである（第一九歌三二七行、第二四歌四六七行。前者は後世の挿入説が強い）。父ペレウスは遠い故国にあり、母テティスは女神である。女神の母親が人間の息子と人間界のしがらみの原点である家庭を構成するわけがない。ブリセイスは戦場妻たる存在にすぎなかった。アキレウスを取りまく近しい者たちは、いないわけではないが、いずれも近しい者という以上の存在ではない。すべてアキレウスの行動を規制し縛る方向で彼と接することはない。むしろその存在自体がアキレウスの奔放な行動を容認し助長する媒体として、詩篇中に登場してくるのである。家庭にも属さず社会的制約からも自由なアキレウスは、ある意味で真の英雄たる条件を備えている。若さと力と情熱とを何の規制もなく十全に発揮できるからである。

個人主義者アキレウスは言う、「わたしが死ぬ運命については、ゼウスや他の神々がそれを果そうとなさる時には甘んじて受けるつもり、[……]今のわたしは華々しい手柄を挙げることを願うばかり」(第一八歌一一五―一二一行)と。パトロクロスの復讐も、英雄として名を挙げるための絶好の機会となった感がある。友の死もおのれの栄誉の糧となる。復讐と名誉、双方を願う気持がいまアキレウスの心の中に共存している。しかしアキレウスにはそのことについて何の屈託もない。英雄とは死を賭して(契機となるものが何であれ)自分一個の名声を追う存在の謂《いい》である。そしてアキレウスはまさしく英雄と呼べる存在であった。

4 ヘクトル、浮世のしがらみ

『イリアス』という詩篇がアキレウスの怒りを主題としていることは、開巻劈頭の一行から明らかである。そしてその怒りは最初アガメムノンに対してのものであったのが、途中で敵将ヘクトルに対するものに変わり、ヘクトルの死をもって終息する。同時に詩篇そのものも結末を迎える。詩篇の後半でアキレウスの怒りの対象となるこのヘクトルとはいかなる人物か。ホメロスは彼をどんな姿に描いているであろうか。

その詳細が告げられるのは第六歌である。豪勇ディオメデスらの奮闘のため、トロイア軍は苦戦に陥る。ヘクトルは予言者ヘレノスの進言を容れて一時戦列を離れ、アテナ女神に救援を祈願するため城市へ戻る。館まで帰ってきた彼は母親ヘカベに出会う。戦闘の疲れを癒す酒を勧める母の手を制し、アテナの神殿に代参を頼む。次いで弟パリスの邸へ赴き、城内に居残っていた弟を前線に出よと叱咤する。パリスと共にいたヘレネが暫時休息するようにと座を勧めるのも断わって、妻子に会いにおのれの屋敷へと歩を運ぶ。しかし妻アンドロマケはトロイア方苦戦の報せを聞いて不安を覚え、城壁の大櫓まで出掛けて留守である。急いで取って返すヘクトルがスカイア門まで達すると、そこへ妻が幼児アステュアナクスを抱いた侍女一人を連れて駆け寄ってくる。夫の身を案じて家をとび出した妻、妻子に会いに帰ってきた夫、行き違った夫婦が路上で偶然に出くわす。このいささか手の込んだ邂逅《かいこう》は、もちろん作者の手管の一つである。そしてこの甘美な再会は、さし迫る破滅の前であるだけによけいにその甘美さを増す。戦時の喧騒をよそに、細やかながら微笑ましい一小家庭の集いがここに現出する。しかしこの甘美な再会の場には、また忍びくる不吉な運命への予感と不安が影を落している。

アンドロマケは言う、「あなたはひどい方、その勇気（メノス）があなたの命取りになるかも知れぬというのに、幼い坊やのことも、やがてあなたに先立たれて独り身になる不運なわたしのことも憐れんでは下さらぬ。間もなくアカイア軍が一斉に押し寄せて来て、あなたのお命を奪うでしょうに」（第六歌四〇七—四一〇行）と。またすでに父母兄弟を亡くしている彼女は、「あなたはわたしにとって父であり母であり、また兄であるとともに、あなたはわたしの頼もしい夫なのです。どうか哀れと思ってこのままこの櫓に残り、子を孤児《みなしご》に、妻を寡婦《やもめ》の身にはなさらないで下さい」（第六歌四二九—四三二行）と懇願する。この再会の場に不吉な影を落す死の予感は、ヘクトル自身もすでに表明しているところである。先のパリス・ヘレネ夫婦との対話の際、座を勧めるヘレネに向かって彼が口にした言葉、「わたしはこれから家へ帰り屋敷の者ども、それに妻と幼い倅に会いにゆくところなのだ。もう一度会いに帰って来てやれるかどうか判らぬし、ひょっとしたら神々は、わたしをアカイア人の手によって亡き者になさるかも知れぬのでな」（第六歌三六五—三六八行）がそれである。

先のアキレウスの場合も間近な死が運命として定まっているといわれた。そのことを母神テティスも、また当のアキレウスも認識していた。神の身のテティスが言うことなのであるから。その上でアキレウスは出撃し、テティスはその準備（武具の調達）を調えた。ヘクトルらの場合はどうか。ヘクトルとアンドロマケは、ヘクトルの死をアキレウスのそれほど確定的なものと認識してはいないかもしれない。それはまだ漠然たる予感である。しかし戦士たる存在は常に死と隣り合せである。この一〇年間、両軍を問わず戦士らはつねに身近かな死を意識せざるをえなかったであろう。第六歌のこの場は、そうした戦士の死の意識を描く場の典型として取り上げられたものと考えることもできる。

それはさておき、迫りくる夫の死を予感したアンドロマケは、夫ヘクトルにこのまま前戦へ戻らず城内に留まるよう、強く求める。アキレウスの死を確信し、もちろんそれを悲しみはするが武具を調達してやって戦場へ送り出したテティスとは、この点で大きく違う。ここには神と人間のあいだにはおそらく成立しえない家庭というものの存在が大きく作用しているであろう。家庭は人間が社会生活を送る上での最小の生活単位である。その家庭の崩壊を愁い、安寧を願い、未来の幸福を求めるのは人の世の慣いである。アンドロマケは一家庭の構成員としての立場から発言している。いま享受している幸せを家長のヘクトルが壊すことのないようにと。

ヘクトルもこれには理解を示す。「妻よ、今そなたがいったことは、みなわたしも考えてはいる」（第六歌四四一行）と。「しかし」、と続けて言う、「もしわたしが臆病者よろしく、戦場から離れて尻込みするようなことになったら、トロイエの男たちにも、裳裾《もすそ》曳く女たちにも顔向けができぬと、心《しん》から思っているのだ。第一とてもそのようなことをする気にはなれぬ、わたしは父上の輝かしい名誉のため、またわたし自身の名誉（クレオス）のためにも、常にトロイエ勢の先陣にあって勇敢に戦えと教えられて来た」（同、四四三―四四六行）と。

彼はやはり戦士なのである。名誉を求めて戦う英雄なのである（彼に付く枕詞エピテトンは「誉れも高き」である）。この点でアキレウスと変わるところはない。しかしアキレウスと大きく異なる点が二つある。その一つは、戦士として、また英雄として名誉を求める彼の行動は、右に引いたように、そうするよう「教えられてきた」ものだということである。彼は一人の男子として、しかもトロイアの王位の継承者として、秀れた軍事的リーダーとなるための課程をいわば学習したのである。アキレウスにはおそらく先天的に備わっていたと思われる戦士としての資質、またその取るべき振舞い行動を、ヘクトルは努力と克己心で後天的に獲得したのである。ヘクトルは根っからの英雄、戦士ではない。王家の世継に生まれた宿命から帝王学を授けられ、徐々にそれを身につけていったのである。彼の背中にはつねにその自らの地位に伴う責任感が張りついている。そして背後にいる多数のトロイア市民の期待感を感じざるをえない。彼は個人的な事情だけにかかずらうことは許されていない。王国の後継者という公的な地位を絶えず顧慮しなければならない立場にあるのである。だからこそ愛しい妻のたっての願いも却下せざるをえないし、妻子の身の上が気にはなりながらもそのためだけには振舞うことは許されないのである。もしそうすれば、つまりいま前線に戻ることを放棄すれば、自軍の兵士や一般市民、女性たちからも臆病者との烙印を押され、リーダーとしての面目を失い、名誉を穢《けが》すことになってしまうであろう。かくして彼は個人的理由よりも公的な立場を優先させ、ふたたび前線に戻ることになる。

しかしこれでもってヘクトルは妻子への思いを、愛しい家族への思いを完全に断ち切ったわけではない。妻子への思いは残り続ける。この家族への思いがアキレウスと異なる第二の点である。彼は言う、いずれトロイアに滅びの日が訪れよう、そしてそのとき愛しの妻は捕虜となって敵国へ連れゆかれ、隷従の日を送ることになろう、あれがかつての敵将の妻と指差されながら、しかし「わたしはそなたが敵に曳かれながら泣き叫ぶ声を聞くより前に、死んで盛り土の下に埋められたいものだが」（第六歌四六四―四六五行）と。愛する者の惨状を目にしたくないというのは、その愛する者に対する切ないほどの愛情の表明であり、また人間ヘクトルとしての弱さ、人間らしさの表明でもある。ここにわたしたちは彼ヘクトルが家族と強い絆で結ばれていることを認知するのである。そして、前戦へ戻ることは家族を捨てることではない。それはけっきょくトロイア防衛に、つまりはおのれの家族を守ることに繋がるのである。

この短い邂逅の場の末尾、その重苦しい空気を払うかのようにヘクトルは愛息アステュアナクスを抱き上げて接吻し、ゼウス神に息子の成長と弥栄を祈願する。アンドロマケにはすべてを運命に任せ、これまで通りの日常の生活、機織りと糸紡ぎへ戻るようにと諭す。そして自らは「戦は男の仕事」と、前線へ戻って行く。戦もしかしこの一〇年来日常化した生活の一部となっていた。

しかしホメロスは、このあと館へ戻ったアンドロマケが侍女たちとヘクトルの帰還を絶望視し、その身を悼む悲しみの声を上げたと付け加えている。ヘクトルの死は当人とその妻だけでなく、第三者たる存在にもすでに予感されていたことがわかる。そして作者はこの死を間近にした戦士に、家族という存在を付け合せた。そしてそのことによって英雄たる存在の新たな側面が浮かび上がることになる。ここにわたしたちはアキレウスとは異なるタイプの英雄を一人見つけることになる。いや、英雄族なる存在の別の側面を見つけだすと言ったほうがよいかもしれない。ホメロスは英雄も人間の一人であるとして、その人間臭い側面をこのヘクトルに描き出したということであろうか。

5　ヘクトル、突張る

パトロクロスの仇敵ヘクトルを求めて出撃したアキレウスがその仇敵に出会い、両者決戦に及ぶのは第二二歌においてである。トロイアの軍勢は前線に復帰したアキレウスの修羅のごとき奮戦ぶりに圧倒され、続々と城市へ逃げ帰って行く。城内はそれらの兵士で溢れかえるが、ただ一人ヘクトルだけは城内へ入らずスカイア門の前に立ち、アキレウスを迎え撃とうとする。その姿を見、また遥かよりアキレウスのこなたへと馳せ来るのを認めた老王プリアモスは、城内から息子ヘクトルに声をかけ、決戦をやめて城内へ入るようにと説得する。次いで母へカベもまた胸をはだけて乳房を見せ、母親への情に訴えながら城内へ入るよう切願する。しかし両人の願いはヘクトルには伝わらない。ヘクトルは頑なである。ただヘクトルの心中も揺れ動いてる。

さきにヘクトルは、アキレウスの戦線復帰を機に船端まで攻め込んだトロイアの軍勢を城市へ引き上げさせようとの僚友プリュダマスの提案を、愚案として一蹴したことがあった（第一八歌二四九行以下)。だがその結果は裏目と出て、いまトロイア勢はアキレウスに追い立てられ、這々の体で逃げ帰って来ている。いま自分も城内へ逃げ込めばプリュダマスが真先に咎めよう。そして多くの兵を失ったいまとなっては市民らにも合わせる顔がない。城内へは入ろうにも入れないのである。これは面子の問題である。彼は英雄としての、個人としての名誉を優先させた。英雄としての名誉を重んじる気持ちが、アキレウスとの無謀な一騎討を選ばせたのだ。そして総大将としての責務を放棄し、籠城しても守るべきトロイア、その市民、一族、家族の運命を閑却したのである。彼もまたアキレウスと同様、英雄族の一人であったのだ。ただこのときヘクトルは、まさにヘクトルにしか考えられないようなことを考える。アキレウスと交渉し、一〇年戦争の因となったヘレネを財宝ともども返却し、かつトロイアの城市の持つ財宝をも二分してその一半をギリシア方に提供することによって、この戦争を終結させようというものである。(第二二歌一一一―一二二行)。しかしすぐに彼は思い返す。アキレウスがこれを受け容れるわけがないと。それでも彼は一応は交渉の可能性を考えるのである。けっきょく対決は必至である。かくして彼はアキレウスを迎え撃つ。

しかし迫り来るアキレウスの姿を目にするや、ヘクトルは恐怖に襲われ、とつぜん逃げ出す。それを追うアキレウス。両者そのまま城壁の周りを三周する。そこへヘクトルの弟デイポボスが援軍として現われ、兄ヘクトルを決戦へと促す。しかしデイポボスと見えたのは女神アテナの化身であった。女神に謀られたヘクトルはそれと知らず、意を決してアキレウスとの一騎討に臨む。そしてこのときヘクトルはアキレウスにある申し入れをする。いずれかが勝つにせよ、勝った方は相手の武具は剥ぎ取っても屍は味方の者へ返却することを、神を証人として取り決め（ハルモニアイ）しようではないか（第二二歌二五五行）というのである。

この申し入れをアキレウスは拒否する、「憎みても余りあるヘクトルよ、わたしに向かって取り決めなどとふざけたことをいうでない。獅子と人間との間に堅い誓いなどある筈がなく、また狼と仔羊とが心を通わせることはなく、常に互いに悪意を抱いているのだ。それと同じく、わたしとおぬしとが親密になることなどあり得ぬし、どちらかが倒れて、頑丈な革の楯持つ軍神を血に飽かすまでは、われらの間に誓いなど立てられるものでもない」（第二二歌二六一―二六七行）と。ここに見られる「取り決め（シュネーモシュネー）」なる語は、『イリアス』全二四歌中ただここ一箇所にしか出てこない語である。ということは、この語の持つ概念も詩篇全体の中でたいへんに珍しいものであるということができる。さきにヘクトルが口にした取り決めなる語ハルモニアイ（第二二歌二五五行）も全篇で唯一使用された語であった。争い事と取り決め（協定と言い直してよいもの）は、元来相反するものである。取り決めが破れるからこそ、また取り決めが不可能となるからこそ争いが生ずるのである。一方また人間は、争い事に無制限の暴力と無秩序を許さぬために一定の取り決めを設けようとする。しかしそれも取り決めを行う両者が理性ある存在であることが前提である。いまアキレウスは自分をそのような理性ある存在とは思っていない。彼はヘクトルとの彼我の関係を人間と獅子、仔羊と狼との関係と捉える。この両者間にはいかなる種類のものであれ、取り決めが成立するはずがない。アキレウスが自らを獅子、狼に擬するのは相手への怒りと憎しみのせいである。パトロクロスを殺されたためによる悲憤と、殺害者ヘクトルへの怒りと憎悪は人間理性を忘却させ、眠っていた獣性を覚醒せしめたのである。しかしヘクトルの取り決め提案に対するこの拒絶は、一時の激怒のせいばかりではないかもしれない。元来彼は社会生活に不適合な性格であった。いや言い方を換えよう、篇中彼は社会生活や家庭生活とは距離を置いた存在であるように描かれていると。彼はつねに個として発想し、個として行動している。対人関係は自らの利害（精神的にも物理的にも）でもって量られる。ブリセイスの件も、彼女への愛情のためというよりはむしろおのれの面子を潰されたから怒るのである。パトロクロスの件では親友の死への悲憤がもっぱら強調されているが、そこにはまた貸与した武具喪失による屈辱感もあることが看過されてはならないだろう。こうした個人主義者アキレウスが理性ある人間同士、社会生活を営む者同士のあいだでのみ成立しうる「取り決め」に意を用いるはずがないのは当然のことである。この個人主義的傾向は彼の個性に帰せられるものであろうか。それとも一つの種の通癖であって、彼はその代表者なのであろうか。

ヘクトルの取り決めの提案はアキレウスに対する畏怖の情のなせるものである。この期に及んでのこの行為は怯懦《きょうだ》と評されても仕方ないものである。しかし彼がこの種の申し入れをするのは、これが初めてではない。同じような申し入れを彼はギリシア軍相手に行なっているのである（第三歌八四—

九四行)。それは、戦争の直接的当事者であるパリスとメネラオスがヘレネの身柄とトロイアの全財産を賭けて一騎討をし、勝者がそれを得、それでもって戦争を終えることにしてはどうかというものである。メネラオスもこれに同意し、二人は雌雄を決することになる。戦闘に倦んだ両軍の兵士らもこの一時休戦を歓迎する。[3] 闘いはメネラオスの優勢のうちに推移するが、女神アプロディテの介入によってパリスは辛うじて危機を脱し、けっきょく結着のつかぬまま終わることになる。そして、休戦の誓約(ホルキア)は、これまた女神アテナの使嗾《しそう》によりパンダロスがメネラオス目がけて矢を射込んだのをきっかけに破られてしまう。

この二度にわたるヘクトルの提案は彼の人物像の一端を垣間見させてくれる。彼は有能な戦士でありながら、しかも戦争の最中でありながら戦争終結、その平和的解決を志向しているかに見える。一〇年に及ぶ戦争の一方の当事者を平和主義者と呼ぶのは憚かられる。しかし彼は機会があればそれを捉えて、長びく戦争を終わらせる方向に力を尽くすことを厭わない。それは彼がつねに自分の背後に家族、一族またトロイアの市民の存在を意識しているからにほかならない。彼が一面で、おのれ一身の名誉を追求する戦士であることは明白な事実である。反面、彼はトロイア市民の安寧を心がける為政者でもある。多数の安寧を第一に考えるとき、怯懦となるもやむをえない。ヘレネ誘拐の償いを求めて攻め寄せたギリシア軍とちがって、彼には戦うための大義名分が稀薄である。辛うじて祖国防衛が戦争目的となるだけである。ゆえにそこでは、個人的名誉の追求は二の次にならざるをえない。この点で、彼はまたアキレウスとはまったく状況を異にするのである。

最初の提案（第三歌の休戦協定）はギリシア側にも受諾され、休戦が実現した。二度目の提案（第二二歌のそれ）ははなから拒絶される。結果、ヘクトルの怯懦ばかりが浮き彫りにされたかに見える。しかし彼の態度振舞いを怯懦であると見なすとしても、その怯懦は人間が社会生活を送っていく上でのルールの大切さを明示するものともなるのではなかろうか。怯懦な人間は怯懦であるからこそ、社会生活を脅かすさまざまな事情に対処すべきルールを設ける。戦争という日常生活の中の暴力を予防しあるいは抑制するための措置、休戦の誓約とか取り決めとかいうものが、それである。取り決めの申し入れは怯懦であるからこそできるのである。怯懦でないアキレウスはこれを拒絶するが、そのことによって逆にアキレウスの蛮勇が、あらゆる人間生活の中のルールに背を向けるその未開性が、浮き彫りになってくるのである。ヘクトルがアキレウスに対して申し入れたこの取り決めを、A・ボナールは初歩的な形ではあるが国際法の原理にほかならないと断言している（『ギリシア文明史』I、岡道男・田中千春訳、人文書院、一九七三年、六八―七〇頁）。

未開の族長の息子アキレウス。人間的絆を絶ち切り、共同体の枠内に留まることを拒否し、自分一個の価値観、名誉のみを重視する戦士。まさに彼は英雄族の代表である。一方ヘクトルは、戦士でありながらその人間的側面にその描写の比重が置かれている。彼にはつねに共同体がついてまわる。家族、一族、市民、共同体――それら抜きでは彼は存立しえない。「ヘクトルは都市国家の世界、己れの土地と権利を守る共同社会の先ぶれである」とボナールは言う（上掲書、七六頁）。怯懦な戦士とは市民の謂である。怯懦な英雄ヘクトルは未開の族長の息子、勇敢なる英雄アキレウスによって斃される。しかしヘクトルは最後の瞬間にトロイアを、自らの属する共同体を裏切った。城内へ入って祖国防衛を画策せず、無謀なアキレウスとの一騎討を選んだのであった。彼もまた最後は英雄としての個人主義に殉じたのである。ただ彼は斃されつつも来るべき市民社会の到来を予告することになる。勝者アキレウスは勝利しつつその存在の古色蒼然たる様を提示することになる。そしてその死もまた近い。英雄族は滅びの種族なのである。

6 英雄の死

アキレウスは古い滅びゆく英雄族を標徴し、ヘクトルは英雄族に属する者でありながら、新しい来るべき市民を、その一端を標徴する。しかしこれはそれぞれ独立した二つのタイプ、二人の戦士の姿ではなくて、一人の戦士のそれぞれ相異なる二面にすぎないのではなかろうか。アキレウスもじつは人間臭い側面をまったく見せないわけではない。第二四歌、プリアモス老王が息子ヘクトルの遺体を貰い受けにアキレウスの陣屋を訪れる段で、遺体返還を懇請する際引合いに出すのはアキレウスの父ペレウスである、「姿神々にも似たアキレウスよ、御尊父のことを想っていただきたい、年の頃はわたしほど、厭わしい老いの閾《しきい》に立っておられる御尊父のことを」（第二四歌四八六―四八七行）、また「どうかアキレウスよ、神々を憚るとともに、御尊父のことを思い起して、このわたしを憐れんでいただきたい」（同、五〇三―五〇四行）と。これを聞いてアキレウスは父ペレウスのことを思い出し、息子に先立たれる運命にあるその身を思いやってさめざめと泣き、ついにプリアモスの願いを聞き容れるに至る。それまで彼の身の内外を支配していた激しい怒りはようやく終息するのである。それは彼にもけっして欠如していなかった人間らしさが立ち戻ってきたことを意味する。

アキレウスは根っからの戦士である。しかし人間的側面が皆無であったわけではない。ヘクトルも戦士である。しかし彼の持ち味はその人間臭さにあった。英雄的強さよりも人間的弱さにあった。作者ホメロスはアキレウスをそのように描き、ヘクトルをこのように描いた。だがこれは二人の戦士を二様に描き分けたというよりも、一人の戦士が持つ二つの相貌をそれぞれアキレウスとヘクトルに代表させて描いたと言うべきではあるまいか。戦場においてもっぱら名誉のみを追求する非日常的側面をアキレウスに、戦場にあってもつねに家族や市民を背後に控え、その存在を意識せざるをえない日常的側面をヘクトルに代表させて描いたのではあるまいか。ヘクトルにしても、もし攻守ところを代えてトロイア軍がギリシアへ攻め込んだとすれば、ちょうどアキレウスのように非日常的英雄精神を発揮していたことであろう。そしてアキレウスは祖国防衛の戦いの中でさまざまな日常的しがらみに苦しまなければならなかったであろう。

二人の対決はアキレウスの勝利に終わる。未開の族長の息子の蛮勇が怯懦な、それでいて理性的な市民代表を圧倒したのである。だがアキレウスとていずれ死なねばならない。それは篇中に何度も予告されている。相手方の大将を斃しトロイア戦争における軍功第一の名声を得て、アキレウスは退場して行くのである。この英雄族の代表の名誉ある退場を描くことこそが、作者の目的ではなかったろうか。第一歌冒頭に告げられたアキレウスの怒りは全二四歌を経ていまようやく終息するが、それこそが名誉を第一とする英雄族の光と影の物語であったのである。しかし作者が描こうとしたものは英雄族の滅びだけではない。ホメロスはアキレウスに対してヘクトルを配した。ヘクトルは敗者である。彼もまた最後は英雄として死んだ。しかし彼は敗れつつも来るべき新しい時代相を予告したように思われる。共同体の中で生き、生かされる人間像がそれである。アキレウスを滅びゆく種族の代表とするなら、ヘクトルは同じく滅びゆく英雄族が属しながら、同時に来るべき市民社会を担う人物、いやその先触れであると言えるのである。

「イリオスの歌」はアキレウス讃歌ではない。讃歌と見えつつ、じつは挽歌なのである。作者ホメロスは暗黒時代の明ける前八世紀半ばにあって、古い英雄伝説の主人公のアキレウス的側面を嘆賞しつつ歌い送り、人間味豊かなヘクトル的側面を新たな時代の到来のしるしとしてそこに歌い添えたのである。「詩人はなぜアキレウスの怒りをトロイア戦争全体と関連させて『イリオスの歌』として語ったのかという疑問」（注(1)参照）への回答は見つかったろうか。わたしたちはこう言えるのではないか。トロイア戦争の物語をまず英雄族の滅びの物語として捉え描くこと、それが作者ホメロスがアキレウス立腹のエピソードを詩篇のテーマに選んだ理由であると。滅びの物語の主人公にメネラオスは適さない。オデュッセウスもアガメムノンも適さない。メネラオスらを主人公にすれば、物語は奪われた財産（妻）の奪還に成功し帰還した英雄たちへの讃歌となったであろう。ただホメロスが意図したのはそうした英雄讃歌ではなかった。英雄族の滅びを歌う挽歌として、その主人公は戦いの場で死なねばならなかったのである。戦いの場で斃れるアキレウスこそ主人公としてまさにうってつけの人物であったのである。

第2章……オデュッセウスの涙——スケリエ島

スケリエ、地図にない島

スケリエは架空の島である。ホメロスの『オデュッセイア』に出てくる。オデュッセウスが一〇年におよぶ地中海放浪の旅の最後のころ、船も部下も失い身一つで漂着した島である。そこにはパイエケス人と呼ばれる人たちが住み、これをアルキノオスという王が治めている。架空の島ではあるが、オデュッセウスの故郷イタケとはさほど離れていないところ、と想定することはできる。屈強の若者たちが一晩全速で船を漕いで翌朝到達する距離となっているからである（第一三歌）。これを地図上の島と同定する試みもなされないわけではないが、確定するには至っていない。そもそも同定する必要があるかどうか。考えてみれば、オデュッセウスの一〇年におよぶ放浪の旅のほぼ全域が、架空の

写真●イタケ島（川島重成氏提供）

地域である。

オデュッセウスはトロイア滞在一〇年ののち帰国の途に就くが、はじめトラキアのキコネス族が住む町イスマロスに立ち寄り、略奪行為を働いたのち、一路エーゲ海を南下し、ペロポネソス半島の東端マレアの岬を西に回航しようとしたときに、嵐に遭遇しアフリカ方面へ流される。そこから地図にない場所の旅がはじまる。架空の世界に入って行くのである。そこでは蓮の実を食する人間たち（ロトパゴイ）にも出会う。勧められて蓮の実を食べたオデュッセウスの仲間は甘美な幻想の世界に浸って、帰国の意志を放棄してしまう。麻薬である。古来北アフリカは麻薬と縁が深い場所とされる。それを考慮すれば、これはオデュッセウス一行が北アフリカに漂着したことを示すものかもしれない。

一つ目入道の島にも上陸している。キュクロプス族の島である。洞窟に閉じ込められ、部下を何人か食われてしまうが、策略を行使してなんとか脱出に成功する。諸般の状況から、島はシシリー島と想定できないこともない。そうしたさまざまな、すぐには地図上の地点と同定できない土地を経巡り歩いたあと、やっと辿り着いたのが、前記のスケリエ島である。トロイアを出港してはや一〇年が過ぎている。

スケリエ島は桃源郷ともいえる土地であった。気候は温暖で、さまざまな果樹・野菜が栽培され、季節を問わず実を成らせる。人心は温和、都はよく整備され、アルキノオス王の治政は安定している。そのアルキノオス王の末の姫ナウシカアと、標着した海岸でぐうぜんに知り合ったオデュッセウスは、父王の宮殿に案内され、王から歓待を受ける。そして所望されるままに、過ぎ来し方一〇年の放浪を物語る。さきに挙げたロトパゴイ族や一つ目入道キュクロプス族などの話である。ただその前に、オデュッセウスは自らが登場するトロイア戦争の物語を、宴席に侍る吟遊詩人の口を通して聞く。戦後一〇年、トロイア戦争はすでに物語化され、歌い広められていたのである。そしてこれを聞いたオデュッセウスは激しく泣くことになる。なぜ彼は泣いたのか。

1　泣く男たち

トロイア戦争を戦った戦士たちは英雄（へーロース、複数形はへーローエス）と呼ばれる。『イリアス』第二歌に言う、「軍神アレスに仕えるわがダナオイ軍の勇士たち（へーローエス）（一一〇行。松平千秋訳、岩波文庫。以下同）と。英雄とは一言で言って強い男である。膂力《りょ》においても胆力においても。キケロはピロクテテスを論じる際に、強い男の条件として「強い意志、毅然たる態度、忍耐、この世の出来事へのとらわれを捨てること」を挙げた（『トゥスクルム荘対談集』二、三二以下。なお訳語は『キケロー選集』一二、岩波書店、岩谷智訳を借用させていただいた）。これはキケロ風の英雄観と見てよい。ここでは膂力の強さは挙げられていないが、それは戦士にはあまりにも当然なものとして略されていると見なしてよいであろう。

ところがこの強いはずの英雄が、じつはよく泣くのである。ピロクテテスは毒蛇に咬まれた傷の痛みに耐えかねて号泣を発し、ゆえにキケロから「強い男ウィル・フォルティス」にあらずと非難された[1]（上掲書二、三三を参照）。豪勇ヘラクレスでさえネッソスの毒血による断末魔の苦痛に絶叫したのである（キケロ、上掲書二、二〇を参照）。おなじくトロイアでの英雄であるアキレウスも泣く。『イリアス』冒頭で愛妾ブリセイスをアガメムノンに奪われたアキレウスは、その屈辱と怒りの思いを母テティスに泣いて訴える（第一歌三四九、三五七行）。ただしこの場合はピロクテテスやヘラクレスのように肉体の傷の痛みに泣くのではない。言ってみれば心の傷の痛みに泣くのである。いずれにしても毅然たる態度また忍耐に欠ける行為という点では同列である。

オデュッセウスもまた泣く。カリュプソの島では故郷恋しさに海岸へ出て不毛の海を眺めながら涙をこぼす。（『オデュッセイア』第五歌、八二、一五六―一五八行。松平千秋訳、岩波文庫。以下同）。イタケへ帰着し、息子テレマコスと再会したときも涙を流す。「それまではじっと耐えてきた涙を、頬を伝わらせて地上に落した」（同、第一六歌一九〇―一九一行）のである。望郷の涙あり、再会の涙ありというところだが、このほかにもオデュッセウスには涙を流すところがいま一つある。そこで流される涙は彼のどの涙とも違うように思われる。また、彼以外の者の涙、アキレウスのそれ、あるいはピロクテテスのそれともまた異質であるように思われる。それはオデュッセウスがアルキノオスの宮廷で流す涙である。それをいま少し詳しく見てみたい。それは他の涙とどう違うのか。

2 オデュッセウス、泣く

『オデュッセイア』第八歌に、オデュッセウスが二度涙を流す場面がある。一度はアルキノオス王の宮廷の宴会の席上、楽人デモドコスがトロイアの勇士の功業を歌ったときである。それは「当時その評判が広大な天にも届いていた物語の一節」(七四行)で、オデュッセウスがさる宴席でアキレウスと激しい口論を演じ、それを見たアガメムノンが心中ひそかにほくそ笑むといった話であった[2]。はからずもオデュッセウスは、自分のかつての行状を物語化された話の中で聞くことになる。そして彼は泣くのである。その時の様子は次のように描写されている、「高名の楽人は、このような物語をうたったが、オデュッセウスは紫色の大きい外衣を逞しい手でつかむと、頭からすっぽりと被《かぶ》り、端麗な顔を隠した。パイエケス人の手前、眉の下から涙をこぼすのを恥じたからで、至妙の楽人がうたいやめるごとに、涙を拭《ぬぐ》って外衣を頭から外し、把手二つの盃を手に取っては、神々へ酒を献じていた」(八三―八九行)と。この涙は誰にも気づかれることはなかったが、唯一人隣りに座っていたアルキノオス王のみがこれに気づき、悲しみの涙と見て取ったが、その心中を思い遣るかのように一同に宴会をやめて戸外で運動競技に興じるよう提案する。これが第一の涙の場である。それにしてもなぜオデュッセウスは泣いたのか。

二度目は戸外での運動競技を終えた日暮れどきである。もう一度アルキノオス王の宴席に連なったオデュッセウスは、楽人デモドコスに自ら声をかけ、先ほどの歌いぶりを誉めたあと、今度はおのれの希望する歌を注文する。「エペイオスがアテネのお助けを得て作り成し、名に負うオデュッセウスが、後にイリオスを陥れた将兵をその腹中に潜ませ、敵を欺く罠として敵の城内に運び入れた」(四九三―四九五行)あの木馬の物語である。[3] これを受けてデモドコスは、注文通りオデュッセウスの一隊がすでにトロイアの広場に在って、木馬の腹中に潜んで待機しているところから歌いはじめ、「楽人はさらに歌い続けて、アカイアの子らが、その潜んでいた木馬の腹中を抜け出し、次々に木馬から躍り出て、町を破壊し尽す有様、またアルゴス勢が思い思いに各所に散って険しい城市を荒らし廻り、さらにはオデュッセウスが軍神アレスの如き勢いで、神と見紛うメネラオスと共に、デイポボスの屋敷に向かったこと、ここで世にも凄まじい激戦を敢えて挑み、心宏きアテネの神助によって、遂に勝利をおさめたことなどを語った」(五一四―五二〇行)。

この、それでもってほとんどトロイアの死命を制した観のある自らの計略と奮戦ぶりを聞いたオデュッセウスは、しかしまたもや涙を流しはじめる。勝ち戦における自らの華々しい活躍が歌い上げられているのにである。しかもその泣き方が尋常ではない。その様子は比喩を使って次のように描写されている。「高名の楽人はこう歌ったが、オデュッセウスは打ち萎れて、瞼に溢れる涙は頬を濡らした。そのさまは、己《おの》が町己が子らを、無残な敗戦の目に遭わすまいと、祖国と同胞の見守る前で戦って討死にした夫にすがり泣き伏す妻の姿を見るよう、断末魔の苦しみに喘ぐ夫の姿を見るや、その傍らに崩おれてよよと泣く。それを敵兵たちが、背後から槍で背と肩とを打ちつつ、苦役と悲歎の待つ隷従の日々へと曳いてゆき、女の頬は世にも憐れな悲歎のうちに、やつれ青ざめる——それに劣らず悲しげに、オデュッセウスは眉の下から涙をこぼした」（五二一—五三一行）というのがそれである。泣くだけでもその真意が量りかねるのに、この泣き方の異常さはどうであろうか。勝利した側の将が、敗軍の将の妻がその悲惨な身の上を嘆いて泣く、それと同質の涙を流したというのである。これは尋常な泣き方ではない。そしてまたこれは、異郷にあって故郷恋しさに流す望郷の涙ではないし、またようやく故国に帰り着き息子テレマコスとの再会を喜ぶ感激の涙でもないことはもちろんである。

この涙に気づいたのはまたもやアルキノオス王一人だけである。今度は彼も不審感を抑えきれず、一座の面前で涙の理由を明かすよう、そしてまたなによりもその身分を明らかにするようオデュッセウスに要請する。オデュッセウスはこれを断わりえず、身の上を明らかにした上で来し方の長い漂流譚を物語る運びとなる。

以上が作中でもことに特異な〈オデュッセウスの泣きの場〉である。

3　なぜ泣くのか

最初の涙は、トロイア攻めのさなか自分がアキレウスと論争したことがあったのを、デモドコスが歌うのを聞いて流した涙である。この逸話は、この箇所以外に触れられたことがなく、詳細は不明である。ただしかしこの歌物語の内容がオデュッセウスに格別に精神的にも肉体的にもダメージを与えたようには思われない。つまり彼を泣かせる具体的な理由は、わたしたちには見つからないのである。古注にあるように、もしもこのオデュッセウスとアキレウスとの口論がトロイアの城市を陥れる方法――アキレウスの主張する武力（アンドレイアー）かオデュッセウスの主張する知恵（ソピアー）か――をめぐるものであるとしても、けっきょくは木馬の計略を用いることになったのであるからオデュッセウスの主張が通ったことになり、この件でオデュッセウスが落ち込んだり、嘆いたり、怒ったりする必要はないことになる。

二度目の涙は木馬の計略の条《くだり》を聞いたときに流されたものであった。このときは自ら聞かせてくれとデモドコスに所望した演目であったし、またそれはギリシア軍の勝ち戦の模様を歌ったものであった。ここにもまたわたしたちは彼が涙する格別な理由を見つけることは困難である。なぜオデュッセウスは泣いたのか。しかも二度も。

わたしたちと同様に涙のわけをいぶかしがるのはアルキノオス王である。彼は満座の中でただ一人オデュッセウスの流す涙に気づいていたが、二度目についにいたたまれずその理由を問い質すことになる。わたしたちは涙を流している男がオデュッセウスであることを知っている。トロイアで一〇年間苦労したのちさらに一〇年間諸方を放浪し歩いている身であることを知っている。アルキノオスはそれを知らない。彼が知っているのは、この男がおのれの領地へたった一人で漂着した流れ者であるということだけである。名前もまだ明らかにされていない。その男がトロイア戦争を歌う物語を聞いて涙を流した。アルキノオスはまず身の上を明かすようにと要請する。そして、トロイアにまつわる歌を聞いて涙したところから、自らの推測を交えつつその理由を質す、「そなたの姻戚でどなたか優れたお人が、イリオス城下で討死になされたのか。[……]あるいはまたそれは、そなたと心の通い合う、立派な戦友ででもあったのか」(第八歌五八一―五八五行)と。あとの問いはわたしたちの疑問とほぼ一致する。わたしたちも、この男がオデュッセウスと知った上で、なぜ彼はトロイアにまつわる物語を聞いて、しかも自ら所望した木馬の計略の話を聞いてあのように激しく泣くのか知りたいからである。木馬の計略は、トロイア攻略に画期的な功績として自他ともに認められたものであった。しかしオデュッセウスはこの自らの戦歴を飾る勲功を涙で受け容れるのである。しかもその泣き方が異様である。斃《たお》れた敗軍の将の妻女が死せる夫とあとに残されたわが身の悲運を嘆く、そのように激しく泣くその理由は何なのか。アルキノオスは、身内の者かあるいは親しい戦友を戦闘で失ったからではないかと推測する。これは半ば当たり、半ばはずれている。木馬の腹に潜んでいたアカイア勢の何人かは戦闘で命を落としたであろうが、彼らは格別オデュッセウスの身近な存在であったとは思われない。そう思わせる記述はない。彼が誰かしら味方の者の死を悼むとしても、あれほどの激しい泣き方はどうもふさわしくないのである。

オデュッセウスに関してアルキノオスよりも情報量の多いわたしたちの思惑はさて措くとしても、右のアルキノオスの要請——オデュッセウスの身の上を明かすことと、涙した理由を明らかにすること——はしごくもっともなことである。そしてわたしたちも涙のわけだけは聞きたいのである。ところがオデュッセウスは、請われて身の上は明らかにする（第九歌一六行以下）が、流した涙の訳は一切語らない。身内か戦友を亡くしたからではないかというアルキノオスの推測も黙殺したままである。名前を名乗り生れ在所のイタケへの望郷の念を表明したあと続けて語るのは、じつはアルキノオスの要請になかった戦後の漂流譚である。「ではこれから、トロイエから帰国の折に、ゼウスがわたしの身に降《くだ》された、悲惨な旅についても語らせていただこう」（第九歌三七—三八行）。頼まれもしない冒険譚をここに持ち出した理由はなにか。

涙のわけを本人が明らかにしない以上、わたしたちはこれを推測する以外にない。それまでして知りたいと思うのは、彼の泣き方が異常であったからである。アルキノオスの推測は肯定も否定もされず、黙殺された。他にわたしたちはどう推測できるだろうか。ある現代の評者は、オデュッセウスが泣くのは失われた同僚将兵を悼む気持と、勝ち戦ではあるがそれのもたらす悲しみのゆえであるとする。これはアルキノオスの推測するところとほぼ一致する。ただアルキノオスは、この男がトロイアで勝利した側なのか敗れた側に関係する人間であるのか判然としていないから、その涙を勝敗いずれにせよ戦うことで傷ついた者の涙と解している。そうわたしたちは解釈できる。しかしわたしたちはこの涙を流す男が勝利したギリシア方の人間であることを知っている。しかも自ら木馬の腹中に潜んで、トロイア方に最後のとどめを刺す役割を演じたのであった。勲功著しいはずのそのオデュッセウスが自らの功を誇るどころか、激しく泣く。そこにわたしたちは違和感を持ったのである。なぜ彼は泣くのか。

4　推　測

本人が語らぬとあれば、わたしたちもまた推測を逞《たくま》しくするほかない。二度の涙の場をもう一度検証してみよう。最初に涙する条は以下のように描写されている、「やがて飲食の欲を追いはらった時、詩神は楽人を促して、勇士らの功《いさお》をうたわせた。うたった条《くだ》りは当時その評判が広大な天にも届いていた物語の一節で、すなわちオデュッセウスと、ペレウスが一子アキレウスとの争いの物語」（第八歌七二―七五行）と。「勇士らの功《いさお》」とは、英雄物語の本質的主題となるものである。英雄同士の葛藤に、時に、アガメムノンとアキレウスのそれのごとく、涙がからむことはあるとしても、ここはそのような場ではない。すくなくともオデュッセウスにとっては。さきに挙げた古注によれば、この逸話ではオデュッセウスは論争に勝利したと見なされるだけにならおさら涙とは無縁のはずである。しかし一〇年前に終了したトロイア戦争がすでに物語化されて第三者に提供された場合、フィクションとして聞く聴衆はこれを喜んで聞くとしても、物語の素材となって作中に登場するオデュッセウスにはまた別の感慨があるのかもしれない。その間の消息を告げるかのような条がある。「しかし楽人のうたう物語に興の乗ったパイエケスの領主たちが促すままに、楽人が再びうたい始めるとそのたびごとに、オデュッセウスもまた再び頭を覆《おお》って、悲しげに呻くのであった」（同九〇―九二行）というのがそれである。大事件をじっさいに体験した者には、余人には知られえぬ悲しみや悩みがあるかのごとくである。それは、物語の受容者にすぎないパイエケスの領主たちには追体験しえない原体験とでもいうべきものであろう。栄光についてまわる悲愁であろう。

二度目に涙する場合はどうであったか。このときオデュッセウスは楽人デモドコスに自ら所望して木馬の計略の場面を歌わせたのであった。その条を再録してみる。「デモドコスよ、そなたは世の誰にも優る歌の名人と感じ入った。そなたに歌を教えたのは、ゼウスの姫、ムーサか、あるいはアポロンであったのであろう。そなたのうたうアカイア勢の運命――アカイア人たちの天晴れな働きと、彼らの身に起ったことごと、ことにその数々の苦難の物語は、まことに見事であった。さながらそなたがその場にあったか、あるいは（その場にいた）誰かから聞いたかのような生々しさであった。しかし今度は趣きを変え、木馬作りの条《くだ》りを歌ってくれぬか――エペイオスがアテネのお助けを得て作り成し、名に負うオデュッセウスが、後にイリオスを陥れた将兵をその腹中に潜ませ、敵を欺く罠として敵の城内に運び入れた、その木馬の物語をじゃ。もしそなたがこの物語を見事に語ってくれたならば、わたしは直ぐにも世の人々すべてに向って、神はそなたには自ら進んで霊妙の歌をお授けになされたといって吹聴しよう」（同四八七―四九八行）というのがそれである。

ここではまず楽人デモドコスの技倆が称賛されている。さきにオデュッセウスが聞いたその歌いぶりはきちんとしていて、過不足なく、順序よく歌われたものであり、かつ歌い手デモドコス本人がその場にいたか、あるいはその場にいた者から聞いたかのような生彩のあるものであったと言われている。そして今度はその技倆でもって木馬の計略の段を歌ってくれと要求し、もし今度もまた適切に歌ってくれるなら、その優れた技倆を世に喧伝しようとまで言う。ここで求められているのは、かつてあった出来事をありのままに的確に再現してみせる表現力である。デモドコスはその技倆を十全に発揮してアキレウスとオデュッセウスの論争の場を歌った。そしてそれを聞いたオデュッセウスは涙を流したのであった。泣くような場面ではないと思われるのに泣いた。デモドコスの歌いぶりにそうさせるだけの霊妙の力が宿っていたのか。しかしこの時点でオデュッセウスは自分の涙に関しては何の感慨も漏らしていない。一切触れることなく、ただデモドコスの技倆を誉めているだけである。デモドコスの楽人としての卓越した技倆がオデュッセウスの涙を誘発したということはありうるが、それにはやはり誘発する原因、涙の素になる出来事の思い出がなければならないだろう。しかし語られた逸話にそれらしいものを、わたしたちは見つけられないでいるのである。

さて、デモドコスはオデュッセウスの要求どおり木馬の計略の段を歌う。それを聞いたオデュッセウスはまたもや涙を流す。なぜここで彼は泣くのか。しかもその泣き方が尋常ではない。「祖国と同胞の見守る前で戦って討死にした夫にすがり泣き伏す妻の姿をみるよう」（同五二三—五二五行）な泣きようであるという。勝ち戦を歌い上げる歌を聞いて、なぜ敗軍の将の妻のごとくに泣かねばならないのか。なぜ城を落した勝利者の将軍が敗死した将の妻のごとくに泣かねばならないのか。それは単に自軍の同僚の死を悼み、勝利はしてもそれのもたらす悲惨な結末を悲しむためだけに終わるとは思えない。敗軍の将の妻のように泣いたというのは、その妻の身に成りかわって泣いたという謂《いい》である。ここには自軍の将兵の死への追悼だけではなく、それを越えた敗者の側の死——戦争がもたらした災禍——への追悼の意も籠められているのではないかと思われる。

5 鬱々たるオデュッセウス

ここまでオデュッセウスの気持を忖度するのは理由がないことではない。オデュッセウスがデモドコスに木馬の計略の条を所望したとき、彼はどうやら自らの功績を確認したいがためだけではなかったようなのである。歌を注文する直前にオデュッセウスはこう言っている、「近習の方よ、さあこの肉をデモドコスに与えて食わしてやって下さい、悲しみに心情れぬわたしであるが、わたしの親愛の気持を彼に伝えたい」（第八歌四七七―四七八行）と。

オデュッセウスは、自分は「悲しみに心晴れぬ（アクニュメノス）」と言っている。それは現在の状態がそうだというのか、それともずっと以前からそうだったというのであろうか。心中の愁い悲しみを表わす言葉（動詞アクニュマイおよびその類縁語）は、ホメロスではしばしば使用されている。ざっと数えただけでも『イリアス』に九箇所、『オデュッセイア』に一〇箇所ある。近いところでは『オデュッセイア』第七歌二九七行に、ここと同様に分詞の形アクニュメノスが見えている。そこはオデュッセウスが初めてアルキノオス王と妃アレテに対面し、パイエケス人の島に漂着しナウシカアに救助された次第を物語る条、「（お嬢様は）パンときらめく葡萄酒とをたっぷり恵んで下さったばかりか、河で水浴をさせてこの着物まで下さったのです。以上、辛い気持ちを抑えつつ（アクニュメノス）、ありのままにお話しいたしました」（同二九五―二九七行）と話し終えるところである。難破と漂流という過去の体験はオデュッセウスの心を暗く悲しく惨めにする。それをじっと耐えつつ顛末を物語ったというのである。苦労話を再話することは痛みを再体験することにほかならない。その再体験された苦労の痛みを伴った表出がアクニュメノスなる語である。第七歌二九七行のアクニュメノスなる表現の具体的内容は、難破と漂流体験であろう。それでは第八歌の四七八行のアクニュメノスなる表現の具体的内容は何であろうか。

アルキノオス王の宮廷の楽人デモドコスは、スケリエ島滞留中のオデュッセウスが王主催の宴会に出席したおり、計三回歌物語を歌う。そのうち二回はすでに言及したトロイア戦争にまつわるものである。そしていま一度は、これまでわたしたちは言及してこなかったが、この二つのトロイアでの物語の中間にギリシア人にお馴染みの神話、アプロディテとアレスの情事、浮気妻アプロディテを懲らしめるヘパイストスの物語が歌われていたのである。このトロイアとは一見無関係な神話物語が終わり、[4]三回目の歌、木馬の計略の物語に入る直前、さきに引用したように、オデュッセウスはデモドコスに最愛の情を伝えるためだとして馳走の中から猪の背肉を分け与え、そしてそのおりにアクニュメノスなる語を発するのである。「悲しみに心晴れぬわたし」と。第二の歌を聞いてパイエケス人とともに「心楽しませた」オデュッセウスであったが、それは長く続かなかった。いまこのアクニュメノスなる彼の心情の具体的な内容は何であると考えられようか。

デモドコスの第一の歌を聞いたときオデュッセウスは涙を流した。第二の歌、すなわちアプロディテ、アレス、ヘパイストスの三人の神々をめぐる神話物語を聞いたとき、彼はパイエケスの貴族らとともにこれを喜んだ。「高名の楽人はこのように歌ったが、これを聞いてオデュッセウスも、長き櫂を用い、船に名高きパイエケス人たちも、ともに心を楽しませた」（第八歌三六七―三六九行）というのがそれである。

ここにオデュッセウスの対照的な二つの心情が披瀝されているのを、わたしたちは認めえよう。そしていま彼が心悲しませているのは、第二の歌を聞いたからではもちろんない。それはおそらく第一の歌、すなわちトロイアでの出来事を歌に聞いたからであろう。あのとき流した涙がまだ彼の心の中に尾を引いているのである。そう推察される。アクニュメノスの具体的な内容はトロイア戦争である。その後の苦労（漂流）も彼の心を苦しめこそすれ宥《なだ》めるはずはないから、いまの鬱々たる気分に少なからぬ影を落しているとは考えられるが、心中の愁いの第一の要因はやはりトロイア戦争でなくてはならない。このあとデモドコスの第三の歌（木馬の計略の段）を聞いたときもまた彼は涕泣《ていきゅう》するのであるから。どうやら彼にとってトロイア戦争は、たとえ勝ち戦であっても激しいパトスの表出をもたらさずにはおかない愁いの種であるらしいのである。そのパトスの表出の具合が尋常ではない。戦いに斃れた将の妻女が嘆くごとくに嘆くのである。ここでわたしたちにはアンドロマケの姿が思い浮かぶのではないか。『イリアス』第二二歌でアンドロマケはギリシア方の陣営に曳かれてゆく夫ヘクトルの遺骸を目にして、ちょうどこの『オデュッセイア』第八歌五二三行以下と寸分違わぬ様子で泣き嘆く、「ヘクトル、わたしはなんという不運な女なのでしょう。［……］今あなたは大地の底の冥王の館へおいでなるところ、でも寡婦《やもめ》となって悲しみにくれるわたしを、屋敷に置いて行っておしまいになる。ともに不運なあなたとわたしの産んだ子は、まだほんの赤子。ヘクトル、あなたが亡くなっては、この子の力になってはいただけぬでしょうし、この子もあなたの御役には立ちますまい」（四七七―四八六行）と。彼女が虜囚の身となってギリシア兵の槍に追い立てられるのはいま少しあとである。しかしその姿もまた生前のヘクトルによってすでに予想されていた。『イリアス』第六歌四五四行以下がそれである。「青銅の武具を鎧うアカイア勢の何者かが、そなたから自由の日を奪い、泣きながら曳かれてゆく時のそなたの悲しみこそが何よりも気に懸かってならぬ」（四五四―四五五行）と。

『オデュッセイア』第八歌五二三行以下に展開される直喩《シミレ》がオデュッセウスの涙のわけをほんとうに説明するものであるならば、あのときのオデュッセウスの心情はいまのアンドロマケのそれと同質のものであったことにはなるまいか。勝敗に関係のない、勝者敗者双方に通底する深い悲哀がそこには想定されている。勝者と敗者の心情は同じではない。しかしいまオデュッセウスは自分の勝利の歌を聞いて敗者と同じ涙を流すのである。敗者に同情して泣くのではない。敗者に成りかわって、敗者と同じように泣くのである。オデュッセウスの心中には敗者の心情と共通する悲哀が存在しているとしか言いようがない。それを表出するのがアクニュメノスなる語であろう。ある評者は、寡婦像はこの上なく制禦しにくい悲哀を表す直喩《シミレ》として用いられるとしてこの『オデュッセイア』第八歌五二三行以下を挙げているが、オデュッセウスがここで敗残将兵の妻のごとくに泣いているのは、激しいパトスの噴出に襲われた——それはもちろんある——からだけではない。寡婦像は単に悲哀の程度の深さを表示する指標ではない。それは悲哀の質をも表示する。明らかにアンドロマケ像を想起させるこの直喩《シミレ》としての寡婦像の採用は、けっして意味のないことではないのだ。ここには忌避の、あるいは拒否の意志がある。トロイア戦争が涙によってしか想起されえないということは、トロイア戦争というおのれの過去の一〇年間の体験を全否定することにほかならない。それはまずおのれの勲功の否定からはじまるのである。

6 封印されたトロイア

オデュッセウスの流した涙、その悲哀を単なる泣きの涙ではなく、「生の根源までも掴んで放さぬ魂のふるえ」と言った人がいる。⑤ これはいささか大仰な物言いと、感じられぬこともない。ただこう言ったシャーデヴァルトの心中には、先の世界大戦で負けて戦地から帰還してくるドイツの若い復員兵の存在が話の対象として想定されていた。そこには肉体的にも構神的にも深い傷を背負って帰還してきた若者たちの姿があり、そしてその背後に、はるかな昔これまた長い戦争を終えて帰ってきたオデュッセウスという一人の復員兵の姿が透けて見える仕掛になっている。戦場という非日常の世界を体験した者が感じる深い喪失感に勝者敗者の区別はない。勝者側にも敗者側と同じ種類の涙を流させるものは、勝者と敗者とを分ける境界線をはるかに越えた戦争そのもののもたらす深い悲哀である。そこにおいて敗者ドイツの復員兵も、勝者ギリシアの復員兵オデュッセウスも、そして寡婦となった敗残兵の妻女も、たがいに共鳴し合うのである。シャーデヴァルトの言う「魂のふるえ」とは、そのことを言うのであろう。詩人ホメロスは戦争の根本に神の邪悪な意図を考えるが（たとえばアルキノオス王の以下のごとき述懐にその一端がみえている。「（トロイアでの）悲運は神々の設けられたもの、後の世にうたい継がれるべく、運命の糸を紡いで、人々に破滅をもたらされたものであった」（『オデュッセイア』第八歌五七九―五八〇行））、この人間の力を越えた存在の思惑に振りまわされる人間たちが勝者敗者一様に思い至されるのが、この魂のふるえと称される深い悲哀にほかならない。トロイア戦争の中でももっとも華々しい戦果の一つの木馬の計略と、それを歌わせたオデュッセウス本人の涙――この一見異様に思える両者の懸隔、このまったく相反する現象こそかえって涙の意味するものをよく伝えているように思われる。勝者が自らの戦果を歌わせながら流す涙は、敗者の妻女の涙のごとくでありながじつはけっしてそうではない。また敗者の妻女のごとくに泣き嘆くのであるから、オデュッセウスはけっして勝者であるのではない。このまったく相反する現象は、そこに単なる勝者敗者を超越した悲哀、言ってみれば勝者であってまた敗者、敗者であってまた勝者という状況を自覚できる者こそが持ちうる悲哀、戦争そのものが生み出す悲哀を想定しなければ説明がつかないのである。そしてこの涙はオデュッセウスのおのれの勲功への否定、そして戦争そのものに対する否定的評価の現われである。わざわざ勝利の場面を歌わせながら、敗者の流す涙のごとき涙でこれを評価したからである。この涙は、いわば戦勝を美化することへ「否」の表示でもあろう。

さてここで、トロイア戦争が、あるいはその戦場となったトロイアの土地が、作品『オデュッセイア』の中でどのよう扱われているか、ちょっと見ておく必要がある。

デモドコスの第三の歌を聞いて涙するオデュッセウスの姿をいぶかるアルキノオス王は、「あるいはそなたの姻戚でどなたか優れたお人が、イリオス城下で討死になされたのか――婿であれ舅であれ、それは己れの血縁、同族に次いでは一番身近な者であるからな。あるいはまたそれは、そなたと心の通い合う、立派な戦友ででもあったのか」（第八歌五八一―五八五行）と問いかけた。しかしオデュッセウスは、このもっともな疑問を無視した。このあと第九歌冒頭でオデュッセウスは自分の名を名乗る。「そなたの国許では、御両親ならびに町の人々、また近隣の住民たちが、そなたをどういう名で呼んでいたか」（第八歌五五〇―五五一行）というアルキノオスの問いに応えてオデュッセウスは言う、「そこで先ず、わたしの名から申し上げましょう。［……］わたしはラエルテスが一子、その端倪《たんげい》すべからざる策謀のゆえにあまねく世に知られ、その名は天にも達するオデュッセウスです」（第九歌一六―二〇行）と。そして続けて生まれた故郷がイタケ島であることを告げたあと、しかし「ではこれから、トロイエからの帰国の折に、ゼウスがわたしの身に降《くだ》された、悲惨な旅についても語らせていただこう」（同三一―三八行）と、一挙に漂流譚へと話を進めてしまう。アルキノオスが涙の原因と推測したトロイアでの苦労話には一切触れないのである。身内か戦友が攻城戦の折に戦死したからではないか、というアルキノオスの問いかけは無視される。ここでオデュッセウスの無視、黙殺は意図的である。なぜ彼はわざと無視したのか。

トロイアでの一〇年間、そこで起こった出来事、あるいはそれにまつわる話が意図的に避けられている例を、いま一つ挙げよう。それは『オデュッセイア』第二三歌で、オデュッセウス・ペネロペイア夫妻がめでたく再認したあとのことである。二人は二〇年ぶりにかつての寝室へ入り、「心ゆくばかり快い愛の交りを楽しむと、今度は互いに身の上を物語りつつ語らいを楽しんだ」（三〇〇―三〇一行）。まずペネロペイアが求婚者に苦しめられたかつての日々を物語り、オデュッセウスも「各所で相手を苦しめた手柄の数々、また自らが受けて悩んだ苦難を残らず物語る」（三〇六―三〇八行）。しかしこのときのオデュッセウスの話にはトロイアでの出来事は含まれていない。それは、すぐ次に続く「オデュッセウスは、自分が先ずキコネス族を討ったところから語り始めた」（三一〇行）なる一行から明らかである（キコネス族はトラキアの民。オデュッセウスは帰国のためトロイアの地を出帆ののち、まずトラキアに立ち寄った）。

オデュッセウスは二〇年ぶりに会った妻ペネロペイアに、それが目的で家を出た一〇年に及ぶトロイア戦争のことは一切話さないのである。戦後一〇年、トロイア戦争はすでに物語化されてイタケの留守宅にも届いていたろう。アルキノオス王の宮廷ではデモドコスによってそれは歌われたのであった。求婚者らの宴会に登場する楽人ペミオスも、あるいは歌ったかもしれない。概略はペネロペイアの耳にも入っていたはずである。勝ち戦で、しかも自分の夫が大活躍する条ならば、より詳しい話を当の本人にねだっても不思議ではない。しかしそうした形跡は皆無である。夫も妻もトロイアの話は避けているかのごとくである。妻のほうは戦争の話は概略知っているから、まだ聞いたことのないその後の一〇年間の漂流譚のほうに興味が向くかもしれない。しかし夫のほうは二〇年間の不在を、いま故郷において、家庭内において、そして妻の意識の中において取り戻し、その存在を確認してもらうためにはすべてを語ること、不在前半の一〇年間の出来事も省くことなく語ることが必要である。それをしないと彼自らもそのアイデンティティは確認されないし、故郷の共同体への帰属意識も全うしない。しかし彼はそうしない。これはおそらく意図的である。何ゆえのことであろうか。

トロイアの話が意図的に避けられていると見られるもう一つの例を挙げよう。それは第一歌の楽人ペミオスの歌の場面である。求婚者らが開く宴会の場に登場したペミオスは、アカイア勢の苦難に満ちた帰国譚を歌う。それを階上の自室にいて聞きとめたペネロペイアは宴会の場へ降りてきて、他にもたくさん神々や人間の業を称える歌がある中で、そんな忌わしい歌は歌うなとペミオスを叱る、「その歌だけはやめておくれ、忌《いま》わしい歌じゃ、それを聞くごとに耐え難い悲しみが迫ってきて、胸がかきむしられる想いがする」（第一歌三四〇—三四二行）と。しかしこういうペネロペイアを息子テレマコスが楽人に罪はないと制し、こうたしなめる、「この者が、ダナオイ勢の悲運を歌うのに腹を立てる謂《いわ》れはありません。聴く者に一番耳新しく響く歌こそ、最も世の喝采を博するのです。母上も気持をしっかりと持ち、辛抱してお聞きにならねばなりません」（同三五〇—三五三行）と。ペミオスが帰国譚を歌ったのは、それが「一番耳新しく響く歌」であり、またそれゆえに「最も世の喝采を博す」からである。他意はない。しかしペネロペイアが言うように、他にまだ多くの歌があった。その中にはトロイアでの戦闘を歌ったもの、オデュッセウスの活躍を歌ったものもあろう。しかしここでは、『オデュッセイア』の中では、それは巧みに避けられている。歌って何の不都合もないはずながら[6]。

　かくしてトロイアは、トロイア戦争は、オデュッセウスによっても、また詩人ホメロスによっても歌われず、封印されている。ただ第八歌のデモドコスの歌以外は。いや、正確にはいま二つトロイアへ言及した箇所がある。一つは第四歌でメネラオス、ヘレネが語るオデュッセウスの思い出話がそれである。中でも木馬の計略についてのメネラオスのそれは、デモドコスの歌と見事に照応している。後者は涙によって封殺された。前者はオデュッセウスの知らぬところでなされた第三者の評価であるが、もしオデュッセウスがその場に居合わせていたとすれば、第八歌の場合と同様、聞いたオデュッセウスはやはり泣いたであろう。いま一つは、第一一歌冥府行の中（五〇四行以下）でオデュッセウスがアキレウスの亡霊の要求に応えてネオプトレモスの活躍を告げる段である。ここも木馬の計略が絡んでいる。同じ木馬の計略を第八歌ではデモドコスから聞いて泣いたオデュッセウスが、ここでは淡々と事実報告に終始している。この場合は状況がパトスの噴出を許さないのだと見なしてよかろう。『オデュッセイア』においては、トロイア戦争は無視されるか、それとも涙でもって封じ込められるかしかない。オデュッセウスがトロイアおよびトロイア戦争を自らの意志で語ることはない（唯一の例外は、パイエケス人らと運動競技に興じるなかで自らの弓術の腕前を誇る条。第八歌二一九—二二〇行参照）。そして楽人によって歌われる物語化した戦争は、涙でもって封殺されたのであった。あの涙は、戦後一〇年かけて清算したオデュッセウスのトロイア戦争への最終評価である。

7　市民オデュッセウス

それにしてもなお問題は残る。オデュッセウスはなぜトロイア戦争を語ろうとしないのか。そして物語化したトロイア戦争をなぜ涙でもって封じ込めようとするのか。

唐突だが話を第二四歌最終場面に移したい。『オデュッセイア』第二四歌は以下の章句で終わりを告げる。

「ゼウスの裔にしてラエルテスが一子、智略に富むオデュッセウスよ、今は手を引き仮借なき戦いの争いをやめよ、さもなくば、クロノスの御子、遥かに雷を轟かすゼウスのお怒りを買うかも知れぬぞ。」

アテネがこういうと、オデュッセウスは心嬉しく女神の言葉に随った。かくて、姿も声もメントルさながらの、パラス・アテネ、アイギス持つゼウスの姫によって、両者の間にはいついつまでも守るべき、堅き誓いが交わされた。（五四二―五四八行）

オデュッセウスが求婚者らを誅殺したあと、しかし話はそれで終わらなかった。殺された者たちの親兄弟が復讐に立ち上がり、郊外にある父親ラエルテスの農場にいたオデュッセウスの許へ押し寄せたのである。小競り合いがはじまり、アテナ女神の後押しを受けてラエルテスが投げた槍が相手方の大将格エウペイテスを斃す。そして本格的な戦闘がはじまろうとしたとき、アテナ女神が両者のあいだに割って入る。そこへゼウスの放った雷が落ちる。これを機に右の引用のようにアテナ女神が両者を仲裁し、めでたく大団円となる。

留守宅を荒らし、妻に言い寄っていた求婚者らをオデュッセウスが誅殺《ちゅうさつ》したことは理に叶っていた。一方、殺された求婚者らの親類縁者が復讐に立ち上るのも、また理に叶っているのである。英雄と称される種族が棲息していた時代および社会――それは氏族社会と呼び換えてもよい――は力の正義が通用する社会であった。力には力で報いるというのが掟となっていた社会であった。息子アンティノオスをオデュッセウスに殺されたエウペイテスが言う、「わが子わが兄弟を殺した男たちに報復せぬのは恥辱であるし、後の世の人に聞かれても恥かしい」（第二四歌四三三—四三五行）と。(7) ここには恥の概念を仲立ちにした力の対決がある。力の強い者のほうが正義の旗を掲げる。しかしこの力の対決には果てしがない。力の正義が生み出す報復の連鎖は止まるところを知らない。そしてそれは不毛の連鎖である。その果てしない連鎖にいまアテナ女神が、父神ゼウスの後押しを受けて楔《くさび》を打ち込もうとする。押し寄せた求婚者の縁者らは、そしてまたオデュッセウスもアテナ女神の言を容れ、力による報復を断念し、以後不戦の誓を立てるのである。かくして共同体内の不和軋轢が、力ではなく話し合いで収拾されることになる。両者の間に「堅き誓い（ホルキア）が交わされた」（第二四歌五四六行）とあるのは、事件を収拾するための取り決めの誕生を意味するものである。力の正義に代わる法の正義とでも言うべきものの誕生を意味するもの、と言ってもよい。

オデュッセウスはいま新しい時代のとば口に立っている。トロイアとイタケ——空間的には万里を隔て、時間的には一〇年の歳月が経過している。この時空間の距離がオデュッセウスに新たなる相貌を与える。彼はトロイアから脱出した。英雄たちが棲息していた場所、社会を脱出した。その彼の眼の先には来たるべき新しい社会——市民社会とでも言うべきものが、ぼんやりとではあるが姿を見せはじめている。(8) そういう彼であるからこそ、もはやトロイアのことは黙して語らぬのである。第三者が拵えた「トロイア物語」を聞かされれば、涙でもってこれを封殺するのである。新しい時代に入って行くにはトロイアと訣別する必要があった。トロイアの英雄でありながらトロイアと訣別した男、それがオデュッセウスである。

第3章 目を潰すオイディプス——テバイ

伝説の都テバイ

アテナイ（現アテネ）から西北に直線距離にしてほぼ五〇キロメートルの地点にテバイ（現テーベ）の町がある。伝説の時代、ここは七つの城門を持つ城壁都市であった。オイディプス王の死後、二人の息子が王位を争って、この都を舞台に攻防戦を繰り広げる。これを素材に、アイスキュロスは悲劇『テバイ攻めの七将』を書いた。七将とは、七つの城門それぞれの攻撃を担当する七人の将軍ということである。二一世紀のいま、その悲劇に描かれた都の面影はどこにもない。わずかに城門の一つエレクトラ門が発掘されているだけである（六五頁の写真参照）。アテネ発デルフィ（古代の呼称はデルポイ）行きのバスは、町の家並みの脇をかすめて通る。車窓から見えるテバイの街区は、平地にべった

写真●テバイ（川島重成氏提供）

りへばりつくように広がっている。

テバイの開祖はカドモスである。彼は遠い遥かな神話の時代、地中海東端、近東の海岸の町テュロスから到来した。そしてこの地に巣くう龍を退治し、アテナ女神の指示に従ってその歯を大地に蒔いたところ、武装した戦士たちが生まれ出、たがいに殺し合った。残った何人かの戦士は、のちにテバイの貴族の祖となった、という。またこのときカドモスは、のちのギリシア語のアルファベットとなる文字も持参し、伝えたとされる。

伝説の上では、この都に二つの大きな出来事があった。一つは酒神ディオニュソスの到来である。ディオニュソス（バッコス）教の教主ディオニュソスは、信徒の集団を連れてアジアより到来し、ギリシアでの最初の布教地にこのテバイの地を選んだ。ディオニュソスは、カドモスの娘セメレがゼウスの寵愛を受けて産み落とした子供である。成長したディォニュソスは、おのれの神性を認めようとしないテバイの王室の身内の者らにその威を示そうと、母親の故郷へ帰ってきたのである。バッコス教の教義に魅入られたテバイの市民、ことに女性らは狂乱の徒となって家を捨て、山野を跋渉《ばっしょう》する。若き王ペンテウスはこれをおのれの治政への挑戦と見なし、憤然とこの新宗教に立ち向かうが、次第に感化され、最後は母親アガウエの手に掛かって無残な死を迎える……。この話はエウリピデスによって作品化され、悲劇『バッコスの信女』となった。

いま一つはカドモスより六代ほど後の王オイディプスにまつわるものである。コリントスの王子オイディプスは、旅の途中テバイに立ち寄り、テバイの領民が苦しめられていた怪物スピンクスの謎を解いてこれを退治し、その功績でテバイの王に推戴《すいたい》される。前王ライオスは、国外を旅行中に盗賊に殺され、王位は空位となっていたのであった。オイディプスは王妃イオカステの後添いとなって王位に就く。しばらくは平穏に時が過ぎ、王妃とのあいだには何人かの子どもも生まれる。そこへとつぜん降って湧いたように禍《わざわい》が出来《しゅったい》する。国中に悪疫が流行し、田畑の穀物は実らず、家畜は子を孕まず、あまつさえ人間の子供も誕生を待たずに流れる。かつてスピンクスのもたらす禍からこの国を救ったオイディプスは、ふたたび市民から懇望され、救国の途に乗り出す。しかしこの行為は、オイディプス自身の呪われた過去の秘密を暴き出すことも意味した……。

この伝承を素材にソポクレスは『オイディプス王』を書き、主人公オイディプスを古代ギリシアを代表する知の人の典型として結実せしめた。そのオイディプス像を瞥見《べっけん》する。

1　わたしは何者か

オイディプスはそれと知らずして自らの父を殺し、自らの母と結婚した。そしてのちに、幾年も経たのちに、このことを知ることになる。どのようにして知るのだろうか。

オイディプスにまつわるもっとも古い文献であるホメロスでは、このおぞましい秘密は神の手によって明らかにされたとしてある。『オデュッセイア』第一一巻に見えているのがそれである。

息子は父を殺したあと、
母と結婚した。ただちに神々はそれを人々に知らしめた。（二七三—二七四行）

悲劇作家でソポクレスの先輩に当たるアイスキュロスもこのオイディプス伝説を扱った作品を書いた。その一部が残っている。『テバイ攻めの七将』がそれである。その第二スタシモン（幕間の合唱隊コロスの歌）に以下の条《くだり》がある。

不幸にもかの人（オイディプス）は
自分が浅ましい結婚をしていることに気づいたとき、
苦しみに堪えきれず、
狂った心の赴くままに
二重の禍をしおおせた。
（一つは）父を殺めたその同じ手で、
わが子よりも大切な両の眼をえぐり取ったのだ。（七七八—七八四行）

この作品は、それに付されたヒュポテシス（古伝梗概と訳される短い内容紹介文）から、前四六七年に『ライオス』、『オイディプス』、サテュロス劇『スピンクス』とともに上演されたことがわかっている。いま右に引用したオイディプスの結婚（母子相姦）に関することは（おそらく父親殺しの件とともに）第二作目の『オイディプス』で詳しく触れられていたと思われるが、残念なことにこの作品は散佚《さんいつ》して一片の断片も伝わらない。物語の発端をなす第一作目の『ライオス』も、わずか二片の小断片以外わたしたちに残されたものはない。それゆえ第三作目の『テバイ攻めの七将』に話が至るまでにどのような経緯があったのか、換言すれば父親殺しと母子相姦の物語がアイスキュロスではどう扱われていたかという点は、不明なのである。ただオイディプスが自らの浅ましい結婚（母子相姦）に自ら気づいたこと、そしておそらくその結果であろう、自らの手で自らの視力を奪ったこと、この二点はアイスキュロスもその作中で描いていたことになる。この点は、神がすべてを知らしめたとするホメロスとは大きく違っている。ソポクレスのオイディプスは自らの力で自らの秘密を探ろうとした。この点で、ソポクレスは先輩アイスキュロスを踏襲していることになる。

しかしながらアイスキュロスの失われた『オイディプス』が、ソポクレスの『オイディプス王』とまったく同じ内容であったとは考えられない。一方は三部作中の第二作であり、他方は独立した作品であるという点も、両者に違いを生む有力な要素となろう[1]。それではそれ以外にアイスキュロスとの差異を際立たせる（と思われる）もの、ソポクレスがその作中に意図して書き込もうとしたものは何であったのか。作品から抽出できるものを取り上げてみたい。

ソポクレス『オイディプス王』は、主人公オイディプスが自らは知らずして犯した過去の犯罪行為を自ら認知するに至るまでの経緯と、その結果を描くものである。劇は疫病に冒されたテバイの地救済のためにその穢れの原因となった先王ライオス殺害犯人検挙にオイディプスが立ち上がるところからはじまるが、それはとりもなおさずオイディプス自らが犯した父親殺害の罪の検証につながる行為となるはずのものであった。しかしオイディプスはライオスがわが父親であるとは知らない。予言者テイレシアスはその事実を承知しているが、オイディプスにはっきりとした形で明かすことはしない。〈父親殺し〉は劇の末尾で認知される真相の一つであるが、それは最初から吟味されるべき問題——「われは父親殺害を犯したか否か」——として提示されているわけではない。それは、父親とはつゆ知らぬライオスを殺害した犯人（自分）を探索する過程を踏み、また自らの出自を尋ねる過程を踏んだあとでやっと明らかになることなのである。

この劇は〈真実追求の劇〉と言われることが多い。秘匿されていた自らの秘密が自らの努力によって発《あば》かれ認知される点で、それはそう呼ばれてよい。しかし劇の末尾で明らかとなる秘密、父親殺害と母子相姦の事実は、最初から吟味すべき問題としてオイディプスの眼前に提示されるわけではない。そのような問題が存在することを、オイディプスは意識していないのである。その意味でそれは文字通り、型通りの真実追求劇であるとは言い難い。最後に真実は明らかになるが、それは最初から意図的に追求の目的をもって出発されたわけではなく、意図せぬスタートから思わぬ外部情報を得てやっと辿り着いた結果なのである。

ただオイディプスには早くから自らの出自に対する探求心はあった。これは劇の途中、神託に絡めて自らの過去の経歴を語る箇所（第二エペイソディオン。エペイソディオンとは、舞台上での俳優たちの所作の場）で明らかとなるものであるが、青年のころ宴席で酔った友人が言った言葉（「オイディプスはコリントス王の実子ではない」）に誘発されて以来彼の心を捉えていた問題意識と考えてよい。その意味でこの出自への探求心はこの劇のオイディプスに一貫するものと言いうる。これを真実追求と解すれば、本篇のオイディプスはまごうかたなき真実追求者となろう。そしてその真実追求の過程で秘匿されていた過去の事実、すなわち父親殺しと母子相姦が顕現するのである。繰り返すが、オイディプスは父親殺しと母子相姦の事実をそれと意識して究明しようとしたわけではない。それは結果として明らかになったものにすぎない。まず出自の究明から出発した。その事実をもってオイディプスは真実追求者と言われるべきなのである。

もっともその究明も容易に進められたわけではない。神託そのものの持つ曖昧さと彼自身の迂闊《うかつ》さから、オイディプスはコリントス王ポリュボスとその后メロペを実の両親と思い込んだ。あるいはそう仮定してしまった。彼の以後の人生は、この誤まれる前提のもとに進捗して行く。神託を受けたあとに犯した殺人も結婚も、神託と突き合わせて考慮されることはない。ライオス殺害犯人捜索の過程でテイレシアスは一再ならずオイディプスの犯した罪に言及し、その現在ある真実の姿――父を殺した上に母と結婚している状態――を暗示するが、オイディプスには察知することができない。それはテイレシアスの言辞の曖昧さに加えて、自ら設定した（誤れる）前提――ポリュボス、メロペこそ実の両親――が自分の置かれている場所を察知することを妨げるからである。その前提を改めよとばかりに、テイレシアスはまたオイディプスの実の両親にも言及するが、これまたきわめて曖昧な言い方になっているがために、オイディプスの注意を引くことはできない。

劇前半のライオス殺害犯人追求の場合でも、不正確な情報（犯人の人数は複数とされる）、充全ならざる情報開示（ポキスの三叉路という殺害現場の名は明らかにされない）、あるいはオイディプス個人の感性（喚起された怒り）などによって、テイレシアスの示す事実を素直に受けとめることができない。この試行錯誤は〈三叉路〉という情報がイオカステによって与えられるまで続くことになる。〈三叉路〉こそ情報の送り手と受け手とを着実に結びつける最良の情報であった。

劇の半ばに至って、誤れる前提から出発したがゆえに犯された罪業を認知させるために、前提の誤れることが明らかにされる。コリントスからの使者の証言がそれである。

ポリュボスさまはあなたとは何の血のつながりもございません。（一〇一六行）

劇の中途で挿入されたこの外部からの要素は、オイディプスに改めて自らの出自への探求心を喚起させることになる。これまでテイレシアスの曖昧模糊とした言辞に弄ばれていたオイディプスは、使者の証言をもとに憑かれたように探究を再開する、「これほどの手掛りを掴みながらおのれの生れを明らかにせずにおくだなんて、そんなことがどうしてできようか」。(一〇五八—一〇五九行)

劇の前半、誤れる前提のもとでの探究は試行錯誤に終始せざるをえなかった。その誤れる前提が解消された劇の後半では、オイディプスはおのれの出自探究、すなわち世界の中における自らの位置測定と称してよい行為、に熱意を見せることになる。劇の前後半いずれにおいても共通するのは知ること、事実を究めることへの欲求である。この欲求が最終的に真相究明を成功に導くことになる。オイディプスは自らの力で自らの秘密の箱を開けるのである、これは人間が自分を知る権利を、ホメロスの場合とは違って、神の手から奪取したことを意味する。アイスキュロスは「浅ましい結婚に気づいたとき」とあっさり済ませている。しかしその気づくまでのあいだには知るためのさまざまな苦闘があったことを、わたしたちはソポクレスによって知るのである。

2 目を潰す

オイディプスは自らの秘密を知ったあと自らの手で自らの目を潰す。そして自ら「親しき友」と呼ぶ合唱隊（テバイの長老たちから成る）を相手にその心境を赤裸々に吐露する。

友よ、アポロンだ、このひどいひどい受難を
わたしの身にしおえさせたのは、アポロンだ。
だがこの目を突いたのは他の誰でもない
この惨めなわたし、この手だ。（一三二九―一三三二行）

ここにはすべての事態が明らかになったあと、オイディプスが自らの置かれた位置をどう捉えているか、その認識が示されている。これよりまえの報せの者の報告の中で、オイディプスは見るべきでなかった人を見、見分けたいと願っていた人を見分けられなかった自分の目に対する懲罰として目を潰したのだと言われていた。次の通りである。

それ（留めピン）を振りかざして我とわが眼球《めだま》に突き立てられた、
こうおおせられながら。これまで蒙ってきた禍、
犯してきた禍の数々はもう見たくない、
これからのちは目にすべきでなかった者らを見たり、知りたかった人たちのことを
知るのも闇の中でやるがよい、と。（一二七〇―一二七四行）

いま、その目を潰す行為はオイディプス自身の発意《ほつい》によるものであったことが確認される。オイディプスが盲目の身になることは、すでにテイレシアスによって予言されていた（四一九、四五四行）。しかしそこではオイディプスがその手でその目を潰すとは言われていなかった。「闇を見る」（四一九行）、「見えていた目が盲目となる」（四五四行）と言われていただけである。オイディプスが盲目となるのは所与の事実である。この事実に加えて、作者はオイディプスに「自らの手で」自らの目を潰したと言わせた。

これは何を意味しようか。オイディプスはそうすることが真実を見抜けなかったおのれの目（＝知性）への懲罰であると自ら意識して自分の手で自分の目を潰した——そう作者はここではっきりとオイディプスに言わせている[2]。予言どおりオイディプスは盲目となった。しかしそれは自然にそうなったのではない。誰かの手を借りたわけでもない[3]。オイディプス自らの手が潰したのである。盲目となることは神の定めた既定の事実であったかもしれない。しかしそこにオイディプスは参画し割り込むのである。割り込んで責任の一端を果たそうというのである。出来した事実は神がそう設定したからだけでそうなったのではない。オイディプス自身に過失（ポリュボス、メロペを実の両親と誤認したこと、またライオス、イオカステを実の両親と認知できなかったこと）があったからそうなったのである。その過失の責任を取ろうというのである。目を潰すときのオイディプスの意識にはこの責任感がある。自分にも責任を取らせよというのである。目を潰す留め金を手に取らせるのは神ではない。オイディプス自身である。

オイディプスが犯した行為（父親殺しと母子相姦）は彼が意識して犯した行為では、もちろんない。そこには親子二代にわたる神託＝神の手が働いている。彼自身の過失が多少はそこに作用しているかもしれないが、まずほとんど彼に責任はないと言ってよい。神がいわば勝手に仕組んだ計画をそれと知らずして実行した身に、どこまで責任があるというのか。一切の責任を神に被せて自らは知らぬと主張することも可能である。しかし一方、知らぬこととはいえじっさいに行為し罪を犯したのは自分である。しかもその行為の前提となるおのれの両親の設定で、自分は過失を犯した。その罪の意識が身を責める。罪の意識がある以上、その責任を取ろうとする。イオカステは自らの罪を恥じて自死を選んだ。オイディプスは死ぬ代わりに自らの目を潰した。いずれも償いの行為であり、神の手によって起こされた事件に人間として自ら可能な範囲で責任を取ろうとするわけである。

テイレシアスがオイディプスの盲目までも予言していたことは、罪を犯したあとの罰までが神意によって準備されていたことを意味する。ただ、その盲目という罰を受けるときに、オイディプスは自らの手で目を潰すのであると主張する。自らの意志で罰を下すのであると主張する。人間の責任を主張するのである。作者はそうオイディプスに言わせることによって、このすべて神意によって仕組まれた世界構造の中にオイディプスの人間としての自立の場を確保しようとするのである。

かくしてオイディプスは、犯した罪の代償としてその目を潰した。だがそれははたして妥当な償いであったのか。イオカステは自ら縊れた。合唱隊はコンモス（嘆きの場）の末尾で、オイディプスに以下のように言う。

あなたのお計らいになったことが正しいかどうか、わたしにはわかりかねます、
生きて盲目になるよりも、いっそ亡くなったほうがよろしかったでしょうから。（一三六七―一三六八行）

これに対してオイディプスは、「わたしがこのようにしたこと（死なずに目を潰したこと）が最善の処置でなかったなどとは言ってくれるな」（一三六九―一三七〇行）と応じる。そして目を潰したのは、冥界へ降ったとき父母の姿を見るに忍びないからであると言う。しかしなぜに命長らえているのかという合唱隊の言外の詰問には、自分の犯した罪は首を括ったくらいでは追いつかぬものであるとしか答えられない。さらに「殺すなり海へ投げ込むなりして、わたしのこの身をどこか遠い余所へ隠してくれ」（一四一〇―一四一二行）と合唱隊に頼みはするが、自らの命を絶とうとはしない。クレオンが登場したあとは、そのクレオンに向かって、自らをテバイから追放してキタイロンの山間に住まわせてくれるようにと依頼する。そこを墓場として、かつての父母の意図どおり死んでいきたいからと（一四四九―一四五四行）。

彼は死なない。生あるかぎり生きようとする。「わたしにはこれだけはわかっている、病もまた他

の何ものもわが身を滅すことはあるまいと。なぜというに、もし恐ろしい禍に遭うためでなければ、かつて死ぬところを助けられたりはしなかったであろうからだ」（一四五五―一四五七行）。すなわち、かつて赤子のときキタイロンで死ぬところを助けられ、いまに至るまで生かされてあるのは、ただもう恐ろしい禍に遭遇するためだけであったのだ。事実そのとおりになった。父親を殺し、母親と結婚するという悲惨で苛酷な運命を経験した。そしてさらにこのあと自ら犯した罪の意識にさいなまれながら、自然の死が訪れてくるまで生き長らえるのである。それは神の下し給うた罰である。犯した罪の大きさは、単純に命を絶つことでは償いきれない。しかし同時にこれは自ら望んだ罰であるとも言える。さきにオイディプスは自分の罪を首を括るくらいでは償いきれないものだと言った（一三七四行）。彼は生きてそれを償おうというのである。ただ恐ろしい禍に遭遇するために生かされた命を、さらに生き長らえてその禍を味わい尽くそうというのである。しかもその禍は、「わたし以外の何びとも堪え担うことは叶わぬもの」（一四一四―一四一五行）なのである。

ただ、命を絶たないで生き長らえ、恐ろしい禍を堪え忍ぼうとするのは、神の下した罰を甘んじて受けようとすることだけを意味するのではない。それは主体的にその罪業の責任を取ることをも意味する。こののちオイディプスは盲目の身でテバイを追放され、諸国を放浪することになる。これは所与の事実である。その事実を踏まえた上で、作者はオイディプスにオイディプスなりの生き延びる理由を語らせているのである。オイディプスは神の計画に唯々諾々と従っているのではない。彼は彼なりにその途を選択したと言っているのである。ただ罰せられているのではない。自ら罰しているのである。テバイからの追放はまた自らの意志でもあった。「わたしをこの地から追い出してくれ」（一五一八行）と、オイディプスは言ったのである。[4]

3 知に拠って立つ

ところで自らの出自を知り、同時に自らの隠されていた過去の秘密を知ったオイディプスは、それではその事実、またそこに至る経緯をどう認識し評価するのであろうか。

彼は自らの出自の解明に努めたことに後悔の念を見せることはない。そのことが忌わしい秘密を開示することになったけれども、だからといって自分の行為を悔やむことはしない。彼が悔やむことはただ一つ、かつて赤子の身でキタイロンに捨てられたとき、そのまま死なずに助けられたことだけである。それもいままでは意味のあることであったと納得する。そしていま、生きていることを悔やむことはしない。その一方、神託が完全に成就したことを知り、神の力を再認識することになる。「いまではあなたも神を信じるであろう」（一四四五行）というクレオンの言葉に、オイディプスは「もちろんだ」と答えるのである。[5] 同時にオイディプスは、いまのわが身を神から憎まれた存在と位置づける。

神々にさえも
人間のうちでもっとも憎々しいものとなった者を（一三四五―一三四六行）
だがわたしは神々にとってもっとも憎々しい敵となった（一五一九行）

しかしいま明らかになった事実から見ても、オイディプスが神の愛を失った身であることはいまにはじまったことではないことがわかる。苛酷な内容を持つ神託は彼が生まれる以前から下されていたのである。それでは彼にとって一切責任の持てない理不尽なこの神託、神の計画に対して彼が異を唱えるかというと、それはしない。なぜ自分だけかような苛酷な運命に見舞われるか、問うこともしない[6]。彼は神の遣り口に抗議し、非を鳴らし、自らの無罪を主張しようと思えば主張できそうな行為をおのれの罪と認め、その目を潰し、放浪の旅に出て、自然の死が訪れてくるまで罪の意識に堪えることで罪の償いをしようとするのである。これは広大な神の力の前に膝を屈する卑小な人間の姿を提示するものであろうか。

神の気まぐれとしか思えないような理不尽で苛酷な運命そのものは、オイディプスは問題にしようとしない。神の計画そのものを非難することはせず、その計画に知らずして乗せられて犯したわが罪を、彼はすべて引き受けようとするのである。ただ恐ろしい禍《わざわい》に遭うために生かされてきたその身を、全的に肯定するのである。神の強大な力を知りつつも、また神に憎まれた存在であることを自覚しつつも、なお生きて禍＝罪の意識に堪えようとするところに、わたしたちは彼オイディプスの人間としての存在理由を見出すことができるように思われる。

劇中、オイディプスは神託を批判し、自らをテュケー（運、めぐり合わせ）の子であると規定するところがある。まだ自らの秘密を知るまえである。しかし神託は成就した。この事実は世界が神の計画どおりに動いており、自分もまたその計画の中に繰り込まれ動かされていることを明示している。もはや彼は自らをテュケーの子であるとは言えない。テュケーの背後に神の秩序ともいうべきものが存在していることを認めざるをえないのである。

したがって彼に残されているのは、自らを神の敵と規定し、必然の世界を人間としてただしたたかに生き抜くことである。彼はすべてが解明され神の計画が明らかになったとき、知の象徴としての目を潰す行為（未熟な知への懲罰行為）に出た。このことは、そこでオイディプスが神に帰依し、神への信仰に一挙に走ることなく、わが身を知の地平に置くことで人間としての我《われ》の存在の証を立てようとしたことを意味している。いわば世界を知の地平から捉えようとするのである。世界を人間の理性の中に取り込もうというのである。たとえ自らが神の手になる世界構造に繰り込まれている身であるとしても、その中に自らの位置を設定しようとするのである。神だけで計画し、事を成就し、結末をつけることは許されない、世界の出来事を神だけの手に委ねることは許さない、というのである。人間の未熟な知による過失をわざわざもち出し、その責任を取ろうというのである。オイディプスがこのあとも目の潰れた不様な姿を晒し続けること自体が、理不尽な神の計画に対する無言の非難であり、異議申し立てであり、また神に対する人間存在の不逞な自己主張でもあると言えるのではないか⑦。

ソポクレスのオイディプスは自らの出自を求めた。すなわち知の力によってこの世界の中での自分の占めるべき位置を測定しようとした。その結果思いがけなく罪に穢れたわが身の実の姿（世界の中の自分の現在の姿）を発見するに至った。しかし神が仕組んだ罪、彼自身は知らずして犯した罪に対して、彼は神をあからさまに非難することはせず、おのれの責任を主張する。認識に失敗した未熟なおのれの知性を責めて、その目を潰したのである。これは自らの知性への絶望を示すものであろうか。

いや、そうではない。逆にわたしたちはここに、知こそ人間の拠って立つところという知への絶対的信頼を窺い知るべきなのである。そしてここに、アイスキュロスとは異なるソポクレス独自の立場がまた窺えるであろう。それは知の自覚ということである。自らの知を未熟と自覚し、自ら冷静にその未熟さを自らの手で罰する。それは知性という地平に立脚した一個の人間の行為と言いうる。自らの出自を求めて齷齪《あくせく》することも知の行為にちがいない。しかしそれによって得られた結果に、それがいかに罪深いものであろうと冷静に対処することも、またすぐれて知的な行為と言える。予想外の結果に異を唱えず、神を非難することもせず、自らの責任として引き受けること——それは神の支配する広大な宇宙空間に一個の人間の居場所を確保することを意味する。罪におののくオイディプスをして「狂いたる心の赴くままに」目を潰させるのではなく、自らそれと意識してそうさせたこと、この一点にアイスキュロスとは異なるソポクレスの独自性がある。ここにおいて初めてオイディプスは人間として知る力を獲得したと言いうる。そしてソポクレスの構築したオイディプス像は、この一点で知の人としての光彩を放つことになるのである。

最後に一言つけ加えたい。ソポクレスの『オイディプス王』は、オイディプスが自らは知らずして犯した過去の行為を自ら認知するに至るまでの経緯とその結果を描くものである。この自らの生の秘密を認知するに至るまでの、そこに張りめぐらされた知の回路を整理し直すと、以下のようになると思われる。

1 友人の酔語（オイディプスはポリュボス、メロペの子供ではない）
2 出自への疑問（自らを知ろうとする）
3 神託伺い（神は応えず）
4 別の神託とその誤解による神託成就（父親殺し。但し認知せず）
5 スピンクスの謎解きと神託成就（母子相姦。但し認知せず）
6 ライオス殺害犯人捜索
7 コリントスからの使者の証言（オイディプスはポリュボス、メロペの子供ではない）
8 出自への疑問（改めて自らを知ろうとする）

9　出自の解明、同時に過去の罪の顕現
10　罪の認知と償い（未熟な知への処罰）

　これは劇の各場面と必ずしも厳密に対応するものではない。しかしながら、この『オイディプス王』という作品は、煎じつめればオイディプスのこの知の回路を骨組として、それに濃淡さまざまな肉付けをしたものと言うことができる。オイディプスの知の人（=真実追求者）としての姿は明らかである。

第4章 紡ぎ出された都市——アテナイ

アテナイ今昔

二〇〇四年に二回目の近代オリンピックの開催地となったアテネ（古代の呼称はアテナイ）は、かつての面目を一新した。まず空港が新しく移転して大きくなった。シンタグマ広場の地下を地下鉄が通って便利になった。ハドリアヌス門の斜め向かいに、高名な女優であり、また文部大臣も務めたメリナ・メルクーリの胸像ができていた。ディオニュソス劇場跡の手前の馴染みのタベルナ（食堂）が、立ち退きを食らって無くなっていた。けれども見た目の町の表情は、昔とさほど変わらない。アクロポリスの上にはパルテノン神殿が相変わらず立ち続けているし、アゴラは保存された状態でではあるけれども、残りつづけていて二五〇〇年前の姿をいまに偲ばせる。リュカベットスの丘もヒュメットスの山並みも、依然として変わりない。九月の、まだ暑熱の残る大気の中に煙っている。ともかくアテネの名所旧跡を訪ねるのに、パウサニアス氏の旧著『地球を歩く――古代ギリシア』（正しくは、パウサニアス『ギリシア案内記』）が一八〇〇年以上ものちの今日でもじゅうぶん使用に耐えるというのは、ある意味驚きである。

遥かな昔の紀元前五世紀、アテナイはたいへんな禍《わざわい》に襲われた。攻めてきた東の大国ペルシアに占拠されたのである。前四八〇年のことである。その一〇年前はマラトンでの会戦で勝利し、何とか撃退したが、この度は城市を明け渡さざるをえなくなり、目と鼻の先のサロニカ湾に浮かぶサラミス島周辺で最後の決戦を挑むことになった。乾坤一擲《けんこんいってき》、幸いにして勝利を拾い、ペルシア軍は退却して行ったが、このときの対ペルシア戦の残した傷痕は深かった。ペルシア軍の暴虐に対する反感は、アジアの大国に勝利したという自信、そして優越感とないまぜにされてのちのちまで長く残った。ペルシアは、ギリシア的なもの（法、知、自由、勇気）の対極をなすバルバロス的なもの（非理性、無知、野蛮、無法、専制など）を体現するものとされたのである。

復興は早かった。ペリクレスという優れた指導者を得て、市民中心の社会政治体制（民主制と呼ばれるもの）が次第に確立されていく。対外的にはデロス同盟（という周辺諸国と結んだ一種の安全保障同盟）を結成してギリシア内における政治的また経済的優位を獲得する。先のペルシア戦役で破壊炎上したパルテノン神殿も、新たに石造りで再建される。以後五〇年にわたって、アテナイは黄金時代

写真●アテナイ（著者撮影）

を現出するのである。しかし繁栄が長続きしないのは世の常である。五〇年続いた黄金時代は、前四三一年に勃発した内戦によって終わりを告げる。ペロポネソス戦争と呼ばれるこの対スパルタ内戦は、前四〇四年まで通算二七年間（その間わずかな停戦期間がある）続くことになるが、その経緯は歴史家トゥキュディデスの『歴史』に詳しい。一方劇作家アリストパネスは、喜劇というジャンルに拠って、一般庶民の視点からこの間のアテナイ社会の動向を多分の皮肉と幾分かの真摯さとをもって喝破し、描出した。

そのアリストパネスの目に捉えられた内戦末期のアテナイの状況を、喜劇『リュシストラテ』①に拠って見てみよう。

1 時代背景

古代ギリシア語で都市のことをポリス polis という。このポリスという語は、元来は「砦 citadel」の意であったものが「都市 city」となり、また「国家 state」を表わすものともなった。一方にまた都市を表わすものとしてアステュ asty という語もある。これはアクロポリス akropolis（ポリスの中心、砦のある城山）以外の市民の居住区域を指す。近代語ではやはり city、town と訳される。アテナイが都市ポリスとしてもっとも栄えたのは紀元前五世紀から四世紀にかけてのころである。二一世紀の現在からは約二四〇〇年もの以前である。近代西欧諸国の文化は、おおむねこの古典古代ギリシア文化をその出発点としている。それゆえに、その当時の市民が自分たちの共同体をどう捉えていたか、それを探るのはたいへん興味のあるところであるが、さてこれを検証するとなると、ことはなかなか簡単ではない。

この検証作業の水先案内人として、わたしたちは喜劇詩人アリストパネスを立てようと思う。彼の活動期は前五世紀後半、それも四二〇年代以降である。彼はギリシア古喜劇の代表作家として政治諷刺、個人攻撃を専らにしたが、それがための時局観や人物観察にはするどく確かなものがあった。ここでは代表作の一つ『リュシストラテ』を取り上げて、アテナイ市民アリストパネスの目を通して見た当時の〝都市アテナイ〟の姿を再構築してみたい。

アリストパネスの喜劇『リュシストラテ』は前四一一年に（おそらく）レーナイア祭で上演された。コンテストの結果はわかっていない（喜劇も悲劇同様に競演形式で上演された）。作品に目を通す前に、それが上演された当時の時代背景を見ておこう。

前四三一年にはじまったペロポネソス戦争（対スパルタ内戦）は、前四二一年に一時休戦条約の締結をみる（「ニキアスの平和」）が、それはごく短期間のことで、改めて開始された戦闘は本編の上演当時ひとしきり熾《さか》んであった。前四一六年夏から冬にかけてメロス島事件が起こり、前四一五年初夏にはアテナイ海軍の艦隊がシラクサ（シュラクサイ）攻略を目指してシシリー（シケリア）島遠征に出発した（出発前夜に謎の〝ヘルメス像破壊事件〟が起こり、市民のあいだの戦時ヒステリーを一挙に増幅せしめた）。しかしこの遠征は大失敗に終わり、アテナイ市民は戦局の推移にかつてない恐怖と狼狽を味わうことになる。前四一三年に敗戦の報告が届いたときのアテナイ市民の混乱ぶりを、歴史家トゥキュディデスは以下のように記している。

アテーナイ本国にやがてこの報が伝えられても、長い間、市民はこれを信じようとはしなかった。実際にこの作戦に参加していて難を免れた正真正銘の兵士らが、ありのままの真相を報告するのを聞いても、それほどに徹底的な、一兵ものこらぬ全滅に陥ることなどありえようか、と疑ったのである。しかしこれが真実であることが判明すると、市民たちは、自分らが決議の投票をなした主体であることを忘れたかのように、この遠征挙行を声をそろえて積極的に支持した政治家たちに対して非難をあらわにし、また神託師や予言者など、遠征軍出航に先立って、神慮天意を理由にシケリア遠征成功の夢を市民らに植えつけた誰かれに対しても、憤りをなげつけた。どちらを見ても、四面市民を苦しめることばかりであり、かくの如き事態の出来をまえにしてかれらを襲った恐怖と狼狽は、如何なる経験にも比べようがなかった（『戦史』巻八、一。久保正彰訳、岩波文庫）

この結果を受けて一つの政治的な動きが活発化する。それまでの民主制という衆愚政治に鳧《けり》をつけ、独裁的な強権政治を狙う寡頭政権を樹立しようとする動きである。民会、評議会の上に一〇〇人からなる先議委員制度[2]が設けられる。のちに「四〇〇人会」となって結実する反動勢力の先駆けとなるものである。

前四一二年夏には、アテナイを中心とする対スパルタ陣営からキオス島が離脱する。アクロポリスの神殿内に緊急時に備えて収蔵保管してあった一〇〇〇タラントンの銀の取り崩しがはじまる。海軍再建のため艦船の船具（ことにオール）用木材の輸入調達資金としてである。窮状は切迫していた。そしてついに前四一一年五月末に寡頭政権「四〇〇人会」が樹立されるのである。そのわずか四ケ月ほど前に『リュシストラテ』は上演された。国家の舵取りをめぐって反動勢力が暗躍していたその最中である。それゆえ本篇がこうした世情を十二分に反映していることは当然考えられるところである。そのうえで諷刺家アリストパネスは何を標的としたのか。彼のするどい視線が捉えた都市アテナイははたしてどのようなものであったろうか。

2　作品を透かして見る都市アテナイ

まずヒュポテシス（アレクサンドリア時代の註釈家が、おそらく学生ら読者向けに——書籍商用との説もある――劇作品の冒頭に付けた短い内容紹介文。古伝梗概と訳される）を借りて作品の粗筋を辿《たど》っておきたい。

リュシストラテは女性市民を呼び集め、／亭主を避けて同衾《どうきん》しないようにと因果を含めた。／内戦勃発のいま、対スパルタ戦争は掛け声だけで、／男どもは全員家から出るに出られぬといった按配になるようにと。／この案が通って、彼女らの一方はアクロポリスを占拠し、／他方は自国へと戻って行った。スパルタの女性らも／同様のことを衆議一決。伝令が送られて来て／これを伝える。講和条約が成立し、／皆は神にお神酒を奉納して戦争を放棄した。

ここに特徴的なことが二点ある。第一点は、女性市民が男たちの戦争継続を阻止するためにセックス・ストライキを敢行することであり、第二点は、おなじく戦争継続を阻止するために軍費となる収蔵金一〇〇〇タラントンを差し押さえるべくアクロポリスを占拠することである。主人公名でもあり劇の題名ともなっているリュシストラテとは、「軍隊を解体する女」の意である。題目にも内容にも、まずは戦争反対の意図が露にされている。そしてその手段として用いられたのが、セックス・ストライキと国庫の差し押さえという実力行使であった。劇全面にわたって女性が活躍し、しかも奇想天外な形で政治・社会参加をするといった劇構成は、とにかくまず観客の度肝を抜く効果があったにちがいない。

この時代、アテナイの女性は、市民階級といえども、その社会的諸権利はほとんど無きに等しいものであった。せっかくの民主政治にも参加することは許されていなかった。原則として彼女らの行動範囲は家庭に限定され、国政に参加する途は閉ざされていた。家政（オイコノミアー）がその担当の場で、国政（ポリーテイアー）に容喙《ようかい》することは一切なかったのである。

その女性たちを、アリストパネスは劇中で家政の場から解き放ち、国政の場に参画せしめる。しかも非合法なアクロポリス占拠という実力行使によって。これは二重の意味でタブーを破ることを意味した。一つはかつてなかった女性の政治参加が実現したこと、いま一つはそれが合法的手段によらず、クーデタという実力行使によって実現したことである。虚構の上とはいえ、ここまでドラスティックな女性の政治参加を描く詩人の意図は那辺《なへん》にあるのか。作品をいま少し詳しく見ることによって、その意図を探る緒《いとぐち》としたい。以下は作中からの抜き書きである。

(1)ラムピト

軍艦が動けるあいだ、そして莫大な量の銀が女神様のところにあるあいだはだめでしょう。

リュシストラテ

そのこともおさおさ準備怠りなし。きょう城山（アクロポリス）を占拠します。（一七三―一七六行）

アテナイ男性陣の説得を約束するリュシストラテにスパルタ女性の代表ラムピトが疑義を挟むのを

抑えて、実力行使を宣言する箇所である。さきに触れたように、当時アテナイ市当局は特別会計の一〇〇〇タラントンを取り崩してまでも海軍を再建することに狂奔していた。その現実体が女性たちのアクロポリス占拠という虚構と対置させられる。その現実と虚構の懸隔、落差のもたらす驚愕は大きい。

(2)老女の合唱隊

わたしは自由民ですからね。(三七九行)

男性の合唱隊の長から「あつかましい言い草だ」と非難されたのを受けてのせりふ。家庭や巷では市民階級である以上、女性も自由に物言いができた(はずである)。しかし古来の男尊女卑的風潮は濃厚に残存していた。女性の発言がどこまで保証されていたか、疑わしい。しかし一般的にみて、どのような圧政下にあっても女性(庶民)の声が表面的にはともかくとして、実質的には途絶えたことがないことは、古今東西の歴史の教えるところである。

(3)先議委員

先議委員の職責にあって、船舶用木材確保の目処をつけ、その費用を調達せねばならんというときに、(四二一—四二二行)

「女どもにアクロポリスの門外に閉め出されているというありさまだ」というのである。先議委員は前四一三年のシケリア島での大敗北直後に設置された一〇人からなる執行機関である。民会、評議会から権限を奪いつつ海軍再建を通じて国勢の挽回を画策していた。先に触れたように、のちの「四〇〇人会」に結実する反動勢力の先駆けである。女性たちにとって（また作者アリストパネスにとって）は敵の総本山ということになる。短いせりふにその実体はよく捉えられている。

(4)リュシストラテ　（弓持ちに向かって）下っ端役人の分際で、このわたしに指一本でも触れてごらん、泣きをみますからね。（四三五―四三六行）

弓持ちとは市中警備に従事する最下級の警察官僚。奴隷身分で、弓矢で武装していた。黒海西岸のスキュティア地方出身者が多かった。リュシストラテは女性ではあるが市民階級である。奴隷身分の弓持ちに対する優越意識が言わせるせりふである。いま女性の企てるクーデタ（アクロポリス占拠）には、弓持ちのような社会的弱者との連帯を促す革命意識はない、と言わねばならない。

(5)リュシストラテ　わたしたち、最初のうちはずっと、あなたたち殿方のなさることはなんでも、女の分をわきまえて、（黙って）耐えておりました。（五〇七―五〇八行）

リュシストラテ　「今日の集会であなたたち、あの碑文の条約（ニキアスの平和条約）に何をつけ加えることを議決なさったのです」「おまえに何の関係がある」亭主が言います、「黙らんか」（五一三―五一五行）

リュシストラテ　「なぜまた、ねえ、バカみたいにあんなことをしでかそうっていうんです」とたんに夫はわたしを睨みつけて言ったものです、「おとなしく機織りをしていないと、当分ゲンコツの痛みに泣くことになるぞ、『戦争は男の仕事だ』[3]」と。（五一八―五二〇行）

当時の市民の家庭でこのような夫婦の会話が交わされていたか否か、定かではない。この時代のアテナイは男性中心社会であったゆえに（上記引用五〇七―五〇八行参照）、主婦たちは社会的諸権利はこれを有しなかったが、家庭内では現代社会と同様にある種の権力を持っていて、このように愚痴をこぼし、あるいは亭主をやり込め、その結果口論や時には暴力沙汰に及ぶこともあったのかもしれない。これは詩人の空想の世界だけの話ではけっしてなかったろう。モデルになるような状況が身近にあったにちがいない。

五一三行の「ニキアスの平和条約に何かをつけ加える」というのは、前四一八年、アテナイ市民がアルキビアデスの助言を容れて、条約を刻んだ大理石柱にスパルタ側が誓約に違反したとの一条を付記したことを指す。好戦的な風潮への反対の意志が、家庭という限定された場所、そして社会的な発言権を封じられていた女性の口を借りる形で表明されている。

亭主の側の「戦争は男の仕事だ」という決めぜりふは、その出典となった『イリアス』第六歌の場とここではその背景が大きく違うことに留意しておきたい。ヘクトルは愛する妻子の守護者としてこのせりふを吐いた。いま同じせりふを繰り返すエピゴーネンは、妻からの憐憫と攻撃の対象でしかない。

(6)リュシストラテ　糸がもつれたときは、ほらこんなふうに糸をもって、
紡錘《つむ》で引っ張り出してやるんです、こちらまたあちらとね。
戦だって同じように解きほぐせます、任せてくだされればね、
使節を派遣して選り分けるんです、こちらまたあちらと。（五六七―五七〇行）

リュシストラテ　もしあなたたちにちょっとしたセンスがあれば、
わたしたちが羊毛を扱うのとおなじに、お国のことも一切合財処理できます

のに。(五七二―五七三行)

麻のごとく乱れた戦乱状況をお手のものの機織り技術の応用で終結せしめられるとの揚言は、そんな単純な話ではないと先議委員から一蹴される。だいいち糸玉を扱うように政治を行うというのは、多分に曖昧な言い方である。リュシストラテはそこをいま少し説明して、まず政権を求めて徒党を組む徒輩を「解きほぐして」解体する。次いで市民、在留外人、外国人、国庫の債務者も一括して「共通の良識」という糸巻き籠の中に梳《す》き入れる。第三にアテナイ傘下の植民都市すべてを各々別個の糸玉と考える。そしてこのすべてから糸を取り出し、一つの大きな糸玉にした上でこの玉から国民に外套を織り出すというふうに述べる。比喩的にすぎるものの、これが女性たちがクーデタ後に想定している政策プランであろう。しかしそれにしてもやはり曖昧にすぎると言わざるをえない。そもそもそれが従来の民主制とどう違うのか。時節柄反動的な寡頭政権樹立が懸念されているが、それへの対処はどうなのか。そもそもそこに女性はどうコミットするのか、しないのか。一切不明である。作者アリストパネスにしても、時の政治に対する批判や諷刺を裏打ちするだけの具体的な政策を常日頃から準備していたかどうか、多分に疑わしい。しかしわたしたちがそれを求めすぎるのは酷というものであろう。喜劇はあくまで文芸作品(あるいは一場のエンタテインメント)であって、政策プランの提案書ではないからである。ただ政権を求めて徒党を組む徒輩に対する警戒心は、アリストパネスに強かったと思われる。のちの「四〇〇人会」に繋がる寡頭政権樹立への動きは、本篇上演時すでにテロを伴って活発化していたからである。いずれにせよ、リュシストラテの述べるこのプランは先議委員には空論と見なされてしまう。

(7)リュシストラテ　わたしたち、戦争には人の二倍もそれ以上も協力しています。まずは子供を生み育て、それを重装歩兵にして出征させ、〔……〕

さらに、さあ花の盛りを味わい楽しみましょうというときに、

相手は出征中で、こちらは独り寝。（五八九―五九二行）

これは古今東西を問わぬ、銃後の女性たちが嘗める辛酸の情の表出である。それは戦場の男性のそれにけっして劣るものではない。これには先議委員とて文句がつけられない。対応に窮して、男だとて戦争で青春を無駄にしないわけではないと言うと、男は歳を喰っても若い娘を嫁にもらえるが、女性はそういかない、婚期を逃せば貰い手のないまま年老いて行かねばならないのだと反論される。まさに母親こそ、女性こそ反戦の原点である。だが実際にはこうした声はどこまで届いていたろうか。のちに述べるように、開戦直後、時の指導者ペリクレスはペロポネソス戦争で斃《たお》れた兵士への葬送演説の場で、戦没者の妻女に対して婦徳を守り、愛国の母たるべしと説いた（トゥキュディデス『歴史』

巻二、四五参照）。以来二〇年、その愛国の母たちの偽りなき心中の吐露が右のリュシストラテのせりふなのである。

⑻老人の合唱隊

（スパルタ人と和議させようというのは）なあみんな、こいつは女どもの企みだぞ、われらを独裁制に差し向けようとのな。

だがこのわしに独裁制はむつかしかろう、用心しとるからな。（六三〇―六三一行）

ここでは休戦と独裁制は連結するものと考えられている。歴史事実として、このあと（前四一一年五月末）樹立された寡頭政権「四〇〇人会」（独裁制と見なしてよいもの）は、現状維持を条件にスパルタに休戦を申し入れるが拒絶される（トゥキュディデス『歴史』巻八、七〇―七一参照）。女性たちの蜂起の目的は戦争終結である。そのためには独裁制もやむなしというのか。右の合唱隊はそう解釈しているかに見て取れる。先にリュシストラテが述べていた糸玉を比喩にした政策プランは、必ずしも独裁制を前提にしたものではなかった（と解される）。アリストパネスは本篇上演当時「四〇〇人会」樹立の動きは察知していなかったとするのが通説である。ある程度はキナ臭いものを感じてはいただろうけれども。右のせりふを合唱隊に語らせた作者アリストパネスの真意は、那辺《なへん》にあるのか。(4)

(9)老女の合唱隊

（女のわたしは）壮丁《おとこのこ》の供出もしています。（六五一行）

何度も触れたように、アテナイの女性たちには社会的な諸権利が付与されていなかった。ただし公的な社会活動が一切なかったわけではない。良家の子女はパン・アテナイア祭など共同体の宗教行事には幼児の頃から選ばれて参画した。引用はそうしたことをひとしきり述べたあとを受けての発言である。つまり共同体に責任を持ち貢献している身であるからこそ、むしろ義務として国政に注文をつけ、忠告を呈しているのだというのである。しかしこうした女性の声をアリストパネス自身がどこまで支持していただろうか。

(10)合唱隊

（男根を勃起させているスパルタ側使節に向かって）おまえさんたち、ちょっと気を利かせて外套を羽織ったらどうだ。ヘルメス壊しの連中のだれかに見つかったらコトだぞ。（一〇九三—一〇九四行）

劇も大詰めに近い。セックス・ストライキに音をあげたスパルタの男たちが和議を結ぶべくアテナイに使節を派遣してくる。女性に相手にされないため勃起した男根を隠しもせずに登場という次第である。前四一五年夏アテナイの艦隊がシケリアへ向けて出航する直前、ある夜何者かが市内各所に建てられていたヘルメス像の頭部と男根（突起する形で刻まれていた）を破壊するという事件があった。犯人についてはいろいろ取り沙汰されたが、けっきょく不明のままであった。しかしこの事件は国運を賭けたシケリア遠征の前途に暗雲を投げかけるものとして、市民は不安感をいやがうえにも募らせた。作者はその事実を引きつつ、セクシュアルな笑いのタネにしているのである。

3 現実と虚構

以上のように見てくると、本篇には上演当時の政治情勢、社会問題等（それは民主制と寡頭政治、戦争と女性、自由民と奴隷、男尊女卑といったタームで要約できるもの）、換言すればアテナイという都市共同体のトータルな有りようがかなりの程度に克明に描き出されていることがわかる。しかしそこに描かれたアテナイは、当然ながら前五世紀末の現実のアテナイそのままの姿ではない。トゥキュディデスは時代を凝視する歴史家として、この時代のアテナイ（およびそれと関わるギリシア各地）をほぼ現実どおりに描き出すことに努め、そして成功しているが、アリストパネスの描いたアテナイは喜劇作品という虚構の中でのアテナイである。それは現実のアテナイとイコールではない。同時にしかし現実のアテナイのさまざまな側面が作品の中に取り込まれていることも、確かである。喜劇詩人アリストパネスは、虚構の中に現実をどう取り込み、それをどう表現しようとしたのか。

劇は女性たちのセックス・ストライキとアクロポリス占拠、そしてその結果としての停戦成立を描く。これは男性中心社会アテナイに生じた女性たちの政治的クーデタと解釈されてもよろしいであろう。原始、女性は共同体の中心的地位を占める存在であった。それが英雄時代を境として、その地位は下落しはじめる。先に挙げたヘクトルの言葉（ホメロス『イリアス』第六歌四九〇—四九三行）は、家族愛・夫婦愛から出たものであることはいうまでもないとしても、共同体内で決められた女性の地位を明確に示すものとなっている。そこでは、「戦争（国政）は男の、機織り（家政）は女の仕事」とされていたのである。国家は戦没者の妻の取るべき途まで細かく規定した。先に触れたペリクレスの葬送演説がそれであった。

そうしたいわばお仕着せの女性像が、作中ではひっくり返される。女性たちは夫や子供の世話、召使の差配をやめ、紡錘《つむ》を捨てて街頭へ出てくる。家庭に閉じこもり、せいぜいが町方（アステュ）の住人にすぎず、国家（ポリス）の構成員としては機能していなかった女性たちの反乱、国政への介入である。これまで男たちの要求に応じ、子供を産み育て、戦士として国家に提供してきた女性たちが、その男たちとの関係を断とうというのである。それは一時的に性の快楽を男たちから取り上げることになり[5]、停戦という初期の目的を果たす結果となるが、長期的にはポリスの構成員の供給を断つことに繋がり、女性たち自身それを意識しているか否かは別として、国家共同体における女性の存在の重さを見せつけることになる。作者アリストパネスは、ここでことさらに女権拡張論をぶっているわけではない。しかしそこには共同体存続のためのパートナーとしての女性の存在の重さが、図らずも浮かび上がってくるのである。

セックス・ストライキと並行して女性たちはアクロポリス占拠という実力行使に出る。アクロポリスのパルテノン神殿の一画には、国家の緊急事態に備えて一〇〇〇タラントンの銀が収蔵されていた。その収蔵金が戦争継続の費用として使われないように差し押さえるのが占拠の目的であった。ここにはシケリア遠征失敗後のアテナイの政治情勢が、作者アリストパネスの視野に捉えられている。シュラクサイから敗北の報告が届いてからほとんど時をおかずして、作中にも登場する先議委員制度が設けられる。作中の先議委員はリュシストラテにやり込められ這々の体で逃げ出すが、実情はそんなやわなものではなかったであろう。彼らは反動勢力の先駆けとしてアテナイ政権の牛耳を執っていたはずであり、その一挙一投足が来る寡頭政権「四〇〇人会」を準備するものであったと考えられる。そのためのテロリズムの横行の事実を、トゥキュディデスも告げている（『歴史』巻八、六五参照）。そして問題の一〇〇〇タラントンの取り崩しもすでにはじまっていた。右の二節の(3)で引いた先議委員のせりふ（四二一―四二二行）は、その事実の追認にすぎない。

しかしまた同じく二節の(8)で引いた老人の合唱隊のせりふは、内戦終結すなわちスパルタとの和議を策す女性たちの動きそのものが古のヒッピアス（前五二八―五一〇年のあいだ、独裁者としてアテナイに君臨）以来の独裁政治に繋がるものであるとして警戒されている。戦争継続に固執する男性陣が民主制側で、戦争終結を主張する女性陣が独裁制という構図が一つ浮かび上がってくる。そして先議委員はもちろん戦争継続の尖兵であるが、現実の政治の場では時代の閉塞状況を打破するために寡頭政権樹立を目指す貴族派に近いところに位置していたのである。作中の政治状況は錯綜していると言わざるをえない。見方によっては女性陣と先議委員とは、その政治的立場にほとんど変わりはないとも言える。即時停戦を叫んでクーデタを起こした女性陣と、当面海軍再建を果したうえでスパルタと現状維持での停戦を提案する（実際に「四〇〇人会」はクーデタ直後にスパルタにその条件で停戦を申し入れて拒絶されている）先議委員ら当局者とは同列であると言えるのである。

一方男性陣（老人の合唱隊）は、女性の政治参加、社会進出という出過ぎた真似に対する反発に加えて、クーデタというその手段に危惧の念を抱く。しかし彼らも独裁制に反対する自由市民を名乗りながら、戦争継続という点では先議委員と同列なのである。ただ女性たちの意図するところは、とにかくまず停戦である。そのための手段が、たとえ先議委員の立場と通底するところがあっても、それは問うところではない。その点ではまさにアナーキーなクーデタと言わざるをえないであろう[6]。

4 虚構の仕掛け――夢の効用

現実にはおそらくは一パーセントの可能性もない女性によるクーデタ〈アクロポリス占拠〉と奇想天外な（しかしこれは部分的には可能性皆無ではない）〈セックス・ストライキ〉をもって構成される夢物語は、観客の哄笑、苦笑、憫笑を誘発し、楽しませつつも当局者の顔を顰《しか》めさせたにちがいない。時事性、猥褻性は諷刺の有力な技法であるからである。

ただここでわたしたちは女性の政治参加、また女権拡張への期待をかけすぎることは慎まねばならないであろう。作者アリストパネスには、おそらくその意図はなかったはずである。第一、女性たちはクーデタによる政権奪取を装いながら、肝心の政権構想は明確に提示していない。先の引用(6)にややそれらしきものが示されていないわけではないが、きわめて不明瞭な形のものでしかない。糸玉を扱うようには政治は行われないのであって、リュシストラテのせりふには誇張がある。そして作者アリストパネスにも明確な政権構想を提示する意図はなかったであろう。またそれは簡単にできることでもなかったし、第一、喜劇作品はそうする場でもなかった(7)。クーデタ騒ぎはあくまで架空世界のお話しなのである。有りうべき国家像がそこで語られる必要はない。誤解を恐れずに言えば、粗笨《そほん》な糸玉政権構想をぶって失笑を買うことのほうがむしろその目的とするところなのである。

逆に言えば、停戦そのものが女性たちの意図するところ、そしてまた作者アリストパネスの創作意図なのであって、そうであれば停戦後の政権構想ははなから必要ないのである。それ以上の政治的意図はなかったのである。ましてやクーデタを描くことによって、寡頭政権樹立を狙って画策していた連中とリンクする意図は、作者アリストパネスにはまったくなかったと解釈してよいであろう。アプ・トゥ・デイトな時代の事件にするどく対処しながら、その意味では本篇はけっして政治劇ではないのである。ありえない女性の政治参加を隠蓑に、内戦最中の都市アテナイを真摯に、かつ軽妙に諷したにすぎないのである。

現実には一パーセントの可能性もない女性によるクーデタであるから、観客の男性もアテナイの当局もこれを笑って許せるのである。作者アリストパネスもおそらくそれを承知の上で、これを書いた。ただしかし停戦を求める女性たちの心情、それに籠めた作者アリストパネスの思いだけはけっして半端なものではなかったろうけれども。

ここに描き出された都市アテナイは、厳しい現実に触発され、その厳しい現実を取り込みつつ創り上げられた幻想都市アテナイである。それは現実のアテナイとは似て非なるアテナイである。作中の女たちのと同様、アリストパネスの脳中から紡ぎ出された都市アテナイである。だからこそ観客（の男性）は抵抗なくこれを受け入れる。彼らはこの幻想都市アテナイの架空世界に思いを馳せ、そこに心遊ばせつつ、しかもそこから現実の厳しさを改めて学び直すのである。その心中で現実と虚構が混じり合う。そして作者はその虚構性が生み出す力によって現実を撃《う》つのである。

5 喜劇上演とアテナイ社会

悲劇・喜劇の上演は、前五世紀アテナイにおいて、市民参加の一大国家事業であった。悲劇はすでに前五三四年から競演会が開始されているが、喜劇も前四八六年に国家公認の第一回競演会を持った。悲劇は大ディオニュシア祭（三月）に上演されたが、喜劇の上演は（大ディオニュシア祭もなくはなかったが）主としてレーナイア祭（一月）に拠った。いずれにしてもそれは作家、俳優、音楽家に加えて合唱隊として出演するアマチュアの市民、審判役の市民、そして劇場を埋める観客の市民ら総参加の一大パフォーマンスであった。一九世紀のある知識人が言う、「喜劇詩人が材料と観客を提供されるためには、教養ある男女の社会、即ちさまざまな観念が普及し、理解力が活発であるような、そんな社会を必要とする」（G・メレディス『喜劇論』相良徳三訳、岩波文庫）と。前五世紀のアテナイが女性にとって住みやすい社会であったかどうか、あるいは教養ある女性を養育するような社会であったかどうかといえば、答えは限りなく否定的なものとならざるをえないであろう。しかしその点を除けば、「さまざまな観念が普及し、理解力が活発にあるような」社会ではあった、と言ってよい。表現の自由は一応保証されていたから、時の権力者を名指しで批判し、揶揄嘲弄しても（たとえば『騎士』、『蜂』におけるクレオン批判）、まずお咎めはなかった。[8] 猥褻性も、キリスト教的倫理観が入る以前の世界では健康なお色気として笑いの対象となり、諷刺の道具とはなっても、指弾の的とはならなかった。わたしたちが本篇で見て来たとおりである。ただ思想的ないしは宗教的な問題が絡むと面倒が生じた。一例が同じアリストパネスの作品『雲』（前四二三年）である。この中でアリストパネスは、ソクラテスとその学園を取り上げて揶揄の対象にした。書くことにはお咎めはなかったが、書いたことで観客である市民にある一定の影響力を及ぼし、一人の人間を死に至らしめた、いやその遠因を作ったのである（プラトン『ソクラテスの弁明』を参照せよ）。このように書く側が自戒すべき事例はあったけれども、喜劇詩人はおおむねおのれの欲するところにしたがって作品を創作することができたのである。そうできるだけの環境は整っていたと言ってよいであろう。

本篇『リュシストラテ』に限って言えば、上演前後の政治状況は緊迫の極にあったと言ってよい。民主制を衆愚政治とみなす勢力が、暗殺や武力による威嚇を用いて寡頭政権樹立を狙っているような状況であった。そしてじっさいに本篇上演後四ケ月ほどして「四〇〇人会」が成立したのである。もっともその後ほどなくしてこの寡頭政権は打倒されたのではあるけれども。いずれにせよそうした時代背景の中で本篇のような作品―虚構といえども時代の政治状況とするどく触れ合う作品―が堂々と書かれ上演されたことは、アテナイという都市の都市としての成熟度を示すものであると言いうるように思われる。

第5章……『アンドロメダ』異聞——アブデラ

愚者の町アブデラ

アブデラ　トラキア海岸部のギリシア人の町。前七世紀に創建され、前六世紀に小アジアのテオスから到来したイオニア人によって再建された。この到来したイオニア人の中にはギリシア抒情詩の詩人アナクレオンもいた。ここはソフィストのプロタゴラス、また哲学者デモクリトスの生地であるが、一方その住民の愚鈍さは諺に言われるほど有名である（『オックスフォード古典文学案内』）。

古代ギリシアは統一国家を持たなかった。中部のテッサリア以南が自分たちの土地という共通の認識はあったようであるが、これを政治的な統一体とすることはなく、各地にさほど大きくない都市共同体（ポリスと呼ばれた）が散在するだけであった。アテナイ、スパルタ、コリントス、テバイなどがそれである。海外にも同様な植民都市があった。ペルシア戦争のような外敵襲来の一大事のおりも、これらの諸都市がたがいに協力して事に当たったが、戦時の連合体がそのまま政治的な連合体、すなわち国家になることはなかった。それでいて前五世紀後半から前四世紀にかけて、各都市国家間でギリシアの主導権争いが続いていたのである。

このギリシアをマケドニアが北から降りて来て併呑した。そうしたのは若きアレクサンドロス大王である。ギリシアは期せずして統一国家になった。いや、併呑されて大帝国の一部と化した。アレクサンドロスは、こののち小アジア、エジプト、中近東、ティグリス・ユーフラテス河流域、アフガニスタン、インドまで兵力を伸ばす。世界帝国が実現する。しかし彼は三三歳で死んでしまう（前三二三年）。アレクサンドロスには、不幸にして後継者がいなかった。遺された帝国は有力幕僚の手で勝手に切り取りされた。そうしたなか、大王の出身地マケドニアの領有をめぐっては、リュシマコス、カッサンドロス、ピュルス、セレウコスらが争った。勝ち残ったリュシマコスも最後はセレウコスに敗れて死ぬ（前二八一年）。

世はヘレニズム時代に入っている。ヘレニズムとは、それまで主として都市国家内で醸成されていた文化のより広い世界への拡散浸透の謂《いい》である。アテナイに代わる文化の発信基地が新たに生まれて

写真●アブデラ（湯本泰正氏提供）

きた。ペルガモンやアレクサンドリアである。新興のローマにも南イタリアを経由してギリシア文化が伝えられた。この文化の拡散現象を担った運動の一つを挙げよう。ギリシア演劇の輸出である。ギリシア悲劇および喜劇はアテナイのディオニュソス劇場で上演されるのが慣わしであった。少なくとも初演はそうであった。しかし最盛期をはるかに過ぎて前三〇〇年代から二〇〇年代に入るころになると、俳優や音楽担当者、その他上演に関わる者らが一種のギルドを組み、出し物を持ってアテナイの外のエーゲ海周辺の植民都市を巡演して歩くということがはじまった。ギリシアの植民都市は、どこもその市中に立派な劇場を備えていた。前五世紀に都市国家ポリスで栄えた文化の華の代表的な一つである演劇が、こうした形でヘレニズム世界へと広まった。いわば文化の輸出、あるいはグローバル化と言ってもよい。南イタリアに入ったギリシア劇はローマに伝わり、翻訳翻案され、また模倣されて、のちのローマ喜劇の淵源となった。

こうしたなか、ギリシア北方トラキアの町アブデラで奇妙な事件が出来《しゅったい》した。先述のリュシマコスがそこら一帯を治め、時めいていたころのことである。愚者の町アブデラの市民たちが繰り広げた騒動とは何か。

1　あるときアブデラで

ギリシア悲劇はアテナイのディオニュソス劇場で上演されるのが慣わしであった。現行の暦で言えば三月下旬から四月上旬にかけてのころ、アテナイでは大ディオニュシア祭というディオニュソス神を寿《ことほ》ぐ祭礼が催される。その祭りにあわせて悲劇の競演会が行われたのである。ディオニュソス神の神殿はアクロポリス東南麓にあった。ディオニュソス劇場はそのすぐ隣にあった。ただ競演会がはじまってから（前五三四年）しばらくのあいだ（約三〇年間）は、アクロポリスを隔てた北側のアテナイの中心広場アゴラで上演されていた。まだ常設の劇場がなかったのである。いまは遺跡として残るディオニュソス劇場の祖型があの地に建設されたのは、世紀が前六世紀から五世紀へと替わるころであったと言われている。現存する悲劇作品三三篇（サテュロス劇一篇を含む）は、すべてこのディオニュソス劇場で上演された。すくなくとも初演はそうであった。

では、いまに残る悲劇作品がディオニュソス劇場以外でも上演されたことはあったのか。前四世紀に入ると往年の名作の再上演が許されるようになった（ここから俳優の手による原作の改竄《かいざん》がはじまる。文献学者はその整理にいまだに悩まされている）。客を呼べる作品が払底したことによる。再演希望がアテナイだけに限定されていたとは考えにくい。立派な劇場を備えたエーゲ海諸地域の、また南イタリアの植民都市がそれを望んだということは、大いにありうる。むしろアテナイ側から積極的に海外の各地を演劇関係者がギルドを組んで巡演して廻るということが、あったようである。ヘレニズム期、ことに前三世紀に入るとそれが盛んになった。右ですでに述べたとおりである。出し物は過去の名作が主であった。その一つの例を以下に紹介したい。

親愛なるピロン君、むかしリュシマコスの治世にアブデラの市民のあいだにある疫病が発生したという話があるんだがね。でその症状というのが、まず市中の人間全員に熱が出る。それも最初から激しく、またしつこい。七日目くらいになると、人によって大量に鼻血を出す者もいれば、また大量に汗をかく者もいる。がそれで熱が下がる。ところがそのあと彼らの心的状態がおかしなことになってしまった。全員が悲劇狂いになってしまい、イアンボス調（短長格）で歌い、大声で叫ぶという始末になったのだ。とくに皆が歌ったのはエウリピデスの『アンドロメダ』の独唱歌で、ペルセウスのせりふが節つきで歌われた。市中はこの七日仕立ての顔色の悪い、青白く、痩せっぽちの悲劇屋で一杯になった。彼らは、「おお、あなた、神々と人間の王、エロスよ」およびそれに続く箇所を大声でおらびあげ、それが連日のように続いたが、ついに冬になって寒さが厳しくなった時点でやっとこの馬鹿騒ぎは終わった。わたしの見るところ、この騒ぎの原因は俳優アルケラオスにあるように思われる。当時有名俳優だった彼は炎熱の真夏にこの『アンドロメダ』をアブデラ市民の前で演じたのだが、それで市民らの多くは熱病に罹って劇場から家に帰って来、やっと床上げが済んだとなったら、あとはもう悲劇漬けの毎日となったのだ。すなわちあのアンドロメダの記憶が彼らに付きまとって離れず、メドゥサの首を持つペルセウスが一人ひとりの意識の周りを飛び歩くという事態が長期にわたって続いたのだ。（ルキアノス『歴史はいかに記述すべきか』一・二）

以上は紀元二世紀の文筆家ルキアノス（一二〇頃―一八〇年以降）の報告するところである。ルキアノスは、彼の時代から四五〇年ほども溯った時代の出来事をこう報告しているわけである。なぜ彼はこの事件に興味を持ったのか。わたしたちはそのことにも興味があるのだが、ここではまず紀元前三〇〇年前後のころにアテナイを遠く離れたトラキア地方のアブデラで、エウリピデス作の『アンドロメダ』という悲劇作品が上演されたことに着目したい。

『アンドロメダ』が初演されたのはもちろんアテナイのディオニュソス劇場においてであって、それは前四一二年春のことであったとされている。とすればアブデラでの再演は、初演より一〇〇余年後のことであったことになる。もちろんこの間に、これと同じようにアテナイ以外の場所で何度か上演されたことがあったかもしれない。その可能性はじゅうぶんにある。それはさておき、ルキアノスの報告を信じれば、とにかく初演以来一〇〇余年経ってこの作品はまた上演されたのである。それもアテナイ以外の土地で。なぜアブデラで上演されるに至ったのか、そこに至る経緯は詳《つまび》らかにされていない。何らかの理由があったのか、あるいは偶然であったのか。

アレクサンドロス大王が拓いた新しい世界は、従来のポリス（都市国家）文化をより大きくより広い場へと移し替えることを促した。ギリシア語はコイネー（共通語）となって新世界に広まり、ポリスで生まれ育まれたギリシア文化を各地へ運ぶ足となった。演劇の世界に限っていえば、さきに述べたように、前三世紀に入るとアテナイの演劇関係者——俳優、演出家、音楽担当者、その他諸々——は一種のギルドを構成し、出し物を持ってアテナイを出、海外各地を巡演して廻った。アブデラでの公演もそうしたものの一環であったかもしれない。それにしてもアブデラでのこの公演は大成功であったと言ってよいであろう。演目『アンドロメダ』は熱狂と興奮で迎えられたからである。しかしルキアノスが伝えるあの異常な（と言ってよい）熱狂と興奮は何なのか。ルキアノスはその理由に役者アルケラオスの存在を挙げているが、それはたとえば違う演目の場合でも同じだったのか、いや『アンドロメダ』であったからこそそうだったのか。

2 なぜ『アンドロメダ』が

役者アルケラオスの件はひとまず措いておこう。役者よりもまず演目の『アンドロメダ』が問題である。あれほど観客を熱狂させた原因はまず作品にあると考えるのが普通だからである。ところで、現在わたしたちが持つ『アンドロメダ』は完璧な形の作品ではない。断片（全一一五行）である。アンドロメダ伝説は有名であるから、伝説をもとにすれば作中で扱われる物語の概要、劇の筋書きはおおむね推測できる。劇の全体像を知るために、その伝説をアポロドロス『ギリシア神話（ビブリオテケ）』（二、四、三。高津春繁訳、岩波文庫。なお長音の音引きは省略）から引いておこう。

彼（ペルセウス）はケペウスが支配していたエティオピアに来て、その娘アンドロメダが海の怪物の餌食として供えられているのを見出した。というのは、ケペウスの妻カッシエペイアが海のニムフ達と美を争って、すべてのニムフよりも美しいと誇ったからである。そこで海のニムフ達は怒ったし、ポセイドンは彼女らと共に憤慨し、高潮と怪物とを送った。アンモンが、もしカッシエペイアの娘アンドロメダが怪物の餌食として供えられるならば、禍から救われるであろうと予言したので、ケペウスはエティオピア人に強いられて、これを行い、娘を岩に縛りつけた。ペルセウスは彼女を見て恋し、もし救われた少女を妻にくれる積もりならば、怪物を退治しようとケペウスに約束した。この条件で誓いが交されたので、彼は怪物を待ち伏せて殺し、アンドロメダを解放した。しかしケペウスの兄弟で最初のアンドロメダの婚約者であったピネウスが彼に対して陰謀をこらした。しかしその陰謀を知って、ゴルゴンを見せて彼をその共謀者達と共に忽ち石と化してしまった……。

作品のほうは、いずれあとでいま少し詳しく見ていくことになろうけれども、残された断片だけからではあの熱狂の原因を探り出すことは難しいかもしれない。しかしこの作品は、上演直後のころから他の作品とは違うある種の魅力を備えた作品であると、見る人は見ていたようである。

アテナイにおける本篇の初演は前四一二年であるが、その翌年にはもうはや喜劇作家アリストパネスによって言及されている。前四一一年に上演された『女だけの祭』の中で、アリストパネスは『アンドロメダ』を取り上げ、パロディ化した（一〇五六行以下）。女性ばかりの集会に女装して出席し、エウリピデスの弁護を試みたムネシロコスが扮装がばれて捕まり、板に縛り付けられて晒者《さらしもの》にされてしまう。それを救出するために登場するエウリピデスが、自作『アンドロメダ』のペルセウスに扮するという趣向である。晒されたムネシロコスは、海の怪物への餌食にと海辺の岩場に縛り付けられたアンドロメダということになる。そのアンドロメダに扮したムネシロコスが歌う。

おお聖らかな夜、
なんとまあそなたは、遥かな道に馬乗り物を馳せてお行きゃるか、
聖らかに星影映ゆる高そらの背を
のりわたりつつ、あやに畏い
オリュンポスを越え……（一〇六五―一〇六九行。呉茂一訳、ちくま文庫）

このあと紆余曲折があって、この救出劇は何とか成功し、ムネシロコスは解放されて劇は終わるのであるが、アリストパネスは〈危地脱出〉という自作の趣向に前年上演されたばかりの悲劇『アンドロメダ』をパロディ化して使い、そしてそれによってより多くの笑いを獲得することに成功したことになる。ただこれは危地脱出という趣向に『アンドロメダ』がうまく合致しただけのことであって、特別の思い入れがあって使用したわけではないのかもしれない。他の作品でもよかったのかもしれないのである。というのは、『女だけの祭』には、この『アンドロメダ』のパロディの他にも『ヘレネ』のパロディも顔を出すからである（八五〇行以下）。女装がばれたムネシロコスは女の一人から赤子を引っ攫《さら》って神殿に逃げ込む。救出者エウリピデスの到着をまってまず試みるのが『ヘレネ』の趣向で、自らをエジプトに幽閉されたヘレネ、救出者エウリピデスをトロイア帰りのメネラオスと見立てて悲劇のパロディを展開する（八四六行以下）。しかしこれはうまく行かない。このあとムネシロコスの身柄は役人の手に引き渡され、晒し板に縛り付けられることになる。さきに見たとおりである。

『ヘレネ』もまた前年の四一二年に、（おそらくは）『アンドロメダ』と一緒に上演されたものである。おなじく危地脱出をテーマとする劇で、趣向にぴたりと合う。となるとアリストパネスが『女だけの祭』で『アンドロメダ』に言及したのは『ヘレネ』と共通する〈危地脱出〉という趣向との関連にすぎないのであって、それ以上のものではなかったのかもしれない。

しかしアリストパネスはもう一度『アンドロメダ』に言及する。『アンドロメダ』上演後五年経ってアリストパネスは『蛙』を上演するが、その中に次のような箇所がある。

ディオニュソス　さて船上で俺は一人で『アンドロメダ』を読んでいると、
　突然に憧れが俺の心をはったと打った、
　その強さといったら。
ヘラクレス　憧れだと？　どれくらいの大きさだ。
ディオニュソス　なに大した事はない、モロン[1]くらいのだ。（五二―五五行。高津春繁訳、ちくま文庫。以下同。長音の音引きは省略）

ここはディオニュソスがクレイステネス（当時有名な美丈夫）が艦長の戦艦に乗り込み海戦に出撃したとき、という設定であるが、ヘラクレスとの会話は次のように続く。

ディオニュソス　それほど大きな憧れがわが身を焦がした、
　エウリピデスへのだ！
ヘラクレス　何だと、亡者じゃないか。
ディオニュソス　そうさ、だが誰がなんと言って止めようが、俺はあいつを求めに行くのだ。
ヘラクレス　地の下の、地獄へか。

ディオニュソス　そうだ。たとえもっと下でもだ。
ヘラクレス　いったい何をしにだ。
ディオニュソス　真の詩人が入用なのだ。

「ある者はすでに世になく、あるは悪い者ばかり」。（六六―七二行。同右）

ディオニュソスはエウリピデスの『アンドロメダ』を読んでいて（おそらくは五年前上演された作品のシナリオが出版、市販化されたものを作者アリストパネスが読んでいて）、強い憧れ心を抱く。作者エウリピデスへのである。そして前年（前四〇六年）に世を去ったエウリピデスに冥界まで会いに行こうというのである。エウリピデス同様に、ソポクレスも同年（前四〇六年）エウリピデスの跡を追うように死去し、アテナイの演劇界は火が消えたような状況になっていた。「ある者はすでに世になく、あるは悪い者ばかり」となったのである。そこでいまや冥界にある三大作家のうち誰か一人をこの世に連れ戻そうと、ディオニュソスは冥界へ下って行く。劇はそのように進捗していく。その冥界下りの端緒となったのがエウリピデスへの憧れであり、その憧れを呼び起こしたのが『アンドロメダ』であったということになる。

そもそもアリストパネスはエウリピデスと相性がよくない。アリストパネスは個人諷刺で鳴らした詩人であったが、その生きていた時代の大物三人にその作中で筆誅を加えるということをしている。

政界ではクレオン、思想界ではソクラテス、そして文芸の世界ではエウリピデスである。さきの『女だけの祭』では、エウリピデスを女性嫌悪主義者と規定し、[2]それを女性たちに糾弾させているし、また『蛙』ではエウリピデスの作品をアイスキュロスのそれと比較するかたちで競わせ、アイスキュロスの勝利を宣告することで、エウリピデスの新奇な作風を断罪している。『雲』でも、ストレプシアデスをして息子ペイディピデスのエウリピデス好みを弾劾せしめている（一三六一行以下を参照）。そのほかどの作品においても、エウリピデスの文章を引用するのはことごとくエウリピデスに否定的な意見を述べる場合に限られる、と言ってよい。これは両人の思想あるいは文芸観の違い、新旧の世界観の対立が抜き差しなくあったゆえだと思われる。エウリピデスは、こと文芸に関しては革新派である。アリストパネスは守旧派である。そのアリストパネスがこのエウリピデスに会いに冥界にまで下りて行こうとする。いやアリストパネスではなく、作中のディオニュソスがであるが、このときのディオニュソスはほぼアリストパネスその人と見なしてよいであろう。とにかく『アンドロメダ』を読んでいてその気持ちになったというのである。そこまで決心せしめたのは、『アンドロメダ』の何であったのか。火の消えたアテナイ演劇界に活気を取り戻そうというなら、ディオニュソスをして自分の文芸観と波長の合うアイスキュロス、あるいはけっして嫌いではないはずのソポクレスの作品の中から何か感銘を受けた作品を選ばせ、その作者に会うべく冥府へ降ろすというかたちもありうるし、むしろそのほうが自然でもある。しかしアリストパネスが演劇の神様ディオニュソスをして選ばさしめたのは、自分の文芸観とは合わないはずのエウリピデスの作品であった。そのエウリピデスの作品でも最近作ではなく、五年も前の『アンドロメダ』であった。そしてまた五年前に同時上演された同工の作品『ヘレネ』ではなく、『アンドロメダ』であった。

アリストパネスにここで『アンドロメダ』を選ばせたものは何であったのであろうか。それは、何はともあれ作品自体に内在するものであったと仮定してよいであろう。なぜならば、彼が作品から得た感動（エウリピデスに会いたいと思わせたもの）は、ルキアノスの伝えるアブデラの市民のように俳優の演技力によるものではなく、作品を読むことによって得られたものだからである。感動のもとは作品自体、書かれた文章自体の中にあるはずである。わたしたちは作品そのものに当たらなければならない。

3　『アンドロメダ』のどこが

さきに述べたように、現在わたしたちが手にする『アンドロメダ』は完璧な形を成していない。ナウク校訂の刊本[3]によれば、一一四番から一五六番に至る計四十三篇の断片の形で残存しているものである。これを通観すれば、ほぼさきに挙げたアポロドロスの伝える伝承どおりの物語が浮かび上がってくる。海の怪物への生贄に海辺の巌に縛り付けられたアンドロメダの姿を、旅の途中のペルセウスが見初め、妻となることを条件にこれを救出する。アンドロメダの父ケペウスは、助け出されたアンドロメダを惜しがって結婚の約束を反古にしようとするが、アンドロメダはその父を振り切ってペルセウスについてギリシアへ赴く——ざっとこういった筋書きが読み取れる。(4) 四十三ある断片の中から若干のものを選び、いま少し詳しく見てみよう。

おお、神聖な夜よ、
なんと遥かに遠くあなたは馬車を駆り立てることか、
星を散りばめた山の背の上を走り
神聖な高空の
どこよりも荘厳なオリュムポス山を越えて。（断片一一四。久保田忠利訳、『ギリシア悲劇全集』第一二巻、岩波書店。以下同。長音の音引きは省略）

これは劇の冒頭プロロゴスの、さらにまたその冒頭部分《エイスボレー》と見なされているものである。歌い手はアンドロメダ。エウリピデス劇のプロロゴスがこうした独唱歌モノディア（リズムは短々長格のアナペスト）ではじまるのはたいへん珍しい。アナペストという韻律は、嘆きの情を表わすのにしばしば用いられる韻律である。アンドロメダはいま、海の怪物への生贄というわが身の上を嘆きつつ、暗い夜に向かって歌いかけているのである。時は夜、荒涼たる海辺の岩場、若く美しい乙女、その挙げる嘆きの声。劇は冒頭から異様な美的戦慄と緊張感に包まれている。そして彼女の声は海辺の洞窟に殷々《いんいん》と谺《こだま》する。

洞窟にいるあなたに申します、
こだまを返すのは止めて、エコよ、
私が仲よしの乙女たちと心ゆくまで
嘆くのを邪魔しないでください。（断片一一八）

谺――なんと衝撃的で印象的、そして効果的な新機軸であろうか。擬人化されたこの谺は、アリストパネス『女だけの祭』ではパロディ化されて助け手エウリピデスに割り当てられているものであるが、もちろんここにはアリストパネスの作品が持つ滑稽味はない。神韻たる情緒が溢れている。ただ谺という新機軸がアリストパネスにそのパロディを思いつかせたということはじゅうぶんありうる話で、その意味ではアリストパネスにとっては印象的な作品となったであろうことは推察できる。

そうこうするところへ飛行鞋を履いたペルセウスが空中高く飛びながら登場する。やがて彼は眼下の岩場に縛り付けられたアンドロメダの姿を発見する。仔細を尋ねるペルセウスに、アンドロメダはわが身の救出を懇願する。

おお、異国の人よ、惨めな私に情けを掛けて、
縛《いましめ》めを解いてください。(断片一二八)

おお、乙女よ、もしあなたを助ければ、わたしに感謝するというのか？(断片一二九)
私を連れて行ってください、異国の方よ、お望みのままに侍女としてでも、
妻としてでも、女奴隷としてでも。(断片一二九a)

美しい乙女に心を奪われたペルセウスは、恋に取り籠められた心中を吐露する。

おお、あなた、神々と人間の王、エロスよ、
美しいものが美しく見えることを、わざわざ教えないでください、
あるいは、恋する者たちがうまくいくように、力を貸してやってください、
あなたのせいで生まれる恋の悩みに苦しんでいる時には。
このようにすれば、あなたは神々の間で敬われるでしょう、
しかし、そうしなければ、あなたを尊敬する者たちの抱く感謝の念は、
愛することを学んだというまさにそのために、あなたから奪われてしまうでしょう。(断片一三六)

恋のよろこびは次のようにも歌われる。

人と生まれて恋に落ち、
素敵な恋人を手にいれたとき、
これにまさる歓びはない。（断片一三八）

恋の神エロスの持つ甘美な面ばかりではない。恐ろしいその性《さが》にもまた触れられる。

わたしたちは恐ろしいエロスを相手にしています。わたしの言葉の中から
最も善いところを選んでください。と申しますのもエロスは不実な方ですし、
心の最も弱いところに好んで住み着くのですから。（断片一三八ａ）

断片一三六は、アブデラ人の熱狂を喚起したものとしてルキアノスが挙げていた一節である。ルキアノスはここを挙げながら、熱狂の原因を俳優アルケラオスの演技力に求めた。いまわたしたちはアリストパネスとおなじく、そのアルケラオスの熱演抜きの紙に書かれた文章を読む行為だけによっても、アブデラ人のような熱狂を、あるいはアリストパネス（の作中のディオニュソス）が持った作者エウリピデスへの憧れ心を持つことができるであろうか。

アリストパネスは、この作品が五年前（前四一二年）にアテナイのディオニュソス劇場で初演され

たとき、観客席にいたことはほぼ間違いない。五年後のいま『蛙』を書く段になって、そのときの体験がエウリピデスへの憧れというディオニュソスのせりふとなって表現されたということは、じゅうぶん考えられることである。しかしとにかく作者への憧れ心が、観ることによってではなく読むことによってでも喚起されるものであることを、すくなくともアリストパネスは認めているのである。観ることのできない（すくなくとも昔のままのかたちでは）現代のわたしたちが、読むことによって感知できるなんらかの魅力が作中にあるはずなのである。それは何で、どこに潜んでいるのであろうか。

アルケラオスの熱演はさておいても、ルキアノスがこの断片一三六を挙げているのは示唆的である。アリストパネスは、身を焦がすほどのエウリピデスへの憧れと言いながら、その具体的な根拠（作中の場面）を挙げていない。ただその憧れ心の一因に、この断片一三六に端的に表示されている恋情エロス、それも若い男女の純粋な恋心を想定することは強《あなが》ち誤りとは言えないように思われる。

現存する悲劇一三篇に、相思相愛の純粋な恋愛を描いたものはまずないと言ってよい。悲恋邪恋ならある（たとえばエウリピデス『ヒッポリュトス』）。『アンドロメダ』は、まさにこの純粋な恋愛劇なのである。しかもこの恋は容易に成就するわけではない。ペルセウスが恋の相手アンドロメダをわが物とするためには、まず海の怪物からその身を救い出さなければならない。救い出したあとも、父親の無理解に対処しなければならない。

わたしとしては、庶出の男が娘たちを妻にするのは許さない。
そういった男たちは、嫡出の男たちに何一つ引けを取らなくても、
世間の常識では正当ではないのだから。このことをあなたは注意する必要がある。(断片一四一)

恋の力は強い。アンドロメダはおそらくこの父を捨てて、ペルセウスと二人恋の道行きとなる。スリルとサスペンスの横溢するロマンス劇、若い男女の恋の勝利が謳い上げられる。若い男女の恋愛という、現実にはなかなかありえない時代と環境にあったからこそ、この劇は清新な魅力を発散することになったと言えるかもしれない。エウリピデスのこれまでの作調から言っても珍しいことであったのである。さきに挙げた『ヒッポリュトス』のように、恋を描けば不倫の恋となった。

愛する二人が協力して危機を脱出し幸せな結末を迎えるというロマンス劇は、しかし『アンドロメダ』だけに止まらない。スリルとサスペンスは、なにも『アンドロメダ』だけの専売特許ではないのである。さきにも挙げたが、『アンドロメダ』と同時上演された『ヘレネ』もそのような造りの劇である。この二作品とほぼ同じ時期(前四一四年あるいは四一二年と想定されている)に上演された『タウリケのイピゲネイア』も同じ仲間に加えてよいかもしれない。前者は、長年離ればなれになっていた夫婦(メネラオスとヘレネ)がエジプトの地で再会し、相協力して妨害を乗り越え故国スパルタに逃げ帰るという話であるし、また後者は、これもすでに死んだと思われていた姉イピゲネイアに北方

の蛮地タウロイ人の地で再会したオレステスがこれまた策略を用いて危地を脱出し、ギリシアへと逃げ帰るという話である。スリルとサスペンス、そしてエキゾチシズムに溢れた作品と言ってよい。その点で『アンドロメダ』とも共通項を持つのである。しかし相違点もある。主人公たちの出会いのあり方である。『アンドロメダ』以外の二作品では、それぞれ姉弟、そして夫婦の再会である。この再会は、アリストテレスの用語で言えば、アナグノリシス（認知あるいは発見あるいは再認などと訳される）である（アリストテレス『詩学』一四五二a以下。また、一四五四b以下）。もともと親密な関係にありながら、たがいに消息不明であった二人の人間が再会し、互いの中にもとの人間関係を示す徴《しるし》を見つけ、もとの人間関係を取り戻す、というのがそれである。しかしペルセウスとアンドロメダの出会いは両者ともに初めての出会いであって、そこには再認さるべき旧い人間関係は存在していない。前者の再認は往々にして滑稽味を伴う。『タウリケのイピゲネイア』におけるイピゲネイアからのオレステス宛の手紙手渡しの場がそうであり、また『ヘレネ』における幻と現実との二人のヘレネに翻弄されたあげくの誤認がそれである。⑤ しかしたがいに初めて出会うペルセウスとアンドロメダの出会いには、認知の手順で滑稽味が生ずる恐れはない。そこにあるのはエロスを仲立ちとする甘美な幸せへの予感である。アリストパネスがディオニュソスに『ヘレネ』ではなく、また『タウリケのイピゲネイア』ではなく、『アンドロメダ』を選ばせたのは、この恋の純粋さであった。同じ出会いでも滑稽味を生む恐れのある再認劇は排除されたのである。そしてまた同じエロスを扱った劇でも不倫とそれに伴う詐術陰謀を生む『ヒッポリュトス』は、エウリピデスへの憧れ心を呼び起こすのに使用されなかったのである。

独唱にはじまる冒頭部、谺という斬新な趣向、天駆けるペルセウス、恋エロスを仲立ちとした若い男女の出会いと希望に満ちた甘美な恋の逃避行。ここには頑固な保守主義者アリストパネスを苛立たしめるものはない。夢幻世界の広がりの中には淫婦奸婦は登場しないし、なによりもエウリピデス劇の特徴としてもっとも非難の対象となった日常性志向が希薄である。同時にまたエウリピデスらしい新機軸も際立っている。悲劇の文法を破るそれらは、あるいはアリストパネスを苛立たしめたかもしれない。エウリピデスらしさとエウリピデスらしさの無さとが際立つこの劇がうるさい評定者アリストパネスを異常に魅了した——そう考えてもよいのではないか。

4 甦る『アンドロメダ』

『アンドロメダ』は近代になってふたたび甦る。といっても作品そのものではなく、あのルキアノスが取り上げたアブデラ人の熱狂の後日譚というかたちでである。十八世紀になって二人の文人があのアブデラ人の熱狂に言及する。イギリスの作家ローレンス・スターン（Laurence Sterne 一七一三—一七六八年）とドイツの作家クリストフ・マルティン・ヴィーラント（Christoph Martin Wieland 一七三三—一八一三年）である。スターンはその著『感傷旅行 A Sentimental Journey』（一七六八年）の中でルキアノスが報告したあのアブデラでの熱狂を取り上げ、同じ一節（ナウク断片一三六）を指して、けっきょく熱狂の直接の原因は詩人がこの詩句に込めた「自然の優しき鼓動 the tender strokes of nature」であるとした。ルキアノスのように俳優アルケラオスの熱演ではなく、エウリピデスが書いた文章そのものにアブデラ市民の熱狂の因があると喝破したのである。この点で魅了の因を読む行為の中に発見したアリストパネスに似通うと言いうるであろう。

一方ヴィーラントはその著作『アブデラ人物語 Geschichte der Abderiten』[6]（一七八一年）で先行のスターンの『感傷旅行』に触れ、関係する部分をおのれが作中に引用しつつ、それとは異なる見解を披瀝している。[7] すなわちアブデラ人の熱狂の主因は、ヴィーラントに言わせれば、俳優アルケラオスの熱演のせいでもなく、またスターンのいうエウリピデスの詩句に込められた「自然の優しき鼓動」によるのでもない、それはアブデラ人のお目出たさによるのであると。言い換えれば、彼らの無批判な受容精神、芝居熱とでもいうべきものこそが、なによりもまずあの熱狂の因であるというのである。シナリオや役者の力以前にすでに観客が自らの中に熱狂への心準備をしているのであると。

古来アブデラの市民は暗愚であるとの風評がある。ソフィストのプロタゴラスや哲学者デモクリトスのような人材を輩出しながら、そこに住む一般市民は諺として囃されるほどに暗愚であるとされた。

この暗愚さこそがアブデラ人のあの悲劇熱騒動の要因であると、ヴィーラントは言うのである。それは作品に対する無批判の没入、陶酔ということになる。考えてみれば、無批判の陶酔――それは一種のファン気質と言ってもよいものであるが――こそ作品受容の第一条件であるかもしれない。と言ってヴィーラントはアブデラ市民を貶めているのではない。当時のドイツ市民の異常な芝居熱に引っかけて、ヴィーラントは次のように言う、「これを要するに、一件は、――我々が物語ったとおりに起こったのである。エウリピデスの『アンドロメダ』の余波でアブデラ人を襲った発作を熱病と名づけようとご勝手だが、そうすればそれは少なくとも、今日に至るまで、尊いドイツの祖国の数多の都市が取り憑かれている、芝居熱と別種のものではなかったのである。アブデラ人の血に特有の病というよりも、善良な人々一般の、アブデラ的お目出たさの中に潜んでいる病だったのである」（義則孝夫訳『アブデラの人びと』、三修社、一二二頁）と。

これは現代のわたしたちにも当てはまることではなかろうか。わたしたちの中にもアブデラ人気質がじつは潜んでいるのであって、時に応じて顕現するのではあるまいか。アブデラ人と同様のお目出たさがあるからこそ、作品の受容という行為が可能となるのではなかろうか。

しかしアブデラ人のお目出たさは無定見のお目出たさではないであろう。そう取ってしまえば事の本質を見失ってしまう。いや世評は半ば真実である（火の無いところに煙りは立たぬから）としても、演劇作品の受容ということに関しては世評通りではないように思われる。なぜならば、アブデラ人のお目出たさが反応したのはエウリピデスの『アンドロメダ』に対してだけであって、それ以外の上演作品に対してはあのような熱狂的な反応を見せていないからである。前四世紀末から三世紀初めにかけてアブデラの町では『アンドロメダ』以外の作品が何作か上演されたはずであるが（そう想定してよいと思われるが）、それらの作品への彼ら市民の反応については何の報告もない。このことは、『アンドロメダ』以外の作品にはアブデラ人気質も反応せず無感動であったことを推測せしめる。すくなくとも感動の度合いに大きな差があったことを推測せしめるのである。お目出たさはお目出たさなりに、こと演劇作品に関してはそれなりの評価基準を持っていたということではあるまいか。では彼らアブデラ市民のお目出たさは、なぜ『アンドロメダ』にだけ反応したのか。それが持っているという評価基準、センサーの針は『アンドロメダ』のどの部分に感知したのか、という問題にまた戻ってくる。アブデラ人気質は『アンドロメダ』の中に何か魅力的なものを探り当てたのである。あるいは反応したのである。スターンの敏感な心はそれを「自然の優しき鼓動」としたが、鋭敏ならぬ愚鈍なアブデラ人の探り当てたものは何であったろうか。

いずれにしてもヴィーラントの言説は示唆的である。それは、作品の受容には受容する側のある種のお目出たさ、言い換えれば盲目的な無批判性が必須であると言っているからである。アブデラでのあの熱狂的な悲劇病には、もちろん作品の持つ玄妙な魅力と俳優アルケラオスの熱演も与《あず》かって大きな力となったことであろう。同時にそこには観客の側のお目出たさ、無批判な受容精神も多大な役割を果たしていたのである。これは、作品、俳優、観客という三つの要因がぐうぜんにうまく合致した希有な例かもしれない。この三つの要因は、そのどれが欠けてもよいというものではない。ただしかし名優はつねに存在するものではない。名作もまたしかりである。ただ劇場の観客席で陶酔の一時を得ようと待ち構えている無批判の受容精神は、わたしたちの心中につねに準備されている。アリストパネスが『蛙』でディオニュソスをしてエウリピデスへの憧れ心を催さしめたのも、これではなかったか。すなわちディオニュソス（アリストパネス）は一瞬アブデラ人気質に襲われたのである。『蛙』のその他の部分からも明らかなように、アリストパネスの批判精神は旺盛にして健在である。しかしその彼にも根底にはアブデラ人気質が潜んでいて、その発現が待たれているのである。ちょうどアブデラ人が真夏という季節と名優アルケラオスの快演と、玄妙な詩句に富む作品『アンドロメダ』が揃うのをまって悲劇熱を発病したのと同様に、俳優の力を借りるのではなく、文字の力を借りて、書かれた詩句を読むことによってではあるが（ひょっとしてこのとき初演時の俳優の熱演が思い出されたということがあるかもしれないが）、眠っていたアブデラ人気質が呼び覚まされたのである。日頃から涵養《かんよう》され研ぎ澄まされている批評眼が発揮される以前のところで、それは喚起されたのである。[8]

5 受容の過程で

アブデラ人が他の出し物でもあの『アンドロメダ』のときのような熱狂ぶりを示したという報告は聞かない。『アンドロメダ』のときは俳優の力もあったとはいえ、あれほどの騒ぎにまでなった。ところがそれほどアブデラ人には（またアリストパネスにも、と言っておこう）熱狂的に迎えられたのに、その『アンドロメダ』が断片の形でしか現在伝わっていないのである。作品受容の過程でいったい何があったのか。

悲劇作品は他のジャンルの作品（たとえばホメロスの両作品など）と同様に、のちにエジプトのアレクサンドリア図書館に収蔵されて、学者たちの文献学的調査の対象となる。[9] テクスト伝承という観点からすればこの図書館の存在はたいへん大きな意味をもったが、単なるテクストの伝承だけでなく、より広範囲なかたちでの作品受容という点では、アカデミズムの館と化した図書館はどうしても閉鎖的であったと言わねばならない。悲劇作品はもっと公の場でも、のちの時代、読まれ続けた。学校の教科書としてである。後二世紀末頃、エウリピデスの作品一〇篇が学校の教科書に選定され、学生たちの読書の対象となった。[10] とりわけ人口に膾炙する機会が与えられたわけであるが、『アンドロメダ』はこの中に入っていない。学校で若い読者に読まれる機会を持たなかったのである。教科書採用の選に漏れた経緯は詳《つまび》らかではない。アリストパネスのセンス、アブデラ人の好みと教科書採用の基準は、どうやら違っていたようである。こうしたこともおそらく影響して、『アンドロメダ』は断片の形でしか現代に伝わらなかったものと思われる。問題作であることは疑いないが、わが子殺しが主題の『メデイア』が残り、若い男女の純愛を描く『アンドロメダ』は選に入らなかった。アリストパネスに憧れ心を掻き立たしめたものでありながら、五〇〇年以上の年月を経て色褪《あ》せたのかもしれない。世は第二次ソフィスト時代（後二世紀）と呼ばれるギリシア文化再興期で、文章もギリシア古典期の文体が好まれ奨励されていた時代であったのにである。『アンドロメダ』だけではない。同様にスリルとサスペンスに彩られたロマンス劇『ヘレネ』、『タウリケのイピゲネイア』も、教科書採用から外されている。

悲劇作品の受容史の上で、第二、第三のアブデラ事件は報告されていない。話はけっきょくまた元に戻るけれども、あのアブデラ事件は、俳優と脚本と観客の三者が見事にマッチした希有の事例のなせる業であったということになる。その脚本も独特の魅力を備えていたことは間違いないが（それにはアリストパネスが証人になってくれよう）、なぜか長く広く読まれる普遍的側面は欠いていたと言わざるをえないのである。いや備わっていたのかもしれないが、時間の経過の中で失われて行ったのであろう。そうとしか考えようが無い。そして観客の（あるいは読者の）問題がある。わたしたちはつねにあのアブデラ人と同様に一種愚かというべき、批評精神を忘却した心的状況を準備して待っているのであるが、あのような熱病に罹患するまでにはいまだ至っていない。アブデラ気質も生半可なものではだめだということであろうか。

第6章　『メデイア』その後――ローマ

ローマ、猥雑なる帝都

某国の王女に扮するオードリー・ヘプバーンがアメリカの新聞記者に扮するグレゴリー・ペックの運転するスクーターに相乗りしてローマ市内を走り回ったのは、『ローマの休日』（ウィリアム・ワイラー監督、一九五三年、アメリカ）。身分違いの二人のつかの間の恋の休日だった。イタリア国鉄ローマ駅（テルミニ駅）を舞台に、中年の男（モンゴメリー・クリフト）と人妻（ジェニファー・ジョーンズ）との短い愛と別れを描いた『終着駅』（ヴィットリオ・デ・シーカ監督、一九五三年、米伊合作）。ローマには愛と別れがよく似合う。

『ローマの休日』の主役二人が相乗りしたスクーターは、フォロ・ロマーノ（古代ローマ広場）の横を通り過ぎたのではなかったろうか。古代ローマがいちばん栄えていた時代を偲ばせる遺跡である。アウグストゥスが帝政をはじめた前一世紀末からカエサルにはじまるユリウス家の皇統が絶えるネロ帝の時代まで、つまり後一世紀半ばまでが、おそらく古代ローマの最盛期であったとしてよい。外征が止み、内政が安定して、社会全体が落ち着き、文化が花開いた。ウェルギリウス、ホラティウス、オウィディウスその他、わたしたちの耳に聞き慣れた詩人文人は、ほぼこの時期にまるで降って湧いたように大挙して登場してきた。この点で前五世紀のアテナイに似ている。

しかしギリシアと異なるのは、ローマが大都会であったということである。紀元前後のころ、ローマの人口は一〇〇万を数えたという。そして世界帝国ローマの首都であった。人口が大きくなれば、社会のありようも違ってくる。たとえばギリシアの悲劇、喜劇の上演はアテナイ全市挙げての国家的、また市民的行事であった。これは人口一〇万人（非市民階級＝奴隷身分を入れれば三〇万人）程度の人口規模の共同体ゆえに可能であった、そういう一面がある。しかし人口が一〇〇万となると、構成員である市民の興味の赴くところも多様化する。ギリシアの劇は元来ディオニュソス神を祀る宗教行事的側面が強く、それが市民の参加意識を高める効果があったが、ローマの劇にはそれはない。ローマでは、演劇の上演に対する市民の嗜好は限定的なものであり、多種多様な娯楽のうちの一つにすぎなかった。現存するローマ喜劇全二七篇（プラウトゥス二一篇、テレンティウス六篇）は前三世紀から前二世紀にかけてローマで上演されたものであるが（このころの人口は三〇万から四〇万程度と推定され

写真●ローマ（著者撮影）

る)、かつてのギリシア劇のように全市挙げてのといったものとは程遠い、さまざまな妨害を乗り越えつつやっと上演に漕ぎ着けるといった態のものであった。テレンティウスの『義母』の冒頭で演出者ルキウス・アンビウィウスはこぼしている、この作品は過去二回上演を試みたが、その都度綱渡り芸人の興行や剣闘士の興行とぶつかって、観客がそちらへ逃げてしまい、上演中止に追い込まれた、三回目にしていまやっと上演できると。こういったことは時代が下って紀元前後の頃になっても変わらなかった。ホラティウスは、無教養な一般大衆が芝居の最中に熊狩りやボクシングを要求して劇作家を困らせる、と嘆いている(『アウグストゥス宛書簡詩』二・一)。以下に取り上げるセネカの悲劇作品(後一世紀)も、はたしてじっさいに上演されたのかどうか、これはいまだに疑問視されている問題であるが、もし上演されなかったとしたら、当時の演劇界を取り巻くこのような状況もその一因と考えられるかもしれない。

そしてまたこのローマの喜劇なるものは、ギリシア喜劇(主として中期喜劇、新喜劇)の焼き直し、あるいは本歌取りといった態のものであった。劇の場はアテナイその他ギリシアの地であるし、登場人物はギリシア市民である。ただラテン語を喋ることだけが違っていた。ローマ独自の喜劇もあるにはあったが(ファーブラ・トガータ)、作品は残存しない。いみじくもホラティウスは言う、「征服されたギリシアは野蛮な勝利者を征服し、野蛮なラティウム(=ローマ)に学芸を導入した」(『書簡詩』二・一・一五六)と。文芸、芸術の分野でローマはギリシアのそれを継承したが、その圧倒的な影響力の下に、それを越えて彼ら自らのものを創出することは、なかなか難しかったのである。

そうしたものの一つの例として、ここに悲劇『メデイア』を挙げる。元はエウリピデスが前四三一年にアテナイのディオニュソス劇場で上演したものであるが、前三世紀になってローマに入った。エンニウスによる翻訳作品としてである。さらには後一世紀、セネカがこれの改作を出した。これら二作品の考察を通して「ギリシア」が「ローマ」にどう伝わり、どう変わったかを見てみたい。

a. エンニウスの場合

1 エンニウスの読み

アンドロニクス、ナエウィウスに次ぐ三人目のローマ悲劇詩人エンニウス（前二三九―一六九年）には二三編の悲劇作品の名が伝えられている（すべて断片）。そのうちの二編『アンブラキア』、『サビニの女たち』は、ローマの実際の歴史事件に取材した、いわゆるローマ国民劇（ファーブラ・プラエテクスタ）であるが、残りの二一篇はギリシアの神話伝承に題材を求めたものであり、その実態は若干の例外を除いておおむねエウリピデスの悲劇の翻訳と見なされるものである。この中に『メデア』（別称『追放されたるメデア』）がある。もちろんこれはエウリピデスの『メデイア』に準拠したものであるが、これを原作の文字通りの翻訳と見なすかあるいはそうでないかで少し議論がある。

キケロはこのエンニウスの作品を、ギリシア悲劇を「逐語的に（アド・ウェルブム）」翻訳したとされる作品群の中に算入した（『善と悪の究極について』一・二・四）。しかしウォーミントン[1]もグラトウィック[2]も言うように、またじっさいに両作品を引き比べてみると直ちにわかるように、「逐語的に」とは少し誇張が過ぎる。元のギリシア語がそのまま同じ意味のラテン語になっていない箇所がかなりの数あるからである。ただ各場面の配列は原作と変わらない。この点はグラトウィック[3]やメッテ[4]の指摘するとおりである。そしてキケロ自身、また別の箇所で前言を翻すような物の言い方をしている。すなわち彼は、パクウィウスやアッキウスと同様にエンニウスをも、ギリシア悲劇詩人の「言葉ではなく意味を」（『アカデミカ』一・三）翻訳した詩人たちの仲間に数え上げているのである。わたしたちは「逐語的に」なる言い方にあまり拘泥する必要はないのかもしれない。もちろん逐語的であることだけが翻訳なのではない。エンニウスの作品は逐語的ではないが、各場面の配列や場面の中の個々の事象の叙述順序は原作のそれを忠実に追っている。エンニウスの作品がエウリピデスの作品の翻訳であるか否かと問われれば、たとえそこに若干の言葉の削除や付加があろうとも、やはり翻訳であると答えられるであろう。

さてそれでは、エンニウスはこうした翻訳『メデア』でもって何を意図しようとしたのであろうか。南伊マグナ・グラエキアのルディアエ出身であるエンニウスは、早くからギリシア的教養が身についていた。カト（前二三四―一四九年。いわゆる大カト。ローマ共和政期の政治家、著述家。ローマ史書の嚆矢『起源論』の著者）に従ってローマへ出て来たのちも、スキピオ・アフリカヌス（前二三六―一八四年。いわゆる大スキピオ。第二次ポエニ戦争時、ザマでハンニバルを破ってローマに勝利をもたらし、その功でアフリカヌスの称号を得た。ギリシア文化に傾倒）のグループとの親交は、親ギリシア的教養を助長させることはあっても棄却させることはなかったろうと推測される。彼がのちに活躍することになる悲劇というジャンルを含めて、ローマの文壇はまだやっとその発展の緒に就いたばかりであった。年表を繰れば、エンニウスは、同じ南伊出身で母国ギリシアの悲劇をローマに紹介することでヴァロから「ローマ悲劇の創始者」と呼ばれることになったアンドロニクスの死（前二〇四年）とちょうど入れ替りに、ローマへ出京してきていることがわかる。あたかも衣鉢を継ぐがごときである。

かくしてアンドロニクスもエンニウスも、またこの二人の中間に位置するナエウィウスも、ローマ悲劇あるいはローマ文学全般の基礎作りをまずギリシアの悲劇の、あるいはギリシア文学の導入によってはじめたのである。このギリシア悲劇の翻訳あるいは翻案という文学的営為は、二〇〇年後のセネカにもまだ見られる。本来のローマ悲劇となるはずであったローマ国民劇は思ったほどの発展はしなかった。ついにギリシア文化の下風の位置を脱し切れなかったローマ文化を諷するあのホラティウスの詩句が想起されるのである。

ただ翻訳や翻案が原作の、あるいはこの場合は文化的先達の、ただの安易なまた無批判な模倣であるとする見解は慎まねばならないであろう。時代と場所が違えば、いかに逐語訳の最たるものであっても、その時代と場所の色あいや息吹きが、そしてなによりも訳者当人の意図や解釈がそこに籠められているはずである。エンニウスの『メデア』の場合、それは何であろうか。以下、エンニウスの『メデア』の断片を原作のエウリピデス『メデイア』の当該箇所と照合させつつその異同を明らかにし、その異同から推察される訳者エンニウスの意図するものを探ることとしたい。

エンニウスの『メデア』は、時代的に見ると、エウリピデスの『メデイア』とセネカの『メデア』のちょうど中間点に位置する。この中間点を獲得することによって、わたしたちは〈メデイア〉というテーマにまつわるエウリピデスとセネカとの関係をよりいっそう精密に捉えることができるかもしれない⑤。エウリピデスで提示された文学的テーマとしての〈メデイア〉がその後どのように展開し変容していったか、その跡付けの一端としてこのエンニウスの『メデア』を捉えることができるのではないか。それよりもエウリピデスの『メデイア』がまずどのような形でローマへ入ったか、それがここに看取できるのではないか。その意味でも、このエンニウスの『メデア』を取り上げる意味はけっして小さくないと思われる。

2 両篇の比較

本節ではエンニウス『メデア』の断片に照応する原作エウリピデス『メデイア』の当該箇所の邦訳をまず掲げ（これを甲ブロックとする）、その次にエンニウスによる訳文の邦訳を置き（これを乙ブロックとする）、両者の異同を明らかにする（エンニウスの作品行数はウォーミントンのテクストの断片行数に拠る）。

まず物語の概要を略述しておこう。基になっているのは古いギリシアの伝承である。ギリシア中部の町イオルコスの王子イアソンは、叔父のペリアス王から町の実権を返してもらうことを条件に、金羊皮を求めてアルゴ船で黒海東端のコルキスまで遠征し、そこの王女メデイアの助力を得て奪取に成功、金羊皮ともどもメデイアも妻としてギリシアに連れ帰る。しかしペリアスは約束を反故にしたので、怒ったイアソンはメデイアの魔術を借りてこれを殺害し、メデイアおよび二人の間にできた子らを連れて祖国を出奔、コリントスへと流れ着く。ところがそのコリントスで、土地の王女クレウサに惚れたイアソンは妻子を捨てて彼女と結婚してしまう。これを怒ったメデイアは夫への復讐にクレウサとその父のコリントス王クレオンを殺した後、さらに自分たちの子どもをも殺してイアソンを悲嘆と苦悩の極に陥れる。そして自らは保護を約束してくれたアテナイ王アイゲウスの許に逃げて行く。エウリピデス（エンニウスも）はコリントスを舞台にして、この物語を劇にしている。

1．甲

乳母　ああ、あのアルゴ船が、／青黒いシュムプレガデスの岩の間をすり抜けて、コルキスの地へやって来さえしなかったら――／いえ、それよりもペリオンの峰の谷間で／松の木が斧に伐られて倒されてさえいなければ、またそれで造った船で、／勇者たちがペリアス王のために金色の羊の毛皮を求めて海に乗り出してさえいなければ――／それなら、わたくしのお仕えするメデイアさまも／イアソンさまに恋い焦れ、／はるばる海を渡ってイオルコスの町までついて来られることもなかったろうし、／またペリアス王の娘御らを巧みに言いくるめて父親を殺させたあげく、／旦那さまお子たちともどもに、こんなコリントスの地に／住みつかれることにもならなかったろう。（一―一一行）

1．乙

乳母　ペリオンの森で樅の木が斧に打たれ／大地に切り倒されることがなければよかったものを、／またそのあと、今ではアルゴ号と呼ばれている船の建造が／着手されなければよかったものを／――というのもその船にギリシアの益荒男たちが選ばれて乗り込み、／ペリアス王の命令に従ってコルキスの国から黄金の羊の裘を策略がらみで貰い受けようと、／出掛けていくことになったからだ――、／そうであればわたくしのお仕えするメデアさまも激しい恋の思いに打ちのめされ、／心病んで迷うがままにお家をあとにされることもなかったろうに。（一―五三―二六一行）

ここでまず目につくのは、エウリピデスの冒頭の二行がエンニウスでは削除されていることである。その他は、けっして逐語訳ではないが、おおむね原作の場面描写を踏襲する形になっている。二行の削除はシャンツ／ホジウス⑥の用語で言えば〈短縮化　kürzung〉に当たる現象の一つと見てよいであろう。

2．甲

守役　むかしから奥さまにお仕えしている婆やどの、／いったいどうしたのだ、戸口のところにひとり立って／しかもひとりで何か嘆いているようだが。（四九―五一行）

2．乙

守役　主人の身体のむかしから忠実な（fida 信義に篤い）見張人よ、／なぜまたそのように面やつれした様子で（examinata）戸口の外へ出てきているのか。（二六二―二六三行）

場面描写はおおむね踏襲《とうしゅう》されている。しかし削除あるいは変更と付加がないわけではない。エウリピデスの四九行目は、直訳すれば「わが女主人の家のむかしからの所有物よ」となる。ギリシアでは、奴隷身分の召使はモノ扱いなのである。この「モノ」に代わってエンニウスでは「見張人、保護者」なる語が使われている。

またエンニウスの二六二行目に「忠実な、信義に篤い　fida」なる語が見える。これは原作にはない付加された語であり概念である。後述するが、fida（fidus ＝ fidelis「忠実な、信義に篤い」の女性形）なる語はエンニウスと同時代の喜劇作家プラウトゥス（前二五四頃―一八四年）の諸作品に頻出する。時代の思潮の一端を提示するもの、あるいはそれに繋がるものとして留意しておきたい。

エンニウス二六三行目の「面やつれした様子で examinata」も原文にはない語である。グラトウィックは、これをエンニウスに止まらぬローマの劇詩人に一般的な誇張的表現の一例であるとしている。

3．甲

乳母　ここへ出てきて奥さまのご不幸を天や地に／打ち明けてみたいと思って（五七—五八行）

3．乙

乳母　憐れなわたしは、いまメデアさまの禍《わざわい》を天と地に／ぶちまけたいとの思いに駆られたのです。

（二六四—二六五行）

状況描写として両者にほとんど差異はない。

4．甲

メデイア　コリントス生れの皆さま、わたくし家から出てまいりました、／あなた方からとやかく言われるのは嫌ですから。世間では、人の目に触れる触れぬは関係なく／高慢だと思われている人の例が数多くあることを、わたくし知っております。／が、またひっそりとひき籠っているだけで、／あれは鈍いというありがたくない噂を立てられることもあります。（二一四—二一八行）

4．乙

メデア　コリントスの高く聳《そび》える城市を治める、位高く財多いご婦人がた、／祖国を遠く離れたところで自分の、また公の仕事をみごとに成し遂げた人は多い。／一方、家にひき籠って日を過ごしたがために、世間から認められずじまいの人もまた多いのです。（二六六―二六八行）

全体的にエンニウスの文章はエウリピデスのそれに比べて形容過多（とくに二六六行）である。と同時に視野の広がりと、またより具体的な描写が目立つ。これは〈拡大化 Erweiterung〉現象と呼ばれるが、(7)スクッチュはこれを単に文体上の問題としてだけ捉えるのではなく、その内的機能に留意すべきであるとしている。(8)すなわち、エンニウスは祖国との乖離《かいり》を強調することによって浪々の身であるメデアの現状を、ひいては劇中での彼女の位置を描出しているのである。エウリピデスの原文は、この点一般論的論調に終始している。

5. 甲
メデイア　わたくしは、一度お産をするくらいなら／三度戦に出ることも厭いません。（二五〇―二五一行）

5. 乙
メデア　というのは、わたくしは一度お産をするよりも／三度戦の場で生命を試すほうを望むのですから。（二六九―二七〇行）

ここは有名な箇所であるが、両者間にほとんど差異は見られない。

6．甲

メデイア　と申しますのが、なまじ賢いばかりに一方では妬まれ／〈またある人たちにはお澄ましだと思われたり、また逆に出しゃばりだと思われたり〉／他方では嫌がられたりしているのです。（三〇三―三〇五行）

6．乙

メデア　たとえ賢くても、それで自分の身が救えないようでは、賢いのも無駄ということです。（二七一行）

この両者にはかなりの距離があるように見える。ウォーミントンもエンニウスの訳文の原文として右のようにエウリピデスの三〇三―三〇五行を充ててはいるが、疑問符つきである。ただ賢いことが必ずしも世間での利得に繋がらないという内容の点では、両者はあながち懸け離れているというわけでもない。一つことを違う角度から述べたものということもできそうである。逐語訳でないという主張の一例と考えられるかもしれない。

7．甲

クレオン　もし明日、陽が昇っても／そなたと子供たちがこの国の領土内にいるのが見つかれば、／命はないぞ。（三五二―三五四行）

7．乙

クレオ　もし明日、まだおまえがこの土地にいるのを見つけたら、／命はないぞ。（二七二―二七三行）

この両者にはほとんど差異はない。

8．甲

メデイア　どちらを向いても悪い目ばかり、ねえ、そうではありませんか。／だけどこのままでは終わりません。早合点はしないで下さい。／新郎新婦はまだまだ危ない橋を渡るし／新婦の父親にも少なからぬ苦労が待ちうけているはず。／だいたいこのわたくしがあんな男に頭を下げるとお思いか。／得になることでもあるか、何か下心でもあるのでなければ／口をきいたりすがりついたり、誰がするものですか。／あの男、どこまで間が抜けているのやら、／さっさとここから追い出せば、わたくしの計画を潰すことができるものを／今日一日いさせてくれることになった。／この間に敵ども三人を骸にしてくれようというのに、／父親と娘と、それにわたくしの亭主とを。（三六四―三七五行）

あるいは

メデイア　三人のうち誰にせよ、わたしのこの胸を痛めつけるようなことをすれば、きっと泣きをみることになろう。／ふたりの結婚を苦しい、つらいものにしてやる。（三九八―三九九行）

8．乙

メデア　けっして事はそんな具合には参りませぬ。まだ一悶着も二悶着もあるはず。／だってわたくしとしたことが何の目論みもなしに、あの男にあれほどまでに／媚びへつらうとお思いか。／人間、その望むものが何であれ、事を望む者には、それに費す骨折に相応して事態は姿を変えていくもの。／あの男は、ねじけた心のままに今日この日、わたくしに対して障害を設けた。／それがため、わたくしは怒りのすべてをぶちまけ、あの男を破滅させてやるつもり。／わたくしには禍となろうとも彼には悲しみとなる。彼には破滅してもらい、わたくしは逃げていくのだ。（二七四―二八〇行）

ここの両者も、言葉の上では必ずしも正確に対応するものではない。ことにエンニウスの二七七行はそれに対応する原文を見つけることがむつかしい。ここはクレオン（クレオ）退場後、方向性の定まらなかったメデイア（メデア）の怒りが初めて復讐へと固まっていく、その最初の決意が述べられる箇所であるが、そのメデイア（メデア）の心中の描写としてはほぼ等価のものであると見なしてよいかと思われる。

9．甲

コロス　あなたは恋に狂ってお父さまの家を捨て、／大海のふたつ岩を押し分けて／はるばる渡ってこられました。（四三一―四三三行）

9．乙

コルス　ああ、コルキスのメデア、恋に心焦がれて家郷を出るような真似をなさらなければよかったものを……。（二八一行）

直接法の平叙文と接続法を用いた願望文という描写の視点の違いはあるが、言われている内容には変わりがない。

10．甲

メデイア　さあ、そもそもの初めからお話ししましょう。／わたくし、あなたのお命を助けて差し上げました。／これは、あのアルゴ船に乗り合わせたギリシア人なら皆知っていること。／あなたが、火を吐く牡牛を軛《くびき》につなぎ／死の畑に種子を蒔いてこいと言われた、あのときです。／それにあの大蛇、／金色の毛皮を幾重にも巻いたとぐろで取り囲み、寝ずの番をして護っているところを

／この手で殺して、あなたに救いの光を掲げて差し上げたのです。（四七五―四八二行）

10．乙

メデア　荒々しい大蛇を眠らせて攻撃させぬようにして差し上げたことは申しますまい。／また牡牛の力を撓《たわ》めたことも、武装して畑から生れ出た兵たちを打ち破って差し上げたことも。（二八二―二八三行）

字面は同じではない。量的にもエンニウスの訳文のほうが少ない。〈短縮化 Kürzung〉がなされている。ただアイエテス王から課された難行に際してメデイア（メデア）がイアソン（ヤソン）に対して行なった献身的な援助の様子を描く点で、両者は変わらない。

11．甲

メデイア　さあ、わたくしいったいどちらを向いて行ったらいいのでしょう、／あなたのために捨ててきた父の家、あの古里へ帰りましょうか、／それとも哀れなあのペリアスの娘らを頼って行きましょうか。（五〇二―五〇四行）

11．乙

メデア　さあ、わたくしはこれからどちらを向いて行ったらいいのでしょう。この足を踏み出すのはどの道でしょう。／父の家へ帰りましょうか、それともペリアスの娘らのところかしら。（二八

四―二八五行）

一部字面は異なるが、内容はほぼ同じである。

12．甲

イアソン　おまえに逃げられぬ恋の矢を射かけて、無理やりわたしを救うよう仕向けたのは、／エロスさまだってことを。（五三〇―五三一行）

12．乙

ヤソン　おまえがわたしを救けてくれたのは、名誉 honor のためというよりは、むしろ愛情 amor から出たことだった。（二八六行）

エンニウスの訳文では名誉 honor と愛情 amor が対照的に用いられ、それなりの効果を上げているが、名誉 honor は原文にはない語であり、かつ内容的に見てもこの場に似つかわしくない概念である。名誉 honor とは、この当時のローマ人の観念では、公共の場――たとえば戦場――で公共の利益になるような行為をなした人間（＝男性）に対して報酬として認められる概念（勲功）であり、この場のメデアの行為とは相容れない概念であるからである。訳者による付加現象、しかもあまり成功しているとは言い難いものの一つであろう。

13．甲

アイゲウス　ガイアの女神、日の神の輝かしき光、はたまたすべての神々にかけて。（七五二行）

あるいは

メデイア　おお、ゼウス、ゼウスのお子のディケの女神、そして日の神ヘリオスの光よ。（七六四行）

13．乙

アエゲウス（あるいはメデア）　天上に白く輝く火の玉を掲げる太陽、（二八七行）

エンニウスの訳文は太陽の描写の一部であるが、右に挙げた原文のいずれに相応するものか。これだけでは不明である。

14．甲

メデイア　……話してあげましょう。／でも楽しい話でないことは覚悟していてくださいな。（七七二―七七三行）

あるいは

コロス　聞きました、あの声を、聞きました、あの叫びを、（一三二行）

14．乙

コルス　わが耳は言葉の（生み出す）収穫物を得ようと努める。（二八八行）

エンニウスの訳文は、メデアの復讐計画を聞き出そうとして発言されたものと推測されるが、これに相応する原文は見当たらない。ウォーミントンは可能性のある二文を並列して挙げている。

15. 甲

メデイア　ねえ、おまえたち、その右の手をちょうだい、母さんに接吻させておくれ。／おお、可愛らしい手だこと。そしてこの可愛らしい口、／品のよい姿形、この顔……。（一〇七〇―一〇七二行）

15. 乙

メデア　さようなら、この上なく愛しい身体たち、／さあ、そのおまえたちの手をこちらへ、そしてこのわたしの手を取っておくれ。（二八九―二九〇行）

描き出そうとする情景に変わりはないが、両者の字句が一致しているわけではない。訳文には手以外の身体器官への言及はない。元から欠落していたのか、引用断片ゆえに欠落した形になっているのか。

16. 甲

コロス　おお、大地よ／輝きわたる日の光よ、／あの呪われた女を御覧下さい。／われとわが手を血に染めて、子らの命を奪《と》ろうとしています。（一二五一―一二五四行）

16．乙

コルス　ユピテルよ、いえ汝、高みにあってものみなをみそなわすもの、／その光で海と大地と天とを包み込む太陽よ、／かの恐るべき行いを果たされるより前に目にお留め下さいますように、罪が犯されるのを防いで下さいますように。（二九一―二九三行）

メデイア（メデア）の子供殺し直前の状況描写である。祈願の対象が、原文では大地と日の光（ただしこの日の光はゼウスの血をひくもの（ディオゲネス）なることが一二五八行で言及されている）であるが、訳文ではユピテル（ゼウス）と太陽となっていて大地が欠けている。大地は天と海と同様に太陽の光に包み込まれる存在として描写されている。

ここはプロブス（後一世紀の学者ウァレリウス・プロブス）の名の下に伝わるウェルギリウスの『詩選』六・三一の注釈の中に含まれていた、いわゆる引用断片である。ウェルギリウス同様、大地（土）、天（風）、海（水）、太陽（火）の四元素に言及しているものとして、ホメロス『イリアス』第一八歌四八三行を挙げ、次いでエンニウスのこの箇所にも言及しているところである。エンニウスでは、少し偏頗《へんぱ》な形ではあるがいちおう火、風、水、土の四元素がそれぞれ言及されているが、エウリピデスでは土と火の二元素にしか触れられていないことになる。ちなみに、ホメロスの当該箇所はアキレウスの楯の描写の一部で、大地、天空、海、太陽、月、星と列挙されている箇所である。エンニウスは、エウリピデスを訳すときすでにホメロスのこの箇所が念頭にあったのかもしれない。

17. 甲

当該箇所なし。

17. 乙

〔 〕汝、そこに立ち、古えより富み栄えるアテナ女神の都を／眺めよ、そして左手のケレスの社を見るがよい。（二九四―二九五行）

これはコリントゥスを脱出したメデアがアテナエ（アテネ）に到着する際の様子を描いたものと推測されるが、話者は特定できない。そして原文には該当する箇所はない。エウリピデスにはコリントスでの事件後アテナイに亡命したメデイアを描く『アイゲウス』なる作品があったが、わずかな断片を残して散佚《さんいつ》した。その『アイゲウス』の中の箇所がエンニウスによってここに訳出付加された可能性もないわけではない（いわゆるコンターミナーティオー contaminatio の手法[9]）が、『アイゲウス』の残存断片は少なすぎてこの件に関して確実なことを言うことを許さない。一方これをエンニウスのまったくの創作であるとする可能性もじゅうぶん考えられる。

以上、エンニウスの『メデア』として残存する断片をエウリピデスの原文と対照させながら概観した。一見してわかるように、エンニウスの訳文はエウリピデスの原文をそっくり移し替えたものではない。単なる用語の違い以上のものもある。この点でキケロの言う「逐語的」という評言は撤回されねばならないであろう。むしろキケロが評した「言葉ではなく意味を訳す」なる評言のほうが的を射ていよう。原作と同じ場面を追いながら、しかし、各所にエンニウス流の用語が用いられ、また言葉の削除や付加が見えている（ただ、残存のテクストはいわゆる引用断片であるがゆえに、削除と見えるものは引用者の恣意的措置あるいは単なる私的な都合によって、本来はそうでないものも結果的に削除と見えるようになった場合もあるかもしれない。この点は留意されてしかるべきである）。その中でも、明らかにエンニウスの意図的な付加と見なされるものを取り上げ、その意図を探ることによってエンニウスのエウリピデスの原作との距離を測定し、ひいては時代という座標の上にこの作品が占める位置を決定したい。

3　付け加えられたもの

エンニウスが原作にない語を付加した例として、わたしたちはホノル honor とフィードゥス fidus の二語を取り上げたい。

まずホノル honor（名誉）であるが、これは二八六行のヤソンの台詞の中に出てくる。おまえがわたしの命を救ったのはわたしに惚れ込んだせいであると嘯《うそぶ》く条《くだり》であるが、原作には愛（エロース Ἔρως）とだけあるのを、エンニウスは愛（アモル amor）と比較対照する形で名誉（ホノル honor）を付け加えた。右でも触れたが、ここに名誉なる概念を持ち出したことは、前後の脈絡から見てけっして妥当であったとは思われない。唐突で不適切、無くもがなの感が強いのである。エンニウスの意図は那辺にあるのか。意図とまでゆかずとも、ここにこの語が持ち出されてきた経緯はどうであったのか。

これまたさきに触れたことであるが、名誉という概念はこの時代の婦女子の言動にはまず無関係なものと言ってよい。それは公の場での男子の仕事に関わるものである。男子が戦争等の国家的行事に参画し、国民的倫理観に従って国家公共のために献身した場合の報酬の一つと見なされる概念、それが名誉である。したがってこの語はこの場合のメデアにはそぐわない。

しかし一面、この名誉を愛情と対照させることによって、もっぱら個人的領域に巣くう概念である愛情の存在とその強さを際立たせる役割を果たしているとは言える。その反面また、このときのエンニウスの心中には愛情と対照させせられるべき名誉の概念がごく親近なものとしてあった、あるいはそれを表明したい意識があったことを意味しているようにも思われる。エンニウスは『年代記』（断片）の中のデキウス・ムースの死を歌った条で、彼ムースをしてその死は「ローマ国民のため pro Romano populo（ウォーミントン、二〇一）」の自己犠牲であると言わしめている。デキウス・ムースといえば、エンニウスの後輩詩人に当るアッキウスがローマ国民劇（ファーブラ・プラエテクスタ）の素材として取り上げて劇化している（『アエネアスの裔あるいはデキウス』（断片））が、これは右のムースと同名の父親の、前二九五年センティヌムでの戦いでの壮絶なる自己犠牲と死を謳い上げたものである。そこでも「祖国の民のため」（ウォーミントン、七）、「父を見習い（父は同じくデキウス・ムースで前三四〇年ウェスウィウス山の戦いで死）わが身を犠牲に命を捧げる」（同、一四）、「それによりわが父上は、かつてわれらが国われらが共同体を強大化された」（同、一五）といったような詩句が見られる（最初は神官リウィウスの祈願の一部、あとの二つはデキウスの言葉である）。

名誉とは、こうした自らの属する共同体への自己犠牲に対して支払われる精神的報酬であると言うことができるであろう。

この名誉と密接に関連しあう概念に勇気（ウィルトゥース virtus）がある。名誉を生む母体が勇気であり、勇気の結果が名誉である。両者は因果の関係にあると言ってよい。ルフェーヴルは、この勇気が時代の貴族的理想を称揚する国家的イデオロギー Virtus-Ideologie として捉えられていたことを指摘し[10]、グラトウィックはその例をプラウトゥスの『アンピトゥルオ』に見て取る[11]。プラウトゥスは古いギリシア神話に題材を借りながら、女主人公アルクメナに次のように言わせているのである、「勇気は最高の報酬です。／じっさい勇気はすべてのものに優るのです。／それによって自由も安寧も生命も財産も父母、祖国、子孫も／無事に護り続けられるのです。／勇気にはすべてが含まれるのです。勇気のある人には／すべての善きものがついてまわるのです」（六四八—六五三行）と。たった六行のうちに頻出する勇気なる語に注目しなければならない。ここから、ローマ演劇の場においてはギリシア悲劇における様な個人の運命ではなく、悲劇喜劇を問わず、共同体（レース・プーブリカ）の問題が浮上し顕在化してきていることが窺えるのである。

このローマにおけるいわば私的領域から公的領域への視野の拡がりは、より即物的な社会の側面、経済の分野にまで達していることもまた指摘される。エンニウスは『ヘクバ』二〇六—二〇八行で、原作エウリピデスの『ヘカベ』二九三—二九五行の「信望のない人 ἀδοξούντων」、「信望のある人 δοκούντων」をそれぞれ「卑小な人 ignobiles」「富裕な人 opulenti」と訳した。カンシクが指摘するように、ここには経済的視点ともいうべきものが導入されている。[12] つまりここでは〈気高さ、品位〉という概念は〈富〉へ、また〈正義、法〉は〈経済力〉へと変容させられているのである。

エンニウスが二六二行で用いた fidus（フィードゥス忠実な、信義に篤い）なる語も、こうした流れの中で捉えることができるのではないか。「わが女主人の館の昔からの所有物（クテーマ）よ（四九行）」という原文を、エンニウスは「主人の身体の昔からの忠実な（＝信義に篤い）見張人よ」（二六二行）と訳した。「所有物」という語が端的に示すように、そこでの関係は人間同士のものではない。物と人間の関係、いや実際は人間同士の関係でありながら一方が他方を物として見、かつ見られる関係である。一方エンニウスのほうは両者の関係を人間同士のものに戻し、しかもそこにfidusなる語を介在させた。fidus（＝fidelis）とは二人の人間がたがいに信頼関係で結ばれているという意味である。ここでは関係する両者が女主人と召使であり、しかもいま召使の側の視点から見られた関係を表わす言葉であるから「忠実な」という訳語が充てられてよいが、同時にそれはお互いが信義という紐帯で結ばれていることを確認しているということである。ここにはエウリピデスでは見えていなかった共同体内における人間関係が浮かび上がってきているように思われる。

これをもう一歩すすめて、わたしたちはここに用いられているfidusなる語あるいは概念を、単に主従の人間関係だけを規定するものに止めず、この時代のより広い人間一般の関係にまで普遍化させて考えてみたいと思う。このfidus、あるいはその類縁語のfides（フィデース信義、信頼）は、エンニウスと同時代の喜劇詩人プラウトゥスの作品にも頻出するからである。二、三例を挙げよう。

(1)『黄金の壺』

主人公の初老の男エウクリオが黄金の詰まった壺の隠し場所に腐心し、フィデースFides（信義の女神）の社からシルウァヌスの森へ移し替えたとたんに盗まれる。その後曲折があって壺は戻ってくるし娘の縁談も整うが、一時が万事、この物語はフィデースfides（婚姻、商売など、あらゆる取り決めの基本）を否定することによる共同体からの逸脱と、そのフィデースによって成り立つ共同体への回帰を示している。このフィデースなる語、概念は、原作とされるメナンドロスの『気むずかし屋』にはない。

(2)『捕虜』

戦争で捕虜となった息子を取り戻そうと、ヘギオ老人は交換要員として買い入れた敵方の捕虜テュンダルスを「信じて、」(三五一行)、いま一人の捕虜のピロクラテスを解放する。このヘギオの信頼(フィデース)は一時は裏切られたかに見えるが、最終的には大団円に繋がるものとなる。作者はまたテュンダルスに「信義には信義をもって応えよ、信義にもとるような真似はするな、」(四三九行)なる言葉を吐かせてもいる。

(3)『あみづな』

召使のトラカリオが置屋の主人の阿漕《あこぎ》な仕打ちで窮地に陥った遊女たちを救おうと近隣の人たちに要請するのは、そのフィデース fides (援助) である (六二一行)。この作品では、荒々しい自然と相対峙する形でフィデース fides (信義) に基く共同体=都市が描かれている。

(4)『小箱の話』

遊女セレニウムに惚れた青年アルケシマルクスがその恋に偽りのないことを誓って言うのに、このフィデース fides が使われる。「とりわけあの娘はぼくと誓った間柄なんだ。きちんと約束(フィデース)しているんだ」(二四一行) と言い、また次のように言う、「あの娘はわたしにすべてを任し、わたしを信頼 (フィデース) してくれていたのに」(二四五行) と。

一連の用例を見ると、身分差や階級差あるいは立場の違いを越える人間関係を規定する概念としてフィデース fides が使われていることがわかる。それはメデアの例からややもすれば想像されがちな、二人の関係を上下の関係で捉えるものでは、もはやない。人間関係一般にはじまって共同体のあらゆる取り決めもフィデース fides に基いて決定されるような社会。それがプラウトゥスの描く社会であると言ってよい。

エンニウスによって使用されたフィードゥス fidus なる語は『メデア』には一語しか残されていないが、[13] そのフィードゥス fidus は同時代の喜劇詩人プラウトゥスがその諸作品の中に登場させたフィデース fides なる語と、またそのフィデース fides なる語で表出される当時のローマ社会の共同体内の人間関係と繋がるものと言いうるのではないか。それは、このフィードゥス fidus もさきに挙げたホノル honor も個人の人間性のあり方を表現するものであると同時に、それだけに止まらず個人とその個人がそこに生きている共同体との関係にまでも拡がりを持つ言葉であり、また概念であるからである。いや、フィードゥス fidus やホノル honor だけに止まらない。言葉はどんな言葉であれ、それが使用される領域の広さに応じてその意味するところを変容させていくものと思われるが、逆に広がった領域が、またその時代と時代風潮が登場を促し要求する言葉もあるのではないか。エンニウスがエウリピデスにないフィードゥス fidus とホノル honor をその作品中に登場せしめたのも、そうした新たな時代や場所の要請に基いてのことであったと考えられる。それでは、そうした言葉を要求した時代とはいかなる時代であったのか。

4 その時代

エンニウスの『メデア』が公刊されたのは、エンニウスがカトに従ってカラブリアのルディアエからローマへ出京(前二〇四年頃)してからのちのことであろう。ローマはちょうど第二次ポエニ戦争(前二一八―二〇一年)を戦っている最中であった。これをギリシア文化史年表で測れば、時代はすでにヘレニズム時代に入って久しく、文化の中心はエジプトのアレクサンドリアに移り、そこにある図書館は碩学ビュザンティオンのアリストパネスが館長職に就こうか(前一九五年頃)というころであった。演劇ジャンルにおいても事情は変わらない。メナンドロスの死(前二九二年)以後、ギリシアの演劇人の公演活動はアテナイ中心からギリシア世界全体――ギリシア文化を担う世界、エーゲ海域に加え南イタリアのギリシア植民都市も含まれる――へと拡がる。各都市で劇場が造営もしくは改修され、アテナイからの演劇人――悲劇喜劇の俳優、音楽家、作者らの集団、すなわち演劇人ギルドと称してよいもの――がそれらを経めぐりつつ公演活動を行なった。出し物は、新作もあったが過去の名作の再演が主であった。悲劇はソポクレス、エウリピデスのもの、喜劇はメナンドロス、ピレモン、ディピロスらのものが中心となった。こうした演劇人、言い換えれば地方廻りの芸人たちの訪問地は、前三世紀には南伊のタレントゥムやシキリア（シシリー）島のシュラクサエ（シラクサ）まで含まれた。前二四〇年、ローマで初めて演劇らしい演劇の上演がアンドロニクスの手によってなされるが、それにはこうした南イタリアにおけるギリシアの芸人たちの活動が大きく影響していたことは否定できない。アンドロニクス自身ギリシアの植民都市タレントゥム出身のギリシア人であった。

先駆者アンドロニクスのあとを承けて、エンニウスもその劇作活動をギリシア悲劇の翻訳から出発する。それはローマに新たに演劇という芸術ジャンルを生み出し根づかせるための確実で手っ取り早い方法でもあったろうし、また当時のスキピオを中心とする親ギリシア文化グループとの親交の影響もあったにちがいないが、翻訳活動だけで意は尽くせなかったろうことは、エンニウスもまたナエウィウスに倣ってローマ国民劇を手がけていることからもその間の事情は窺える（さきに挙げた『アンブラキア』、『サビニの女たち』の二作品。いずれも小断片が残存）。その翻訳も単に先進文化の紹介のためだけに終わるものではない。そこには受入れる側のローマ、前三世紀末から前二世紀初頭にかけてのその社会が顔を覗けているのである。

エウリピデスの『メデイア』は前四三一年にアテナイで初演された。のちにアテナイをギリシアの政治世界から退陣させる要因となった二四年に及ぶ内戦、ペロポネソス戦争勃発の年と同年である。そのころのアテナイでは、それまでポリスの繁栄を心的な面から担ってきた市民精神がその健全さに少しく翳りを見せはじめていた。そしてそれは内戦の進行とともに堕落への途を辿ることになる。市民精神とは、具体的には自由、法、勇気、知といったギリシア人、ことにアテナイ人に伝統的な価値観のことである。『メデイア』では、そのうちの一つ、知性の問題が扱われている。メデイアという一個人の心中の葛藤が理性対感性という対立の図式で捉えられ、理性の敗北による悲劇が結果する経緯が、そこでは描かれている。この理性対感性の対立、そして感性の勝利による悲劇の出来《しゅったい》という図式は、のちの『バッコスの信女』(前四〇五年上演)に至ると、ギリシア的なものと非ギリシア的なものとの対立葛藤という個人を越えたギリシア(=アテナイ)文化それ自体に内包する文化思潮の問題まで領域を拡げていくが、この『メデイア』ではまだメデイア個人の心中の葛藤に問題は限定されている。すくなくとも作者エウリピデスはそこに問題を限定して劇を描いているかに見える。

エンニウスはこうした原作のメデイア個人の心中の現象にどのように対処し、訳したのか。とくに原作の一〇七八―一〇八〇行をどう訳したか。その中のテューモス(θυμός 怒り、激情)なる語をどう訳したか。この興味と疑問は、しかしそれに対応する箇所が断片では欠落しているゆえに、残念ながら等閑に付されざるをえない。ただ残された多からぬ断片の中に、わたしたちはメデア個人の心中の葛藤以上に時代の要求の一端を垣間見ることができるように思われる。それがフィードゥス fidus、ホノル honor なる語であり、またそれでもって表わされる概念である。

アテナイというポリスで生産されたギリシア悲劇『メデイア』が二〇〇年以上も後代のヘレニズム

時代の、また視点を変えれば世界帝国への第二段階へ足をかけようとしていたローマという都・ウルプスに紹介されるとき、当然そこには元の姿にはない新たな色彩が加わることになる。ポリスからウルプスへ――時代も場も、共同体のあり方も、演劇的パフォーマンスのその社会でのあり方も異なる。その端的なものの一つが新たな共同体の価値観の提示要求である。フィードゥス fidus もホノル honor もきわめて個人的な価値観でありながら、同時に共同体全体のあり方に深く繋がるものでもある。構成員同士がフィードゥス fidus で結ばれる社会、ウィルトゥース virtus やホノル honor を個々人を律する規範として称揚し共同体の一つの倫理にまで高めようとする社会、これがエンニウスの生きたローマ社会であった。あるいは社会の理想であった。

さきに述べたように、エンニウスにはローマ国民劇も二作品伝えられている。いずれも極小断片で内容の詳細は窺うことができないが、その題材からしてウィルトゥース virtus やホノル honor といった価値観を称揚する祖国讃歌であったと推測される。ことに『アンブラキア』は、執政官のフルウィウスによるアンブラキア（ギリシア本土西部エピルス地方の町）包囲戦（前一八九年）に取材したものである。エンニウスは実際にフルウィウスに従って参戦し、その見聞を素にこの劇を書き、そのことによってフルウィウスの息子クイントゥス・フルウィウスからローマ市民権を与えられたとされている。ローマ讃歌の代償であったろう。そうしたエンニウスが翻訳の中でも、エウリピデスの原作に場を借りて時代の要求する価値観を加筆し注入することを試みたとしても不思議ではない。

エンニウスの作品がエウリピデスの原作の逐語訳でないことは、すでに明らかである。そしてまたこの翻訳が前五世紀後半のポリス・アテナイで生産された原作の忠実な再現でもないことも確かである。そこには時代と場所の相違が作り出す以上の変容が、いわば訳者の意図的な筆さばきによる変容が透けて見える。しかし一面、性急な意図的変容が違和感を呼び起こすこともまた事実である。エンニウス『メデア』二八六行のホノル honor のように。このことは、エンニウスの時代のローマ共同体の要求とメデイア伝説との整合性をいかにつけるかという問題に関連してくるし、ひいてはなぜエンニウスはエウリピデス劇の翻訳を志したかという問題に行きつくことにもなる。

これ以上エンニウスの心中を臆測することは差し控えたいが、一つ確かだと言えるのは、エンニウスはやはりその生きた時代の、その住んでいた共同体の要求するものを無視することはできなかったということであろう。そうした心性に支えられた彼の翻訳作劇行為は、新たにローマ悲劇を作り出していこうとする意欲に相添う行為でもあったにちがいないが、自らの住むローマという共同体の讃歌を悲劇という形で謳いあげるために、その模範となるギリシア悲劇も彼の手で変容させざるをえなかったのである。ただローマ讃歌がのちにイデオロギー過剰に陥り、悲劇という文芸ジャンルがおそらくエンニウスの心づもりとは裏腹に衰退に向かって行ったことは、彼の予想外のことであったかもしれない。ただそうなるのは一五〇年ものちのアウグストゥス時代のことである。

わたしたちはこの小論において、エンニウスの『メデア』がエウリピデスのそれの単なる逐語訳ではないこと、翻訳ではありながらそこに訳者のいわば独自性が加味されていたこと、それはことにフィードゥス fidus とホノル honor の語に端的に窺えるということを確認しておきたい。

b. セネカの場合

われも亦《また》人なれば、笑ふも泣くも厭はしからず。

レッシング『フィロタス』第七節

（鷗外訳『俘』より）

1　メデアは剣闘士か

メデアは剣闘士だと言ったのはレッシングである。正確には剣闘士に類するものと言った。もっと正確には、メデアと特定せず「セネカの作るところの悲劇の人物」と言った。いささか強引に約《つづ》めすぎたかもしれない。これには少しばかり註釈が要る。

じつは、このレッシングのせりふは、『ラオコオン』に出てくる。その第四章三節で、彼はソポクレスの『ピロクテテス』を素材に、キケロの『トゥスクルム荘対談』を批判的に引きながら、悲劇における真の英雄像を論じている。それによれば、キケロは戦場で傷を負うた英雄ピロクテテスが泣き叫び、哀訴するさまを非難し、あたかも職業剣士を訓練しようとでもするかのように、肉体的苦痛を人前に曝け出すことは忍耐力の欠如を示すもの、と断じた。しかし劇場は闘技場ではない。闘技場の剣闘士ならば、たとえ致命的な傷を負うても泣き叫ぶことは許されない。なんとなれば闘技は訓練であり、まず一切の感情を殺すことがその第一歩であるからである。感情が露にされると観衆は同情を強要され、そして同情が誘発されるともはや闘技は闘技でなくなってしまうからである。この逆が、劇場の悲劇の舞台では唯一の芸術目的となる。すなわち悲劇に登場する主人公は、人間的感情をすべてありのまま曝け出さねばならない。そうすることによって観衆の人間的共感を引かなければならないのである。ところが「セネカの作るところの悲劇の人物はすべて、かような職業的剣士に類するものでしかない」[1]というのである。

このレッシングの主張が当たっているか否かはわからない。しかしこう主張するレッシングの根拠は、右の同じ箇所にはっきりと見えている、「悲劇の主人公は感情を表わさねばならぬ」と。つまりそこに登場する人物が卒直に感情を表出するか否か、それが、彼（彼女）が闘技場の剣闘士なるか舞台上の悲劇の主人公なるかのわかれ目だというわけである。

この主張は彼レッシングの悲劇論の一端と見なしてよいと思われるが、わたしたちはこれをじっさいに悲劇――ギリシア・ローマの――の場に適用させてみたいと考える。なぜなら、彼はさきの箇所に続けて、「かかるローマの剣闘士的演技こそ、ギリシア悲劇に比べてローマ悲劇がはるかに下位に立たねばならぬ最大の原因であると思う」[2]と言っているからである。

つまり、劇の登場人物が舞台上でその人間的感情をどこまで卒直に表出するかがレッシングにとっては「悲劇」の一つの基準となる。それをもってギリシア悲劇とローマ悲劇との優劣をも考えようというのである。

わたしたちは、このレッシングの主張の検証の素材として、セネカの悲劇『メデア』を取り上げたい。メデアははたして〝剣闘士〟であるのか。この検証作業は、必然的にエウリピデス『メデイア』とセネカ『メデア』の比較作業を促すことになろう。

2 レッシングの演劇論

レッシングは、悲劇の登場人物は生々とした生身の人間でなければならないと考えた。「悲劇の主人公は感情を表わさねばならぬ」とは、そういうことである。この主張は『ラオコオン』の中だけではない。それは『ハンブルク演劇論』(以下『演劇論』と略記)の中にもっとまとまった形で展開されている。わたしたちは、セネカ『メデア』の考察に入る前に、この『演劇論』にちょっと触れておきたい。

『演劇論』が公刊されたのは、一七六七―一七六九年である。『ラオコオン』の出版年は一七六六年であるから、両者は踵《きびす》を接して世に出たことになる。このことは、いまわたしたちが問題としているレッシングの悲劇論に関しても、両者にきわめて親密な連続性のあることを予想せしめるであろう。

さて『演劇論』であるが、その全篇を一貫するキイ・ワードとして〈menschlich〉およびその類縁語が取り上げられることは、つとに指摘されているところである。(3) この〈menschlich・人間的な〉という形容詞は、その類縁語として〈Menschheit・人間性〉を持ち、また〈das Menschliche・人間的なるもの〉という抽象概念に通ずる。

この〈menschlich〉は、すでに冒頭の第一篇から顔を出す。ここはタッソーの叙事詩『解放されたイエルサレム』(一五八〇年)を素材にして書かれたクローネクの悲劇『オリントとソフロニア』(一七六七年上演)を批判的に取り上げた箇所であるが、中に次の条《くだり》がある、「なぜならば宗教の力に唆されたクローネクは、タッソーにおいてはあれほどに単純で自然、また真実で人間的 so simpel und natürlich, so wahr und menschlich であったものを、ひどく複雑で作りものめいた、また不可思議で天上的なものにしてしまったのであるから」(全集第四巻、二三六頁)と。これは殉教劇に仕立て上げられすぎたクローネクの作品を批判したものであるが、その批判の拠って立つところは〈menschlich〉でであるか否かという点にある。そしてこの〈menschlich〉とほとんど等価なものとして、〈simpel・単純な〉、

〈natürlich・自然的な〉、〈wahr・真実の〉という語が挙げられている。人間的なることは、単純であり自然でありまた真実なることと共通しあう概念なのである。

このことはまた第四七篇においても指摘される。ここはヴォルテールの『メロプ』(一七四三年)およびマッフェイの同名作品(一七一四年)を、その原作となったエウリピデスの悲劇『クレスポンテス』(断片)と比較して論じているところであるが、エウリピデスの作品の一場面、すなわちメロペが亡命中の息子アイピュトスを誤解から殺しかけ、その寸前たがいに母子なることを認知しあう場面を取り上げて、「これはごく単純で自然、また感動的で人間的 sehr simpel und natürlich, sehr rührend und menschlich であった」(同、四四八頁)と称揚している。ここには新たに〈rührend・感動的な〉という語が現われる。人間なることはまた感動的なることでもあるのである。

そしてこの〈rührend・感動的な〉はまた〈tragisch・悲劇的な〉とも言われる。ムーアの『賭博者』(一七五三年)を論じた第一四篇では、その主人公の人物像にそくして「英雄たちの歴史のなかで、これ以上に感動的、教訓的、一言でいえばより悲劇的な状況 eine rührendere, moralischere, mit einem Worte, tragischere Situation があれば見せてもらいたいものだ!」(同、二九五頁)という条が見える。ここに〈rührend〉は〈tragisch〉と等価になる。〈rührend・感動的な〉ということは、すなわち観客に「憐れみ Mitleid」と「怖れ Furcht」を呼び起こすことである。これはレッシングも認めるアリストテレス以来の悲劇論にほかならない(アリストテレス『詩学』一四四九b二七—二八参照)。

かくして〈tragisch・悲劇的〉であるということは〈rührend・感動的な〉であり、〈simpel・単純な〉、〈natürlich・自然的な〉でもあり、そしてなにより〈menschlich・人間的な〉なることなのである。したがって〈das Menschliche・人間的なること〉は、悲劇を構成する重要な要素ということになる。逆に言えば、つまり、悲劇の主人公たちは生々とした人間性あふれる存在でなければならぬ、ということになる。第一節で見た『ラオコオン』でのレッシングの主張は、かくしてかのように補強されるのである。

それでは改めて問おう。セネカのメデアははたして剣闘士か？ すなわち、〈menschlich〉ではないというのか、〈rührend〉ではないというのか、そして〈tragisch〉ではないというのか。

以下、セネカの『メデア』を取り上げて、主人公メデアの人間像の中に〈das Menschliche〉の存否を探ってみたい。

3 セネカはどう変えたか

セネカの『メデア』がエウリピデスの『メデイア』にその範を取っていることは、ほとんど疑いがない。もっとも両者間には約五〇〇年の時間差があり、その間には複数の同名作品が存在したから、それらもまたセネカに影響を与えたであろうことはじゅうぶんに予想されるところである。しかしこれらはいずれも散佚《さんいつ》して現存しないから、影響の実際を窺うことはむつかしい。したがってここでは、もっぱらエウリピデス『メデイア』が比較検討の対象となる。

さて、セネカは原作のエウリピデスの『メデイア』をどう変えたのか。どう変えたがゆえに、レッシングから非難を浴びたのか。

セネカの改新の最大の点は、いわゆるアイゲウス・シーンの欠落である。セネカはアテナイ王アイゲウスのコリントス来訪の場を削除し、それに替えて魔女メデアの場を設定した。いま一つの改新は、メデア対子供およびヤソン対子供の関係である。エウリピデスの場合に比べてセネカのメデアは子供に対し冷淡であり、逆にヤソンは愛情深い態度を見せる。

以上の二つがエウリピデスとの二大相違点であると見なしてよいと思われる。さて、それではこの二つの改新がセネカのメデア像にいかなる影響を与えたろうか。

まず第一点のアイゲウス・シーン欠落と魔女メデアの場の設定についてはどうか。エウリピデスのアイゲウス・シーンは、二つの重要な意味を持っていた。すなわち、(a)子供のモチーフと、(b)復讐後の避難場所の提供である。(a)の子供のモチーフとは、メデイアが復讐手段としての子供殺しを、このアイゲウス・シーンで最終的に思いつくという意味である。しかしこの点は、アイゲウス・シーン無くしてもうまく処理できる。セネカは、メデアをして、子供が最良の復讐手段となることをヤソンのせりふから巧妙に感知せしめるのである（五四四―五五〇行参照）。しかし(b)の避難所の問題は、そう簡単に代替がきかない。アイゲウスは登場してくれないと困るのである。しかし登場しない。これは、単に技法上の問題に止まらぬ、根本的改変を意味しよう。その一つはメデアをして、避難場所を必要とせぬほどの強いメデア、魔女メデアに変貌せしめたことである。六七〇行以下の第四幕は、乳母の証言とメデア自身の独白による〝魔女メデアの顕現〟である。つまりこの劇におけるメデアは、もはや普通の人間の女性ではなく、正真正銘の狂女《マイナス》である。

いま一つは、セネカはメデアに避難場所を与える代わりに、彼女をしておのれの過去へ回帰せしめたことである。メデアは未来へ逃げるのではない、過去へ帰るのである。それを端的に示すのが〈復讐の輪廻〉の存在であった。第五幕、子供殺しの寸前、メデアの眼前に復讐女神エリニュスが現われ、続いて弟アプシュルトゥスの亡霊が現われる。これは、メデアの過去の罪、弟殺害の贖罪を要求するものと解される。すなわちメデアは、ヤソンへの復讐者であると同時に弟から追われる被復讐者でもあるのである。かくして彼女は、復讐しまた復讐されるために子供を殺す。ここに、復讐の輪廻に翻弄される一人の罪人の姿をわたしたちは見ることができる。

メデアは魔女である。しかし彼女が子供を殺すのは、単にその魔力にまかせての恣意的な仕業ではない。より大きい、冷厳な法則〈復讐の輪廻〉に支配されている。この大きな力に翻弄されるメデアに一抹の憐憫を、そして無常感を、わたしたちは感じ取ることができるかもしれない。しかしそれはおそらく詩人の意図するところではないのである。セネカは、メデアを魔女として、非人間的に描いた。さらにその全行動を一つの冷厳な、無機的な法則〈復讐の輪廻〉の中へ引き込ませた。ヤソンの裏切りに対する怒りがメデアをして復讐鬼＝魔女とさせる。そしてその魔女は、より大きな法則〈復讐の輪廻〉の中の、復讐し復讐される一つの輪に、一つの歯車にすぎないのである。そこでは殺害行為についての人間的反応は稀薄である。もちろん母性愛と復讐欲との相剋が見られないわけではないが、エウリピデスのそれと比べてその場はごく短い。

このようなメデア像に、わたしたちは〈das Menschliche〉をどれだけ感得しえようか。わたしたちに、彼女ははたして〈rührend・感動的〉であろうか。その行為は〈simpel・単純〉で〈natürlich・自然的〉であると言えようか。

4 エウリピデスの場合は

エウリピデスのメデイアも、セネカのメデア同様に夫イアソンの背信への怒りから復讐に着手する。しかしこのメデイアのほうは、セネカのメデアと違って魔女ではない。イアソンに随いてコルキスを出てからコリントスに流れ着くまでのあいだの、人間業を越えた数々の強腕ぶりは彼女自身の口から明らかにされる（四七五行以下）が、コリントスにおけるメデイアすなわちこの劇の表舞台に立つメデイアは、極力その魔女性が抑えられ、ごく普通の女性として描かれる。それゆえにこそ一度裏切られると、その反動は強い。「女というものは、たいていのことには臆病で／争い事は苦手、剣の光を見るだけで震えあがるというくらいですが、／いったん寝間の契りが踏みにじられたとなると／またこれほど残忍な心の持主もおりませんから」（二六三―二六六行）である。とはいえ、魔女ならぬか弱い女性であるから、その復讐行為は慎重の上にも慎重が期される。国外追放を告げるクレオンを泣き落として一日の猶予を得たのちも、すぐに実行に移るわけではない。復讐と同時に無事脱出できる目途がつかなければ実行はされないのである。「それならもう少し待ってみて、／何か確実にこの身を護ってくれるものが現われ出てくれるようであれば、／そのときこそ策略を用いてこっそり殺しに取りかかろう」（三八九―三九一行）というのが基本戦略である。

この〝安全な砦〟を提供するために登場してくるのがアテナイ王アイゲウスである。アイゲウスの登場は、メデイアが魔女ならぬ一人の人間の女性であることと相関関係にある。魔女ならぬ弱いメデイアには避難場所が必要なのである。

アイゲウス・シーンが持ついま一つの意味は、子供殺しへの最終的決断である。アイゲウスは、世継ぎに恵まれぬのを悩んでデルポイへ神託を受けに行った帰途、コリントスに立ち寄ってメデイアと遭うことになる。メデイアは子宝を得ようと奔走するこのアイゲウスの姿から、男親にとって子供の存在がいかに重いかということを学び知る。もちろんこのアイゲウスからだけではない。すでに登場した二人の男親、クレオンとイアソンも子供への深い愛情を見せていた。これが復讐の重要な手段へ繋がることになる。メデイアはクレオン、クレウサ、イアソン殺害という当初の復讐計画をやめ、クレウサとわが子殺しに方針を変更する。

この子供殺しは、純粋に彼女の復讐欲から出たことである。彼女はただイアソンを苦しめるためにのみ子供を殺すのである。ここでは〈復讐の輪廻〉は一切考えられていない。そうした外的な要因に拠らぬ、ただ彼女の一存によってなされる行為である。神託もそこには介在していない（同じ親族殺人でも、オレステスの母親殺しとはこの点で異なる）。それゆえに復讐行為の結果はすべて一人で引き受けなければならない。セネカのメデアの場合は、復響の輪廻に身を委ね、子供を殺して弟の亡霊に償いを果たすことによって、自らの過去へ回帰して行くのであった。「いまこそわたしは取り戻した、王権を、弟を、父を。／そしてコルキスの人々は黄金の羊の裘を手にしている！／わが王国は戻ってきた。奪われていたわが処女性が回復されたのだ」（九八二―九八四行）。これは幻影であるけれども、自らの真の帰属性の確認という点で、幻影ではない。彼女はかつて属していた精神共同体へ帰って行くのである。メデイアは違う。彼女は自らの心中の強い力に押されて子供を殺す。この子供殺しへ追いたてるものはテューモス（激情）と呼ばれる。しかし子供殺しは、もちろん簡単に成されるわけではない。それを阻むのは彼女の母性愛である。一〇一九行以下一〇八〇行に至るメデイアの長い独白は、子供殺しの計画（ブーレウマタ）およびその計画の背後に潜んでこれを操る混沌たる激情（テューモス）と、この母性愛との激しい葛藤である。この葛藤は最後に激情（テューモス）の勝利となって終わる、「わたしにだって、自分がどれほどひどいことをしようとしているかぐらいわかって（マンタノー）いる。／だけどそれ（＝子供殺しの計画 ブーレウマタ）をわたしにやらせようとしているのは、この胸のうちに燃える怒り（テューモス）の焔《ほむら》。／そしてこれこそ人間にとってこの上ない災いのもととなるもの」（一〇七八―一〇八〇行）[4]。

子供殺しに抵抗する強い母性愛。それは、子供の身体の各部所の名称およびそれに附随する運動――眼、笑い、手、口、姿形、目鼻立ち、肌ざわり、膚、息づかい――を列挙することによって、きわめてヴィヴィドに表現される。これに対する情念（テューモス）。これは棄てられた女、棄てられた妻の恨み、嫉妬、怒りの総括的表現にほかならない。このいずれもがきわめて人間的である。

さらにメデイアは、子供殺しという行為が「悪いこと（カカ）」であることを「知っている（マンタノー）」。この「知」は、〈復讐の輪廻〉に身を委ねるメデアには生れてこない。すべてを自らの一存で処理せざるをえぬメデイアにしてはじめて生れてくるものである。ただし「知」を得たからといって行為をやめることはできない。悪いことと知りつつ、子供を殺さざるをえないのである。ここにわたしたちは人間の弱さ――知性の弱さと言ってもよい――を見る。そしてまたメデイアは、子供を殺さなければこの知覚には達しえないのである。ここにわたしたちは人間の悲哀を見る。

いずれにせよ、ここのメデイアは魔女ではない。きわめて人間臭い生身の人間である。それはじゅうぶんに〈rührend・感動的な〉であり、〈menschlich・人間的な〉であり、また〈tragisch・悲劇的な〉であると言えるであろう。

5　親と子

かくして、セネカは人間味溢れるエウリピデスのメデイアを非人間的メデアにすっかり変えてしまった。この点でアイゲウス・シーンの有無は大きな意味を持っていたことになる。

ところで、レッシングはその悲劇論の中核をなす概念、〈menschlich・人間的な〉、〈rührend・感動的な〉、〈natürlich・自然的な〉、〈simpel・単純な〉の反対概念として、〈unmenschilch・非人間的な〉、〈unnatürlich・反自然的な〉、〈erhaben・崇高な〉、〈heroisch・英雄的な〉を考えた（「メンデルスゾーン宛往復書簡（一七五六年十一月二十八日）」、全集第四巻、一七〇頁以下参照）。〈heroisch・英雄的な〉は当然〈Heroismus・英雄主義〉、〈Stoizismus・禁欲主義〉に通ずる。セネカのメデアに、このヘロイズム、ストイシズムをそのまま持ち込むことはむつかしかろう。ことにストイシズムについては、彼女はむしろその対極にあるとい言ってよいくらいである。[5] 彼女はモラーリッシュ（倫理的）な、シュトーイッシュ（禁欲的）

な英雄ゆえに非悲劇的なのではない。その行為もおよそ英雄的ではない。逆に嫉妬という人間臭い感性が昂じての兇行である。だから彼女は、元来は人間味溢れる存在であったと言ってよい。だが詩人は、彼女をその嫉妬の権化とすることで、狂女、魔女とすることで、そして復讐の輪廻に巻き込ませることによって、その人間性を奪い取ってしまった（だから目的遂行の点ではストイックであるとも言ってよい。あらゆる感性を抑制し復讐という目的に邁進するという点で、それはヒロイックとも言いえようか）。エウリピデスのメデイアも嫉妬の権化に変わりない。しかし彼女は魔女ではない。嫉妬に狂って子供殺しを計画するが、それも喜々としてそうするのではない。強い母性愛との相剋のあげく、激情に負けて仕方なしにそうするのである。しかもその行為をよくないこととする認識がある。このようなメデイアは、じゅうぶんわたしたちの同情 Mitleid の対象となり、わたしたちの心を揺すぶる rührend のである。セネカのメデアは逆である。彼女は乳母以外の誰からも同情と共感を受けないのである。合唱隊（コルス）からも。[6] そしてわたしたち観客席に居る者からも。[7]

話をすこし前に戻す。セネカのエウリピデスに対する改新として、アイゲウス・シーン欠落とともに、いま一つメデアおよびヤソン対子供の関係の扱いを挙げておいた（第三節冒頭）。この親子関係はどのように改変されているだろうか。

先走って結論を言ってしまえば、エウリピデスの場合、メデイアは子供への愛情が深く、イアソンは冷淡であるのに対して、セネカの場合、メデアは子供に冷たく、ヤソンは愛情深いとされるであろう。

エウリピデスのメディアが子供に対して愛情深いことは、『メディア』一〇一九行以下の独白の中に如実に示されている。ことに――さきに触れたように――子供の身体の各部所を列挙する描写法は、わたしたち観客の感覚をよりいっそう生々と喚起せしめるだけではなく、それはまたメディア自身の愛情の具体的確認でもあるのである。この愛はしかし激情（テューモス）によって破られる。しかし彼女はこの時、子供殺しがよくないことだという認識を得る。この認識は、愛がなければ得られない。愛していればこそ、こう認識するのである。

ではイアソンはどうか。これもさきに触れたことだが、子供殺しを決心したメディアは、クレオン、アイゲウス、そしてイアソンの三人の男親の子供に対する特別な思い入れを感得したからそうしたとされる。他の二人と同様、イアソンもまた子供に執着する。子供への愛情を示すものとして、「子供はいまいるのでじゅうぶんだ、不足はない」（五五八行）という一節がよく引用される。しかしこれが愛情一途からの言葉であるかどうか、一抹の疑問なしとしない。なによりも彼は、子供らが母メディアと一緒に国外追放処分を受けているのに、メディアから懇望されるまでは一切その救済を考えようとはしない。こうした彼の態度は、劇の末尾でメディアから「いまごろになってこの子らにいい顔をして、可愛いだなんて。／前にはいらないと言っておきながら」（一四〇一―一四〇二行）と痛烈に皮肉られることになる。彼の子供への執着は、むしろわが身可愛さゆえという色彩が濃い。子供をダシに使ってまで自らの社会的地位を確保したいという、下司な野心がそこにはほの見えるのである（五四七行以下）。

さて、それではセネカの場合はどうか。メデアに子供に対する愛情が一切無いと言うのではない。子供を殺す寸前、エウリピデスのメディア同様、怒りイーラ ira と母性愛ピエタース pietas との葛藤に彼女も悩む（九二六行以下、ことに九四三―九四四行）。しかしこの葛藤の場はエウリピデスのそれに比べて短いし、またここ以外彼女が母性愛を見せる箇所はないと言ってよい。[8] ここ以外ではむしろ子供への忌避の感情が強いのである。次の条がその代表的な例である。

ヤソン　さあ、怒りに掻き立てられたその心を鎮めるがいい。子供たちのためにもそうしてくれ。
メデア　いいえ、子供なんて要りません。ごめんです……。（五〇六―五〇七行）

この子供の忌避をわたしたちはエウリピデスとの大きな違いと見なしたい。これは後述するように、母としてより妻、女としてのメデア像を際立たせる一つの要素となるものである。

このメデアとは逆に、そしてエウリピデスのイアソンとも違って、ヤソンは子供に対して溺愛に近い愛情を示す。次の条がその代表例である。

ヤソン　［……］子供たちはわたしが生きていく上での糧なのだ。苦労して消耗し尽したこの胸の

慰めなのだ。もしあいつらと別れるくらいならわたしは早々に呼吸《いき》をすることもやめ、
この四肢も切り離し、陽の光も拝まないでいたいと思う。（五四七―五四九行）

以上の考察から明らかなように、二人の詩人の間では、親子関係の描写が正反対の形をとっている。ことにメデ（イ）アに関しては、その母親としての情愛がセネカにおいてよほど稀薄化していることが明らかにされた。これは何を意味するのか。これもまた、メデアの人間性の欠如を証明するものと解釈するべきであろうか。

6　男と女

別の角度から考えてみたい。子供殺しというセンセーショナルな事件から、ついわたしたちは親と子、ことにメデアと子供との関係を真先きに考えがちであるが、そもそも子供殺しに至る素因は、メデア・ヤソンの夫婦関係の破綻にある。夫婦あるいは男と女の関係はどう描かれているだろうか。

エウリピデスにおける二人の関係は、冷えきった愛、愛の裏返しの憎悪とでも言えようか。かつて二人は愛しあっていた。すくなくともメデイアのほうはイアソンを愛していた。コルキスからの逃避

行がその証拠である。その愛もいまは裏切られた。その過去と現在の落差を喝破したのが次の一節である。

ああ、愛するとは人の身になんと大きな禍《わざわい》であることか。（三三〇行）

このメデイアをイアソンは裏切った。いやイアソンはじっさい裏切ったのか。裏切る以前から、そもそも彼には愛など存在しなかったのではないか。というのは、彼は次のように嘯《うそぶ》いているからである。

おまえのことだ、胸のうちではわかっているが、口に出して言うのは癪《しゃく》なのだ、／おまえに逃げられぬ恋の矢を射かけて、無理やりわたしを救うよう仕向けたのは／エロスさまだってことを。（五二九―五三一行）

彼は、二人の関係はメデイアの一方的な片思いだと決めつけている。あるいはそうかもしれない。先のメデイアのせりふは、相手のこの愛の薄さに気づいてのものかもしれない。あるいはまたこのイアソンのせりふは、新しい愛を得て逃げかかっている男の古今東西を問わぬ常套のせりふかもしれない。いずれにせよいまはもうイアソンにはひとかけらの愛情も残っていない。これではメデイアの愛は憎悪に変わらずにはいられぬであろう。四四六行以下の第二エペイソディオン（現代風に言えば第二場）は、この逃げる男と棄てられた女との論争の場である。旗色はメデイアのほうが断然よい。本音の正論をぶつけるからである。しかし正論であるだけにかえって、イアソンのみならずわたしたちもまた辟易させられてしまう。正しいことは万能ではない。逆に負の結果を生むこともあるのである。二人の間の冷えた関係は最後まで変わることがない（第四エペイソディオンの和解はもちろんメディアの策略である）。このことはすでに劇頭ではっきりと予兆的に示されている。

おお、大いなるテミス、それにアルテミスの女神さま、／このわたしがどんな目に遭っているか御覧でしょうか、／いまでは憎いあの人とも、ちゃんとした誓いの下に結ばれたわたしでしたのに。／あの人と花嫁とがいつの日か／家もろともに滅ぶところを見たいもの、／罪もないわたしをこうしていじめるその罰に。／ああ、お父さま、ああ、古里よ、それらを捨てて出て来たわたし／無惨にも、実の弟をこの手にかけて。（一六〇―一六七行）

この舞台裏から聞こえてくる彼女（メデイアはまだ登場していない）の声は、劇の以後の展開を予兆するものとしてわたしたちの耳朶《じだ》を搏《う》つのである。そしてこれは実現する。夫への憎悪、怒りは、「あの人と花嫁」それに子供まで殺したのちにやっと鎮まるのである。

ではセネカの場合はどうか。セネカの場合もエウリピデスの場合と同様に、ヤソンとメデアの関係は一貫して前者の裏切りと後者の怒りという関係にある。そのメデアの怒りが子供殺しにまで昂ずるのもまた同様である。さらに怒りは彼女を〝魔女〟にまでならせる。二人の関係は最後まで修復不可能である。しかし、彼女の夫への感情が怒りと憎しみばかりかというと、そうではない。この点で、彼女はエウリピデスのメデイアとは異なる。まず、彼女は嫉妬の情を見せる。国外逃亡を急きたてるヤソンに向かって彼女は言う。

それほどにわたしを急きたてるのはクレウサのせいなのね。／あの娘から恋仇を引き離そうってわけだわね。（四九四―四九五行）

これは明らかにライヴァルのクレウサを念頭に置いた嫉妬の情の表明である。メデイアはこうした嫉妬は持たない。いや持ってはいるだろう。しかしこのように直截《ちょくせつ》な形では出てこない。彼女がクレウサを殺すのは、彼女によってイアソンの世継を産ませぬためという純粋にイアソンへの復讐の一手段としてである。すくなくともそう見える。おそらく存在するであろう〝嫉妬〟は表面的には露にされないのである。

セネカのメデアが見せるのは嫉妬だけではない。嫉妬の裏には愛がくすぶっている。そう、メデアは愛している、ヤソンを。いまでもまだ。(9) いくつか証拠を挙げよう。

もしできるなら、彼は／わたしのヤソンとして以前と同じように生きてほしい。もしそれがだめでも、／彼はとにかく生きてわたしのことを想いながら、わたしがあげた生命という贈物を上手に使って生きてほしい。／罪はすべてクレオにある。（一四〇―一四三行）

ねえ、たとえ他の者があなたの奥さんはひどい女だと非難しても、／あなただけは弁護してくれて無実だと主張してちょうだい。／あなたのために罪に落ちたのよ、あなただけでも無実だと言ってくれてもいいでしょう。（五〇一―五〇三行）

さあ清浄《きれい》な身のままでわたしと一緒に逃げるのです。（五二四行）

おまえは喜こんでいるけど、これしきの報復ではまだ知れたもの。／沸き立つ心よ、ヤソンが独身《ひとりみ》に戻るだけで満足だというなら、／おまえはまだあの男を愛しているのだ。（八九六―八九八行）

ここには、愛があり未練がある。哀訴があり、誘いがある。愛憎の葛藤がある。最後には憎しみが愛を振り切るけれども、その最後までメデアはヤソンを愛しているのである。メデイアのほうにはこの愛はなかった。ぜんぜんなかったわけではない。実らぬ愛を嘆く条はあった（三三〇行）。しかしいまその愛は憎悪と怒りのはるか下位に置かれている。その代わりに彼女の心を占めるのは子供への愛、母性愛であった。メデアには母性愛は少ない。その代わりに女、妻としての愛がある。これがわがメデアの存在理由である。メデイアのあの母性愛と復讐欲との葛藤に同情と感動を掻きたてられたと同じに、わたしたちはこのメデアの一人の女としての愛と憎しみ、その葛藤に心揺すぶられるのである。セネカは、ここでメデアを〝人間として〟描いた。愛しくも哀しい一個の人間として。

7　メデア像の統一性

メデアははたして〝コトゥルヌス(半長靴)を履いた剣闘士[10]〟であったろうか。夫に棄てられた悲しみ、怒り、屈辱から復讐を企て、子供を殺すに至る過程は、エウリピデスのメディアと同様である。しかしメデアのほうは魔女として描かれた。子供殺しも、彼女の心中の葛藤のあげくの行為ではなく、〈復讐の輪廻〉という人間個人を越えた一つの無機的な法則に巻き込まれての結果であった。こうしたメデアの姿は、人間味に欠けやすく、わたしたちの感情を揺すぶることは少ないとは言えるであろう。とすれば、自らの目的を追求することにのみ急で人間らしい感情を押し隠して見せぬこのメデアは、闘技場の剣闘士さながらと言ってもさしつかえない。この点でレッシングの主張はほぼ首肯されそうである。

しかしほんとうにそう言ってしまえるだろうか。前節で見たメデア像は、このレッシングの主張に異議を差しはさむものと解せられるのではないか。そこで見たメデアは、夫への愛と憎しみに未だ揺れ動く姿であった。劇がはじまってでも、その途中でも彼女はまだ夫を愛している。抑え切れず折々に顔を覗かせる〝愛〟が、彼女を魔女とだけに決めつけることを許さない。それはさながら魔女の仮面の下の紅色の頬、あるいは剣闘士の鎧の下にほの見える緋色の胴着のごとく、一瞬わたしたちをたじろがす。心を搏《う》つ。それは、これが彼女の自然な感情の巧まざる表出、嘘偽りない卒直な心中の吐露であるからである。こうした姿を捉えて、わたしたちはこれを一切の人間的感情を押し隠した剣闘士さながらの姿とは、言いえぬのではないか。メデアが剣闘士とは、すくなくとも断言できないのである。むしろメデアはこれこそ人間的だとして、ちょうどピロクテテスが賞められたと同じに賞められてしかるべきなのである。レッシングは、苦痛を訴える「英雄」ピロクテテスを非難するキケロを嗤《わら》った。いまその彼に、夫への愛を洩らす復讐鬼メデアをはたして非難できようか。できはすまい。

ではレッシングの主張は間違っているのか。彼は自己矛盾を起こしているのか。一方的に断を下すことはできないが、ただいささか割り切りすぎた言い方だとは言えるだろう。わたしたちはメデアを例に挙げたが、本章冒頭に述べたように、レッシングはメデアだけを取り上げて言ったわけではない。「セネカの作るところの悲劇の人物」と言った。そしてこの背後にはギリシア悲劇との比較の意図がある。セネカの劇全体としては、たしかにギリシア悲劇と比べて、その人物たちは剣闘士的要素を持つことは否めない事実であろう。ただ個々には、このメデアのように一方的に割り切れぬ場合も出てくるということである。かつてレッシング自身も、セネカの『狂えるヘルクレス』を賞めあげたことがあったのだ[11]。

だがレッシングの揚げ足を取るだけが能ではあるまい。むしろわたしたちがここで留意すべきことは、セネカの『メデア』のメデア像の統一の問題である。メデアは魔女である。その一方で、右に見たように愛というごく人間的な感情を見せるか弱い女性でもある。この二つの姿をどう結びつけたらよいのか[12]。

劇中でメデアがその魔女的様相を露にするのは、六七〇行以下の第四幕からである。それまでの彼女は、もちろん夫の裏切りを怒り憎悪しているけれども、さきに見たとおりその中に女としての愛を見せることも忘れてはいなかった。それが、夫ヤソンとの談判が決裂したあと、第四幕以降でとつじょ彼女はその魔女性を露にするのである。

すでに見たとおり、魔女メデアはアイゲウス・シーンの欠落を補うもの、本来アイゲウスが提供するはずの避難場所を必要とせぬほど強い存在たらしめるためのものであった。そうであるならば、その魔女性は劇を一貫して然るべきであったろう。子供殺害直前の母性愛の表明は最小限仕方ないとして、劇の前半に散見されるあの〝女としての愛〟の表明は、いかにしても魔女メデアとそぐわない。もちろん人間メデアが魔女メデアに、とつじょあるいは漸次変貌することも考えられないではない。ではあるが、それはよほど強い転機がなければ叶わぬことであろう。メデアは愛するヤソンの裏切り（クレウサとの結婚）に怒り、復讐を決意する。それが劇の前半の姿であった。このメデアをさらに魔女にまで変貌させるより強い衝撃が、はたしてあろうか。あるいはこうも考えられよう。もともとはあったものの劇の前半では抑えられていた魔女性が、ヤソンの裏切りを最終的に確認するに及んで顕現したのであると。

いずれにせよ、この「魔女メデア」と「か弱い女性メデア」は両極端すぎて結びつき難い。詩人はいずれか一方に統一すべきであった。アイゲウス・シーンの欠落およびそれに伴う魔女メデアの創造は、おそらく詩人の意図的行為であった。であるならば、前半の「人間メデア」、「女性メデア」は描かずもがなの感がある。それが魅惑的に描かれてあるがゆえに、いっそうそう思われる。レッシングは、その主張からすれば後半の魔女メデアに力点を置いたことになる。魔女メデアは剣闘士的様相をじゅうぶんに持つ。これは一つの見識である。わたしたちはこれにいささか異議を唱え、逆に前半のか弱い女性メデアの姿を指摘した（これはまた悲劇の主人公の人間性重視というレッシングの本来の主張に沿うものであるはずである）。したがって、メデアは剣闘士かと問われれば言わなければならない、否、すくなくとも前半の彼女は、と。

しかしそれにしても、レッシングは自らの本来の主張を裏づけるメデアのこの一面を考慮してしかるべきであった。このことはやはり指摘しておかなければならない。だがこれは、レッシングにその主張の訂正を求めるより前に、まずセネカの描いたメデア像の統一性の欠如が指摘されて然るべきということではあるまいか。

第7章……アエネアス、逃げる——カルタゴ

哀愁のカルタゴ

ギリシア人が地中海域に姿を現わす以前から、すでに地中海をわが物顔に往還していた人たちがいた。フェニキア人である。彼ら海の民フェニキア人にとって、地中海はおのれが庭のごときものであった。彼らの活動は、ギリシア人にも古くから知られていた。ホメロスは『オデュッセイア』でこう歌っている、「さてこの島へ、船乗りとして名高い、ポイニケ（フェニキア）人たちがやってきた。強欲な連中だが、さまざまな小間物を黒船に積んできたのだ」（第一五歌、四一七—四一八行。松平千秋訳、岩波文庫）と。地中海だけではない、大西洋にも、紅海からインド洋にも出没した。前五世紀、ハンノというカルタゴのフェニキア人が船団を率いてジブラルタル海峡から大西洋に出、アフリカ西岸を南

下してカメルーンにまで航海した記録が残っている。これより一〇〇〇年前の前六世紀にはアフリカ大陸を一周したらしい記録も残っている（ヘロドトス『歴史』四・四二）。当時のエジプト王ネコスの慫慂《しょうよう》によってフェニキア人の船団は紅海を下り、インド洋を南下、現在の喜望峰を回航してアフリカ西海岸に出、そこを北上、ジブラルタル海峡から地中海に入り、エジプトに帰港したという。これには約三年の歳月がかかった。驚くべき冒険心、またそれを可能にした航海術の持ち主であったと言わねばならない。

フェニキア人の出身地は、地中海の東端シリア地方の港町テュロスだとされる。彼らは船で各地へ出掛け、交易を業とした。地中海域の各地には、交易活動の拠点がつくられた。しかしそれが国家的な共同体にまで発展することはなかった。各地の拠点は交易活動のための単なる寄港地以上のものではなかったのである。例外が一つある。カルタゴである。いま、イタリア半島を長靴と見立ててみる。爪先にシシリー島か浮かんでいる。その南には北アフリカの海岸が迫って来ている。シシリー島は、それがそこに置かれることによって、地中海を東西に分ける要石のような役割を果たしている。大雑把に言えば、そうである。そのシシリー島の真南のアフリカ沿岸にカルタゴがある。

カルタゴが歴史に名を残すのは、三度にわたってローマと死闘を繰り返し、ついにはその軍門に下ることになる、その事実によってである。一度目はシシリー島シラクサの治政をめぐる紛争に端を発し、前二六四年から二四一年にかけて戦われた。これが両者の最初の対戦である。第一次ポエニ戦争

写真●カルタゴ（松本宣郎氏提供）

と呼ばれる（ポエニとは、フェニキア人を表すラテン語である）。海軍力に不安のあったローマは劣勢が予想されたが、その予想に反してアエガテス諸島沖の海戦でローマが勝ち、その結果ローマは西地中海の海上制覇に橋頭堡を築くことになった。二度目、第二次ポエニ戦争は、前二一八年から二〇一年にかけて戦われた。雪辱に燃えるカルタゴは、スペインで兵力を養い、じゅうぶん練兵したあと、ハンニバル将軍の指揮下アルプスを越えてイタリア半島に侵入、一七年間各地を転戦したが、ついにローマを陥れることはできなかった。ハンニバルは自国からの援助を受けられぬままアフリカに帰り、ザマの決戦でスキピオ率いるローマ軍に敗れる。結果、カルタゴは地中海の制海権をほとんど失う。第三次ポエニ戦争は前一四九―一四六年で、これはカルタゴの息の根を完全に止めるための戦争であったと言ってよい。カルタゴと隣国ヌミディアとの紛争を介入の口実にしたローマ軍は、カルタゴを完膚無きまでに叩きのめし、町を完全に破壊し尽くした。現在残るカルタゴの遺跡は、このあと入植したローマ人の町カルタゴの遺跡である。

第二次ポエニ戦争で活躍した英雄ハンニバルの父は、おなじくカルタゴの勇猛な将軍でハミルカルという。そのハミルカルに美しき娘サラムボーを配し、虚実取り混ぜた物語を創り上げたのが、フランスの文人フロベールの『サラムボー』（一八六二年）である。そこには一九世紀のヨーロッパを席捲したオリエンタリズムが横溢している。しかし以下に取り上げるのは、もっと古い伝説の時代のカルタゴ物語である。じっさいのカルタゴ建国は前九世紀のこととされているが、ローマの詩人ウェルギリウスはトロイアの落人アエネアスを、イタリアへの旅の途次、ここに寄らしめた。ディドというサラムボーばりの美女も欠かしてはいない。そこに展開するのは、中年男女の恋と別れの物語である。そしてそこには、三度のポエニ戦争を制し、そのあと次々と外征を繰り返し、ついには世界国家を造り上げたローマの、その黄金時代のローマ至上主義もまた色濃く反映している……。

1 トロイアをあとに

トロイア王族の一人であるアエネアスは、一〇年にわたるギリシア軍の攻撃によってイリオスの城砦が陥落する寸前、父アンキセス、息子アスカニウスら一族郎党を率いて城を抜け出し、イダ山麓に逃れる。そこで船を建造し、初夏のころ海上に出る。そして漂泊の船旅がはじまる。

彼が、王族の一人でありながら、城市と運命を共にしなかったのはなぜか。それはそういう宿命にあったからである。というのは、これはもうすでに『アエネイス』第一歌で言われていることであるのだが、アエネアス自ら、「わたしが目指すのは父祖の地イタリア、一族の祖は至高のユッピテル。／二〇隻の船を率いてプリュギアの海に乗り出したのも、／母神が示す道を辿り、課せられた運命(ファータ fata)に従ってのこと」(三八〇―三八二行)[1]と言っているとおり、彼には新しい国家をイタリアの地に建設することが神意（ファータ fata）によって義務づけられていたからである（第一歌二五七行以下のユピテルの言葉をも参照）。これはまたアポロ神の神託（ファータ fata）でもある。アエネアス一行はデロス島で、「いにしえの母を求めよ」と、その到達すべき地の予言を受ける（同、第三歌九四–九七行）。そして約束の地をクレタと読みちがえたあと、一行はイタリアこそ目的の地であることを知る。

神だけではない。アエネアスの夢に現われたヘクトルの亡霊もまたアエネアスにトロイアを落ちのびて新たな国家を建設するようにと要請する。「トロイアは己れの聖物と守り神をあなたに委ねる」（同、第二歌二九三行）と。

アエネアスには脱トロイアが神からも人間からも要請されている。脱トロイアだけではない。新しいトロイアを建設することが要請されている。この要請を受けてアエネアスは陥落寸前のトロイアを逃げ出し、旅に出る。目的とする地はイタリアのラティウムである。それは長く困難な旅である。それは、トロイアからイタリアまでの単に物理的空間的な旅であるだけではない。長い旅のあいだにアエネアス自身も変貌する。それは精神的な旅でもあるのである。彼はどのような変貌を見せるのか。

『アエネイス』が『イリアス』と『オデュッセイア』を手本として書かれたものであることは周知の事実である。アエネアスの旅はオデュッセウスの旅に相似する。しかし一方は単に私的な望郷の旅であるのに対し、他方は右に述べたように神から、そして人間からも要請を受けた旅、いわば使命を帯びた旅である。アエネアス自身、自らの旅が神意 fata による目的のある旅であることを自覚している。この自覚がアエネアスをオデュッセウスとは異なる旅行者に仕立てる。[2] さてそれはどのように異なるのであろうか。

2 船出……波に浮寝の

焼け落ちる城を逃れ出たアエネアスは、しばらくその身をイダ山麓に潜め、そこで艦船の建造に当たったのち、「初夏に入るや、ただちに」(第三歌八行) 祖国トロイアを後にして「亡命の身を大海へと向け」(第三歌一一行) た。それは、「どこへ運命が導くのか、どこに定住を許されるのか、定かではない」(第三歌七行) 旅であった。

最初に彼らが寄港するのはマルスの地、すなわちトラキアである。その地で犠牲式を挙げようとしてポリュドルスの亡霊に遭遇し、この「残忍な土地から逃げよ。貪欲な岸から逃げよ」(第三歌四四行) との託宣を聞く。ポリュドルスはアエネアスと同じくトロイア王族の一人で老王プリアムスの末子であったが、年端もゆかぬ身とてトロイア攻防戦には参加せず、莫大な黄金とともにトラキア王ポリュメストルの許に預けられていた。その彼を、黄金に目の眩んだポリュメストルが殺害したのであった。

アエネアス一行は改めてポリュドルスの葬儀を執り行なったのち、この「罪に穢れた土地」(第三歌六〇行)をあとにする。

次に寄港したのはエーゲ海のほぼ真中に位置するデロス島である。土地の王でありまたアポロの神官でもあるアニウスとアンキセスとが旧知の仲であったゆえに、一行は歓待される。アエネアスはアポロ神に祈りを捧げ、旅の目的地を尋ねる、「誰なのか、われらの導き主は。どこへ行って居所を定めよ、と命じるのか」(第三歌八八行)と。するとアポロは答える、「忍耐強いダルダヌスの子孫よ、おまえたちが父祖の血筋から/最初に生を受けた土地、その同じ土地の実り豊かな胸がおまえたちの/帰還を迎えるだろう。いにしえの母を探し求めよ」(第三歌九四―九六行)と。しかしこの神託を聞いた者だれ一人、その意味するところを理解することができない。父アンキセスがそれはクレタ島であると解釈する。「わたしの聞き覚えに間違いがなければ」一族の祖テウケルがクレタからトロイアへ移住したというのである。かくして一行はクレタ島を目指す。

クレタはしかし安住の地ではなかった。上陸して生活を始めた一行に疫病が襲ってきたからである。「人々はいとしい命を落とすか、あるいは、体を痛々しく/引きずった。このとき、田畑はシリウスに焼き尽くされて不毛となり、/草は枯れ、病んだ作物は日々の糧となることを拒んだ」(第三歌一四〇―一四二行)のである。途方にくれたアエネアスの夜の夢に故郷トロイアから携えてきた守り神ペナテスが現われて告げる、「変えるべきは住む場所だ。この岸ではないのだ、おまえにデロスの神(アポロ）が／勧めたのは。クレタに居住せよ、ともアポロは命じなかった。／ギリシア人がヘスペリアと名づけて呼ぶ地がある。／いにしえの土地にして、武力と肥沃な土壌ゆえに強大だ。／かつての住人はオエノトリ人であったが、いまは彼らの子孫が／指導者の名にちなみ、その民の国をイタリアと呼んでいる。／この地こそわれわれが住むべき場所。ここが出生の地だ、ダルダヌスも、／わが一族の始祖、父イアシウスも。／さあ立て」（第三歌一六一―一六九行）と。たちまち寝床を蹴ったアエネアスは事の次第を父アンキセスに告げ、その決断によってクレタをあとにすることとする。ここで初めて航海の目的地が決定する。目指すはイタリアである。

ところが出港後ほどなくして海上で嵐に見舞われ、船団は航路をはずれてギリシアの西岸を北上することになる。ストロパデス島でハルピュイアどもに悩まされたのち、ザキュントス、イタカ、レウカスの島々を縫って進み、アクティウムの岸に上陸し、競技祭を催す[3]。そこを出立したのち、今度はカオニアのブトロトゥムの町に入る。そこはプリアムスの子ヘレヌスがアンドロマケを妻として治めている町であった。一行はここで歓待を受けたのち、ふたたびイタリアの地を目指して出帆する。一路南下してイタリア半島南端を廻航しようとするが、怪物の棲むメッシナ海峡は避け、シキリア島の南端パキュヌス岬を目指す。この間キュクロプスらの棲む岸辺に漂着し、かつてウリクセス（オデュッセウス）がポリュペムスの洞穴から逃げ出した際、一人取り残されていたアカエメニデスと偶然出会い、これを救出するという一幕も付け加えられる。

一行はパキュヌス岬を廻航したのち島の西端ドレパヌムに至る。ここで父アンキセスが死去する。アエネアスはふたたび出帆する。「いまやシキリアの地は視界から消えた。沖に向け、／彼らは喜々として帆を張り、泡立つ波を青銅の舳先で切り進んでいた」（第一歌三四―三五行）。このとき女神ユノは風神アエオルスを使って暴風を起こさせる。「いま、わたしの憎む民がテュレニアの海を航海し、／イリウムの敗れた守り神をイタリアへと運んでいる。／風どもに力を吹き込め。船を粉微塵にして打ち沈めよ」（第一歌六七―六九行）。結果、アエネアスは這々の態でカルタゴの海岸へと漂着することになる。この漂着者をカルタゴの女王ディドが引見する。この歓待と好意に応えてアエネアスは、トロイア陥落の模様とその後の漂泊の詳細を物語る（第二、第四歌）。右に述べてきたのはその語りの概略であった。そして「そこ（シキリア）を出発したあと、わたしは神の力であなた方の岸に着いたのだ」（第三歌七一五行）と、アエネアスはその苦難の旅を語り終える。

旅は最初、行方定めぬ旅であった。試行錯誤ののち、いまその目的とすべき土地はイタリアであることがわかった。アエネアスがイタリアを目指すのは、そこに新国家を建設せよとの神意 fata を受けてのことである。その過程でまた神から、あるいは予言者から細々とした指示も受ける。彼が最終的にイタリアの地を目指すことになったのは、クレタ島で一族の守り神ペナテスの託宣を夢に聞いたからである。またイタリアへの航路については、ブトロトゥムのヘレヌスから細かな指示を受けている。このように彼の旅は神や人間のさまざまな指示援助のもとに行われる。しかしだからといって、それはけっして平穏な旅ではない。ただ一人この航海を阻害しようとする者がいるからである。トロイア戦争以来トロイアに対して敵意を抱く女神ユノがそれである。風神アエオルスを使嗾してイタリアへの航路からはずれさせ、カルタゴへと漂着せしめたのは、まさにこのユノ女神の差し金であった。そしてユノ女神の妨害は、こうした嵐、難破、漂着という物理的な形でだけ示されるのではない。新国家建設へのアエネアスの決意を鈍らせ逸らせるような妨害をもまたユノは企てる。

3 ディド……徒な深情け

『アエネイス』第四歌の冒頭はカルタゴの女王ディドの恋に悩む姿を写すことからはじまっている。

しかし女王は、すでに前から心に重い恋の傷を負っていた。／脈打つ血で傷を養い、目に見えぬ炎に苛まれている。／しきりに勇士の武勇が心に浮かび、かの一族の栄誉がしきりに心中を／駆けめぐる。彼の面立ちと言葉は胸に固く刺さって／離れず、恋の悩みは体が安らかに憩うことを許さない（第四歌一―五行）。

恋の相手はアエネアスである。イタリアを目指すアエネアスの船団をアエオルスを唆して起こした嵐によってカルタゴの地へ漂着せしめることに成功したユノは、次には愛の女神ウェヌスの力を借りてアエネアスを恋の糸に搦め取らせることに成功する。それはアエネアスに、ディドとの恋によって新国家建設をあきらめさせようとの魂胆からであった。

ディドから心のうちを打ち明けられた妹のアンナは、周囲に犇《ひしめ》く敵対勢力からカルタゴを護り立てていく必要性から、アエネアスを国家経営のパートナーとして迎えることを歓迎し、姉に恋の成就を焚きつける。「彼女（アンナ）はこのように言って激しい愛の炎をディドの心に焚きつけると、／思い定まらぬ胸に希望を投じ、恥じらいの心のいましめを解いた」（第四歌五四―五五行）。恥じらいの心（プドル pudor）とは、ディドの死別した前夫シュカエウスへの貞節（二夫に見《まみ》えずとの誓約）の謂である。ディドの心を縛っていた呪縛が解ける。以後恋に身を焼くディドは、「都中をさまよい、／熱情に狂うさまは、まるで矢を射当てられた雌鹿のよう」（第四歌六八―六九行）である。そしてこの熱い思いがついに遂げられる時がくる。もちろんそこにまたユノ女神の策略が働いている。

あるときディドは狩猟を催す。アエネアスの一党もこれに参加する。一行が森へ向かったところで、女神ユノは嵐を起こす。雨に降り込められて狩る者も勢子《せこ》もみな散りじりになる。「だがディドとトロイアの指揮官は同じ洞穴へと／辿り着く。そこにわたしも臨座しよう。そなた（ウェヌス）も同じ決意であるなら、／わたしは揺るがぬ結婚の契りを結ばせ、彼女を正妻と宣言しよう。／これをもって婚礼としよう」（第四歌一二四―一二七行）。事実このとおりに事が運ぶ。ディドとアエネアスは狩猟中に嵐に遭う。そして「ディドとトロイア人の指揮官は同じ洞穴へと／辿り着く。原初の神格たる大地の女神と介添えのユノとが／合図をする。と、火が天上に閃いて婚儀の／立ち会いとなり、峰の頂ではニンフたちの叫びがこだました。／この日が破滅の始まり、これが災いの／原因であった。もはやディドは体面や評判を気にかけず、／人目を忍んで恋の思いに耽ることもない。／これは結婚だと言い、こう呼ぶことで罪に蔽いを掛ける」（第四歌一六五―一七二行）。かくしてディドの思いは遂げられた。彼女の恋は成就したのである。しかしまた「これが災いの原因であった」。〝結婚〟の噂はたちまちにしてリビュアの町を駆け抜けて行く。そしてかねてよりディドに求婚していたガエトゥリ族の王イアルバスの耳に届く。イアルバスは、かつてディドの一党がテュロスよりこの地へ流れ来たったおり、国土を与えて定着するのを援けた男である。その好意を裏切られた思いのイアルバスは、全能の神ユピテルに祈願してこの縁組みを壊そうと図る。「あの女はわれらが領土内をさすらい、狭い土地を／買って都を置きましたが、これに海岸の耕地と／その地権を与えたのはわれわれです。それを、われわれとの婚儀を／拒絶したうえにアエネアスを主として王領に迎えました。／いまや、かのパリスめは女々しい取り巻きとともに／顎と香油したたる髪とをマエオニアの頭巾に／包み、獲物を掌中にしています。われわれはといえば、神殿への捧げ物を、／もちろん、あなたのために届け、評判にすがっていますが報われません」（第四歌二一一―二一八行）。

この願いを聞き届けたユピテルは使神メルクリウスを遣わして、アエネアスにイタリアでの建国という大目標を思い出させ、ただちにカルタゴを出港するよう促さしめる、「船出させよ。これが要だ。これをもってわが言づけとせよ」（第四歌二三七行）と。メルクリウスはアエネアスにこの言づけを伝える。これを聞いたときのアエネアスの様子は以下のように描写されている。「しかしこれ（メルクリウスの姿）を見たアエネアスは動転のあまり口もきけず、／戦慄に髪は逆立ち、声は喉に詰まった。／この場を去って逃亡し、愛おしい土地を捨てようと胸を焦がす。／神々の警告と命令はかくも強く彼を驚愕させた」（第四歌二七九―二八二行）。神からあたかも痛棒を喰らったかのように、アエネアスは自らに課された義務（ファータ fata）を思い出すのである。それだけ彼もディドとの恋に我を忘れていたことになる。

愛が綻《ほころ》びはじめる。すくなくともアエネアスのほうの気持は醒めはじめる。それはひとえにディドの愛が強すぎたからである。アエネアスに対する一途な愛は、その一途さゆえに思慮を欠いた、と言わねばならない。イアルバスの存在を無視したことである。その無視が反発と恨みを買うことになった。それはユピテルへの祈願となって現われ、けっきょく廻りまわってアエネアスの義務の覚醒へと繋がる。義務の覚醒は愛からの逃避を促す。かくしてディドの愛は、その一途さゆえに破綻せざるをえないのである。

ところでディドの愛の一途さは、そのじっさいのありようはどのようなものであったのか。ディドはアエネアスを一目見たときから恋に落ちた。これはまちがいない。彼女自身が言う、「この方ただ一人だけがわたしの感覚をたわめ、よろめくばかりに心を／突き動かした。わたしには分かる、これは昔の炎の名残」（第四歌二二—二三行）と。最初のうちは恥 pudor の概念がこの恋の邪魔をする。しかし妹アンナによって恥の縛めが解かれたのちは、ディドは恋の道を一途に突き進む。その姿は、「熱情に狂う女」（第四歌六五行）、「熱情に狂う」（第四歌六九行）、「熱病にとらわれ」（第四歌九〇行）、「狂気」（第四歌九一行）といった激越な表現で捉えられている。アエネアスを迎えた宴の席では、彼のトロイア以来の苦難の物語を繰り返し聞きたがり、宴果てて一人あとに残されるとアエネアスが去ったあとの寝椅子にその身を横たえてみる。またその父親似の息子アスカニウスを胸に抱き寄せて父親への思いを紛らせようともしてみる。カルタゴの国全体が女王の恋とともにその活動を止める。若者は日常の鍛錬をやめ、国土防衛のための工事も中断される。あたかもカルタゴの国全体が女王ディドその人であるかのように、女王とともに恋に悶えるのである。

古来恋の思いに取り籠められた女性は多い。パイドラがそうであり、メデイアがそうである。ディドの祖型として、わたしたちはカリュプソとキルケを挙げることもできるかもしれない。彼女らもまたオデュッセウスを捉えて帰そうとしなかったのである。ここでわたしたちは、詩人ウェルギリウスがディドを描くに際してその手本としたと思われるメデイアの例を引きたい。ヘレニズム期の詩人アポロニオス・ロディオスが描いたメデイア、その恋に悩む姿である。

まもなく夜が大地の上に闇をひろげた。海上では
水夫が大熊《ヘリケ》やオリオンの星々を
船から眺め、旅人や門番はすでに
眠りを望んだ。深い眠りが
子供を失った母親のまわりを包み、
町には犬の鳴き声も、ひびく人声もすでに絶え、
しじまが暗くなる闇を支配していた。
だが、メデイアには甘い眠りが訪れなかった。

『アルゴナウティカ』第三歌七四四―七五一行[4]

おなじく恋に悩むディド――このときすでに恋は綻びはじめている――を、ウェルギリウスは次のように描く。

夜となった。穏やかな眠りを楽しみながら、疲れた
体が地上に横たわり、森も海面の波立ちも
静まっていた。このとき星々は滑り行くめぐりのなかばにあり、
このとき田野のどこにも声はない。家畜も彩り美しい鳥たちも、

広く澄み渡る湖や、茨の茂る
田園に住む生き物のどれも、夜のしじまのもと眠りについていた。
〔悩みを癒し、心から労苦を忘れていた。〕
しかし、心に悲運を負うフェニキアの女王は、ただひとときも
くつろいで眠りに落ちることがない。

『アエネイス』第四歌五二二―五三〇行

夜の静寂と、その中で報われぬ恋の思いに悶々と時を過ごす女。『オデュッセイア』の詩人はカリュプソやキルケをここまで描くことはしなかった。一年間の同棲中、キルケがこのように恋の素顔を見せることはない。カリュプソとてそうである。詩人の筆はむしろオデュッセウスの望郷の思いを描くことに忙しい。恋する女性の心理を夜の静寂と関係づけて歌ったサッポーこそ、このディドの祖型と目されるかもしれない。

月は沈み、プレイアデスは落ちて
いまは真夜中、時は移ろい、わたしは一人眠る(5)

いずれにせよここには一人の女性が、一人の人間が息づいている。その息づかいをわたしたちは感

じ取ることができる。ディドを一人の恋する女性、人間として描いたことは、ウェルギリウスの功績である。先蹤《せんしょう》としてアポロニオスのメデイアが、そしてサッポーがいるとしても。ここには〈夜の静寂と恋する女〉という一つの詩的場面がルーティン化され、また系譜化されていると解してよいかもしれない。

話をメデイアとディドに戻す。二人の恋心はいずれも恋の神アプロディテ（ウェヌス）によって引き起こされたものである。そしてディドの場合、この恋の女神の背後には、それを使嗾《しそう》したユノ女神がいる。ユノの要請を受けたウェヌスは、ディドをして一途にアエネアスを恋するように仕向ける。ディドの恋は、一途であるからこそ恋の思い以外の感情も思慮もそこに入る余地がない。イアルバスの存在は無視される。カルタゴの現状も将来も、彼女の考慮のうちに入らない。そこには打算も計算もない。国の将来を慮《おもんぱか》り、アエネアスを共同統治者とするために恋の成就を図るのは、妹アンナのほうである。ウェヌスに操られているディドに打算はない。彼女の恋はそれだけ純粋であると言えるのである。

この純粋な恋が破れると、その反動は大きい。彼女は「これほど大いなる愛が破れるとは思いもしていないゆえ」（第四歌二九二行）である。しかし彼女の純粋さが、その恋の一途さが（国中の噂となって）イアルバスを怒らせた。愛が綻びはじめる。右に挙げた夜の静寂の中で悶々と時を送る彼女の姿は、愛の綻びを感知し報われぬ恋を嘆くその心情を描いたものであった。「懊悩は倍加し、何度もぶり返す／愛の思いは荒立ち、怒りの大波をうねらせる」（第四歌五三一―五三二行）のである。愛が怒りに変わる。それはそれだけ愛していたということである。その愛がそれだけ純粋であったということである。怒りは愛の証拠にほかならない。この愛の綻びはどのように収拾されるのであろうか。

4　遁走……あとは白浪

さきに少し触れたように、使神メルクリウスの訪問を受けたアエネアスはおのれが身に課せられた義務を思い出す。彼にはイタリアの地に新しい国家を建設することが神意 fata として課せられていた。それを思い出したのである。彼は「この場を去って逃亡し、愛おしい土地を捨てようと胸を焦がす」（第四歌二八一行）。カルタゴは愛おしい土地であった。この「愛おしい」なる語にはディドとの甘い同棲生活の味も含意されていよう。しかし神意 fata には逆らえない。アエネアスはカルタゴ出立を決心し、その準備をはじめる。それは神意（ファータ fata）の遂行であり、しかし同時に愛（アモル amor）からの遁走でもある。神意と愛は両立しえない。

アエネアスはメルクリウスの告知を聞くや否やただちに部下を呼び、カルタゴ出立の準備に当たらせる。「艦隊を装備せよ。口外無用だ。仲間を海岸に集結、／武器を準備せよ。そして、乱を起こすどのような理由もないように／見せかけよ」（同、二八九—二九一行）。一方彼自身はディドの説得に当たる。右のせりふに続けて言う、「自分はそのあいだに、いまは最良の人ディドも／気づかず、これほど大いなる愛が破れるとは思いもしていないゆえ、／歩み寄りを試みてみよう」（同、二九一—二九三行）

しかしディドは気づいていた。「誰も恋する者を欺けない」（第四歌二九六行）のである。彼女はアエネアスに哀願し、また彼を難詰する、「不実な男よ」（同、三〇五行）、「酷い男よ」（同、三一一行）と呼びかけ、「わたしから逃げるのか」（同、三一四行）と問いかけ、「崩れゆく家を哀れんでおくれ」（同、三一八行）と哀願し、「あなたの考えを振り捨てよ」（同、三一九行）と懇願する。

これに対してアエネアスはどう応えるであろうか。彼はディドの言い分をほぼ認める、「あなたが口に出してあらんかぎり／数え上げられることどもを、女王よ、わたしは決して否みはしない。／それだけ尽くしてもらったエリッサ（ディドの別名）との思い出を厭うことはない」（同、三三三—三三五行）と。しかし肝要な点は一つずつこれに反論していく。ディドとの夫婦関係については、「新郎の／松明を捧げ持ったことは、一度もなく、そのような盟約を結んだこともない」（同、三三八—三三九行）と言い、アポロの神託に従ってイタリアに新国家を建設するのは——そのためいまカルタゴ脱出を目論んでいるのであるが——フェニキア生まれのディドがカルタゴに国を持つのと同じ、「われわれにも外地の王国を求めることは許されている」（同、三五〇行）として、（あなたならぬ）イタリアこそわが愛、わが祖国と言い切る。しかもその上で「わたしがイタリアを追い求めるのは本意ではない」（同、三六一行）と言い添える。それはまさにメルクリウスに託されたユピテルの神意 fata ゆえなのであると。

神託や神意をもち出されてはディドに勝ち目はない。「なるほど、それが天上の神々の仕事だ。そんな気遣いが人々の平静を／乱すのだ。わたしはあなたを引き留めぬ。言われたことに反論もしない。／行くがよい、風に乗りイタリアを追い求めよ。波頭を越えて王国を目指せ」（同、三七九―三八一行）。しかしアエネアスが裏切りの罰を必ず受けて、こののちわがディドの名を幾度も呼ぶことがあるようにと言い残して座を立つ。あとに残されたアエネアスは彼女の心中を察しつつ「大いなる愛ゆえに心が揺らいでいた」（同、三九五行）ものの、「それでもなお、神々の命令を遂行し、艦隊の様子を見に戻る」（同、三九六行）こともするのである。出港準備にかかっている部下たちは櫓材にまだ枝葉のついている生木を使用せざるをえないほどに「逃げ去ることに逸っていた」（同、四〇〇行）。

トロイア人たちの慌ただしい出港準備を見、またすでに恋人アエネアスの心中を思い知らされたディドは、せめて順風が吹く季節まで出発を延ばせないか、イタリア行きを止めはせぬが、「ただ、空しく過ぎる時間が欲しい。狂おしい熱情を鎮める間が欲しい。／そのあいだに、これがわが運、敗れた心は痛みを負うものと学べようから」（同、四三三―四三四行）と、妹アンナに心中を吐露する。アンナは姉の気持をアエネアスに告げる。しかしアエネアスの決心は揺るがない。「運命 fata が立ちふさがり、神が勇士の耳に栓をして平静を与えている」（同、四四〇行）からである。このときの状況は樫の木の比喩を使って以下のように描写されている。

それはあたかも、年とともに芯が通って頑強な樫の木に
アルプスから吹く北風の一団がいまはこちら、いまはあちらと吹きつけて
根こそぎにしようと互いに競うときのよう。軋む音が走り、高い
梢の葉は揺れる幹から落ちて地面を覆う。
だが、樫の木そのものは岩場にしっかりと動かず、頂が天空へと
伸びているのと等しいだけ根が冥界へと伸びている。
そのように、英雄はこちらから、またあちらからと絶えず声による
打撃を受け、大いなる胸に苦悩を感じ取る。
だが、意志は揺るがぬまま、涙はこぼれても心を欠いている。

（第四歌四四一―四四九行）

樫の木 quercus（アエネアスの意志）をアルプスから吹く北風 Alpini Boreae（ディドの意を受けたアンナの言葉）が揺すぶる。しかし樫の木は軋み、梢の葉を落としはするものの、幹本体は「岩場にしっかりと動かない」。それは根が深く冥界にまで伸びているからである。吹きつける北風は樫の木を軋

ませ、木の葉を吹き飛ばす。しかし幹本体を倒すところまでは至らない。倒れるか倒れないか、そこまでの事態には至っていない。いかに風が吹きつのろうとも樫の木は倒れることなく立ち続けている。

このことは、まず第一にアエネアスの意志があくまで強固であることを示している。胸に苦悩を感じはするが、意志は揺るがない。涙を流しはするが、それは無駄に流れるだけである。第二にそれはアエネアスのディドに対する愛着がそれだけ弱いということを意味していることになる。強ければもっと悩むであろう。倒れるか倒れないか、あわや倒れるところまで樫の木は揺すぶられるであろう。しかし現実には梢の葉が地上に落ちるだけにとどまる。幹が軋むだけにとどまる。折れたり根こそぎ倒れたりするところまでには至らないのである。それはたがいに相拮抗する力がぶつかり合うのではなく、ぶつかり合う力には格段の差があり、小なるほうが大なるほうを倒すことはありえないといった態のものである。[6] 前者は愛アモル amor であり、後者は義務あるいは神意ファータ fata である。詩人はアモル amor とファータ fata を二者択一のものとして提示しているのではない。アエネアスの選択肢はファータ fata と、はなから決まっているのである。磐石の根を張る樫の木の比喩はそのことを示している。

神は「勇士の耳に栓をし」ただけではない。さらに出港を急がせ促す。アエネアスは「船上にあり、すでに出発を心に決めて／眠りを貪っていた」(第四歌五五四—五五五行)が、その夢にメルクリウスそっくりの神が姿を現わし、出発を急がせる、「たわけ者め。西から吹きつける順風の音が聞こえないのか。／あの女は謀りごとと忌むべき非道を胸の内にめぐらしている。／死を決意し、憤怒の大波を幾重にもかき立てている。／逃げぬか、ここからまっしぐらに。［……］とっとと行け。遅れを切り捨てよ。つねに移ろい変化するのだ、／女とは」（同五六二―五七〇行）と。

この幻影に驚いたアエネアスは跳び起きて部下に出港を促す。そして自ら剣を抜き、舫綱を切り離す。そして「彼らは力を込めて飛沫をかき立てながら、蒼い水面を掃いていく」（同、五八三行）。朝になり、アエネアスの出港を知ったディドは瞬時追撃することも考えるが、思い直す。そして彼女を裏切ったアエネアスおよびその一党の将来に呪いをかける。太陽神、ユノ、ヘカテ、復讐女神および彼女自身の死に与る神々にアエネアスの受難を祈願する、「それに、さあ、テュロスの人々よ、彼の子ら、将来の血統のすべてを／あなた方は憎悪の念で悩まし続けよ。わが灰にこれを手向けて／供物とせよ。いかなる愛も盟約も両国民（カルタゴとイタリア）のあいだにあってはならぬ。／立ち上がれ、そなた、まだ見ぬ者よ、(7)わが骨より出て復讐者となれ。／火と剣をトロイアの移民のうしろから突きつけるのだ、／いまも、このさきも、いつであれ、もてる勢力があるときには。／海岸が海岸と、波が波と敵対し、／武具が武具と敵対するよう祈る。戦い続けよ、彼らもその子孫も」（同、六二二―六二九行）。愛はとっくに怒りへと転化している。しかしそのことが彼女の愛の深さ、強さを逆に証明しているともいえるであろう。裏切られて怒りも感じられぬような愛は、じゅうぶんに愛されることのなかった愛である。そしてこの愛がアエネアスのほうには欠けている。容易に切り捨てることができる愛は愛ではない。すくなくともじゅうぶんには愛されなかった愛である。

このあとディドは火葬の薪を積み上げた上に登り、かつてアエネアスから贈られた剣の上に身を伏して自死を遂げる。この死をもって彼女の愛は完結する。狂おしい愛は怒りと呪いに転化し、いま死でもって終息する。怒りに転化したこと、死でもって終息したこと、そのことが彼女の愛の強さ、深さ、そして純粋さを証明する。そこには打算はなかった、と言ってよい。そこには利害も伴わなかった。アエネアスが残ればカルタゴの国家経営がいまより安定することはじゅうぶん想像されるところであるが、彼女にその意志はなかった。彼女にはまずアエネアスへの愛があった。ウェヌスがそう企らんだ。ウェヌスの術中にはまったこと自体が、その愛の純粋性を示すのである。純粋な愛には死による結末しかなかったのである。このディドをアエネアスは捨て、カルタゴをあとにした。ディドのそれに相応する愛は、彼にはなかったかのように。

かくしてユノの策略は失敗に終わる。

5 神の傀儡《かいらい》

詩篇『アエネイス』の構成に関しては諸説ある。すでに四世紀の文法家セルウィウスは、巻頭の第一行 arma virumque cano に現われる arma（武器、戦争）が七―一二歌の戦争を示し、vir（勇士アエネアス）が一―六歌のアエネアスの漂泊を象徴するとして、ここにホメロスの二つの詩篇の影響を見ようとした。いわゆる二分割説である。[8] この二分割説に飽き足りない向きは三分割説を唱える。たとえばペシュルがそうである。彼は全一二歌を三等分し、それぞれのあいだに闇・光・闇のイメージの交替を読み取ろうとする。[9] またビュヒナーは、一―四歌をカルタゴにおけるアエネアス、五―八歌をラティウムへの到着と戦争の準備、九―一二歌を戦争というふうに主題別に分別して捉えようとする。[10] これらを踏まえて中山は、一―四歌を東洋的、トロイア的なものからの脱却、五―八歌はイタリア的、ローマ的なるものの学習、九―一二歌は戦い、すなわちローマ的なるものの確立を目指す実践と位置づける。[11] いずれもホメロスの影響は認めつつ、一方でウェルギリウスの独自性を探ろうとする試みである（この点は二分割説の評家たちも変わらない）。

独自性の研究は構成上の問題に限定されない。当然のことながらホメロス、ウェルギリウス両者の製作の年代、政治的社会的背景、詩人の意図するところは、同じではない。そうしたものが集約的に現われているのは主人公の人物像の違い――アエネアスとアキレウス、ヘクトル、オデュッセウスらとのそれ――である。たとえば二分割説をとるオーティスも、主人公アエネアスの性格の発展――前半の漂泊すなわち試練を通して弱い優柔不断の人間から強い決断力のある人間への変貌――にホメロスとの相違点を見出そうとする。[12] オーティスによれば、七歌以降の後半ではアエネアスは divine man

として登場することになる。

このアエネアス像変貌の契機の一つに、第四歌におけるカルタゴでの〈愛の経験〉も挙げることができるのではないか。カルタゴはフェニキア人の国家である。そこはかつてアエネアスらも属していたアジア的世界である。それは豊かな富の世界、また同時に安逸と柔弱の世界であるともされる。カルタゴは、そのアジア的世界の地中海における再現である。そしてディドはその象徴である。そのディドから仕掛けられた愛を、アエネアスは振り切って逃げる。この遁走は東洋的安逸と快楽の世界からの、同時にまたおのれの過去からの脱出を意味する。アエネアスはトロイアの地を出てすでに七年。試練の航海を経験している。しかしまだそのアジア風の脆弱の気風を捨て切っていない。恋のライヴァルのイアルバスは、その目に映ったアエネアスの姿を軽蔑して次のように言っている、「いまや、かのパリスめは女々しい取り巻きとともに／顎と香油したたる髪とをマエオニアの頭巾に／包み、獲物を掌中にしています」（第四歌二一五―二一七行）と。パリスとは女しか征服できない女々しい男との意を表わし、女々しい取り巻きとはプリュギア（トロイア）の大地母神キュベレに仕える宦官（去勢男子）を指し、しかも髪には香油が振りかけられ、頭にはトロイア特有の頭巾が載っている。全体に女々しさと柔弱の気が横溢している。そのアエネアスがディドの愛を振り切り、カルタゴの地を出立することによって、それまでの生活と絶縁するのである。イタリアの地に待っているのは質実剛健の世界であろう。その地に新国家を建設するにはこれまで以上の困難と試練が予想される。その前にしかし彼は、その過去の世界と絶縁しなければならないのである。それがカルタゴ出港である。あとはもうアエネアスは迷わない。また誰からも迷わされない。次に漂着するシキリア島で、ユノの邪魔が入って船を焼かれる事件が出来《しゅったい》するが、それすらももはやアエネアスの心を揺るがすことはない。

前節でわたしたちは、アエネアスがディドの愛を振り捨ててそそくさと出港していく姿を見た。最終的には夢に現われた使神メルクリウスに叱咤されたからであるが、すでにアエネアスには早くから新国家建設への神意ファータ fata が課せられていたのであった。カルタゴでの安逸な生活が義務の意識を麻痺させていただけのことである。課せられた義務を思い出したアエネアスは出立する。ディドの愛はアエネアスをカルタゴに引き留めることはできなかった。ディドはアエネアスに恋をした。ユノがウェヌスをして彼女に恋心を催さしめたからである。ではアエネアスはどうであろうか。アエネアスはディドを愛していたのか[13]。たとえば第四歌三九五行を見れば、彼の心中にディドに対する愛情がなかったわけではないことがわかる。その一方で彼は、イタリアこそわが愛（同、三四七行）とも言っている。またイタリアを追い求めるのは本意ではない（同、三六一行）とも言っている。彼は心中動揺している。そう見ることができる。しかし彼がディドと決定的に違う点は、ディドのようにウェヌス女神の捕われの身ではないということである。ユノがウェヌス女神に恋の擒《とりこ》とするよう要請したのはディドであって、アエネアスではなかったのである。アエネアスにディドの愛に報いる気持が皆無ではないにしても、愛の深さ強さはディドのそれに遠く及ばない。ウェヌスが手を貸していないからである。かくしてディドの愛は空しく潰えなければならない。

ここでわたしたちはもう一度あの樫の木の比喩を思い起こしたい。樫の木はいかに激しく北風が吹きつけようとも、幹が軋み梢の葉を落とすことはあっても、倒れることはけっしてなかった。深く地中に根を張っていたからである。しかし最初からそれほど強く根を張っていたわけではなかったろう。そもそもアエネアスは自ら発意して新国家建設を決意したのではなかった。最初は彼も城市を枕に討死にするつもりでいたのである。「武器を取って死ぬことが誉れとのみ考え」(第二歌三一七行)ていたのである。しかし神から神意ファータ fata を受け、新国家建設の実行者に選ばれた。ヘクトルの亡霊からもトロイアの守り神ペナテス penates の遷座を委託された。それゆえに一族郎党を引き連れて城外に逃れたのである。その彼がいま冷やかにディドの愛を拒絶する。トロイア出港以来七年間の漂泊が試練となって、それまではただ意識の領域でのみ止まっていた神意ファータ fata がいまや彼の血となり肉と化したかのようである。試練の総仕上げがディドからの求愛であった。これこそいちばん危険な誘惑であった。その愛を振り切ることによってアエネアスの義務感はいっそう強固なものとなり、新国家建設の精神的基盤として揺るぎないものとなったのである。

この最大の危機の場において、わたしたちは樫の木があわや岩根から剥がれて倒れ崩れそうになるまで北風に翻弄される場面を期待する。しかし詩人はそこまで描いていない。悩みはするが、アエネアスの心は二分されるわけではない。八割方心は決まっている。そしてまた詩人はアエネアスには恋の女神ウェヌスを差し向けなかった。もし差し向けていれば、その愛アモル amor と神意ファータ fata との争いは壮絶なものとなっていたであろうに。彼の愛は――もし愛があるとするなら――受身の愛にすぎなかった。[14] 自ら進んでディドを愛することはなかったのである。さらに言えば、婚姻を取り結ぶ松明を手にすることもなかった。もし彼にもウェヌス女神が取り憑き、いま以上の懊悩のあげくに別離に至ったとするならば、篇中のそのアエネアス像はいっそう輝きを放つことになったであろうと思われる。これはしかし無い物ねだりである。神から選ばれた身で、節目節目で神意を吹き込まれるアエネアスに、(敢えて言えば)人間的な愛の感情が入り込み、また受け容れられる余地はない。篇中アエネアス像はたしかに変貌する。しかしそれはあくまで神意ファータ fata の成就を目的とした行程内における変貌にすぎない(神意 fata の実行者としての姿がより鮮明に、より強固になった点で〝成長〟と称するならば、彼は成長したと言ってもよかろう)。それ以外の世界はまったく彼の慮外にある。ディドとの恋を突破口に神意ファータ fata に懐疑の目を向けるというようなことは、ついぞなかった。その意味で彼は神の傀儡なのである。[15] アエネアスは英雄であるかもしれない。しかしすくなくとも人間的な英雄ではない。こうしたアエネアスを、のちに冥府で遭遇したディドはもはや一顧だにしないのである(第六歌四五〇行以下。冥府におけるこのディドの対応はいろいろに解釈できるであろうけれども、筆者はこれを詩人ウェルギリウスの一つの注釈あるいは弁明と解釈している。あのようなアエネアス像を書かざるをえなかったわが身への、作中人物ディドの姿を借りての弁明の意思表示なのであると。あるいは自らの筆への厳しい糾弾なのであると)。この不幸な愛の形は、振り返ってみれば、いくぶん矮小化された形だとはいえ、いまのわたしたちの周囲にも数多くある。

第8章……手紙を書くカリロエ――シラクサ

諸人往来の島シシリー

シシリー島は、古来ギリシア人と関係の深い島である。はやくは伝説の時代に、オデュッセウスがこの島に立ち寄った形跡がある（ホメロス『オデュッセイア』第九巻）。彼はそこでキュクロプスという一つ目入道と遭遇し、部下を何人か喰われた。ギリシア世界拡大期には、周辺にこのような野蛮で危険な土着の人間がいたということであろう。シシリーはまだまだギリシアの周辺部であった。歴史上もっとも古いところでは、前八世紀（前七三三年）にコリントスからの植民団がここに入ってシラクサの町を建設したという記録がある。シラクサは、以後島の首邑《しゅゆう》として栄えた。僭主《せんしゅ》という独裁的な支配者が何人も出た。そしてその宮廷は文化サロンとなって、ギリシア本土から著名な詩人や哲学者が招かれた。前五世紀前半の僭主ヒエロンの時代には、悲劇詩人のアイスキュロス、合唱抒情詩の詩人シモニデス、ピンダロス、バッキュリデス、時代が下がって前五世紀末から四世紀にかけてのころのディオニュシオス一世の時代には哲学者プラトンが招請を受けて渡航した。みな母国のギリシア文化の導入に熱心であったと言ってよい。

政治的にもギリシア本土との関係は深かった。前五世紀末に起きたギリシアの内戦ペロポネソス戦争時にはスパルタ側につき、来襲したアテナイ海軍に徹底抗戦し、ついにこれを敗走せしめた（前四一二年。以下本章で取り上げるカリトン作『カイレアスとカリロエ』は、この歴史事実を作中に取り込んで背景としている）。

前三世紀に入ると、シラクサを中心とするシシリー島は新興ローマと古豪カルタゴとの綱引きの場となる。三度にわたるポエニ戦争の結果、西地中海におけるローマの制海権が確立し、シシリー島もローマの支配下に入った。

以後近代に至るまで、この島にはイスラム、ノルマン、スペインなど、多くの民がやって来ては島民を支配した。十九世紀半ば、半島は統一されてイタリア王国となったが、そのときシシリー島も統合されて王国の一部となった（一八六一年）。ルキノ・ヴィスコンティの映画『山猫』（一九六三年）は、このイタリア王国統合時代のシシリー島を舞台に、時流にあえて乗らず没落して行くある貴族の苦悩と諦観を描いている（問題の貴族、サリナ公爵ドン・ファブリツィオに扮したバート・ランカスターが圧倒

写真●シラクサ（小川正廣氏提供）

的な存在感を見せる）。かつての僭主たちも、このようにして滅び去って行ったのかもしれない。いや、貴族だけではない。庶民もまた時代の波に翻弄される。王国がいくら近代化、産業化しても、その余沢に与かれない庶民、繁栄から取り残されたシシリー島を始めとする南イタリアの貧民たちは、半島北部の産業地帯へ出稼ぎに行かねばならなかった。マリオ・モニチェッリが映画『明日に生きる』（一九六三年）で描いたのがそうした世相（急速な近代化に伴う痛み。南北の格差と差別。そして労働争議。ここでは大学教授にして労働運動家，警察に追われる冴えない中年男を演じたマルチェロ・マストロヤンニがいい味を出していた）である。さらに食い詰めた島民は大西洋を越えて新大陸に渡り、その一部はニューヨークやシカゴの裏町に植民して、やっと安住の地を得た。あの『ゴッドファーザー』（フランシス・F・コッポラ監督、一九七二年）のドン・コルレオーネ一家がその一例であろう。

いささか筆が滑ったようだ。わたしたちが以下に取り上げようとする物語の年代は前五世紀末から四世紀初頭のころである。戦争もあり海賊も出没した時代であるが、まだ牧歌的な色合いの濃い時代相であったと思われるころである。そして物語は、愛こそはすべての悪、すべての禍《わざわい》に打ち勝つと告げている。いざ、その愛の物語の世界へ……。

1　「わたしは書き綴った」

ギリシア小説というジャンルがある。およそ紀元前後のころから四世紀ごろにかけて、主としてローマ帝国東部のギリシア語圏で流行をみた。しかし現存する作品はわずかに五篇である。内容はといえば、若い男女の恋愛が中心となっている。

古代におけるギリシア語文化の歴史は長い。ホメロスの二大詩篇から数えはじめれば、このギリシア小説に至るまで八〇〇年近い時間が経過している。そこを埋めるのは叙事詩、抒情詩、劇詩という文芸作品の他に、史書、哲学書その他である。ただそこには小説というジャンルは含まれていなかった。喜怒哀楽、ことに愛憎という感情を仲立ちとする人間相互の関係は小説の担当する分野の一つであるが、古代ギリシアにおいては、そうしたものはもっぱら抒情詩、劇詩が担った。それは韻を踏んだ歌の形で唄われ、また演じられてきたのである。散文の形で人間の赤裸々な感情が事細かに描写されることはなかった、と言ってよい。ただ紀元前五世紀末のころから、史書でもなく哲学書でもない、そうした人間の感情の遣り取りを描いた散文作品が現われてくる。

クセノポン（前四三〇頃―三五五年以降）の『キュロスの教育』は、ペルシア帝国の基礎を築いた大キュロス王の生涯の記録であるが（そこには政治小説あるいは教育小説といった趣が色濃く漂っている）、その中に「アブラダタスとパンテイア」という恋物語が書き込まれている。クセノポンがはたして意識していたか否かは別にして、これは散文で書かれた恋物語の先駆けをなすものと言ってよい。このほかにもクセノポンの書いたものには、のちのギリシア小説に繋がりそうな物語的要素の強いものが多い。彼自身が直接参戦し、退避行を余儀なくさせられたペルシアの内乱を描く『アナバシス』は、ルポルタージュ小説と称してもよいものである。

またイソクラテス（前四三六―三三八年）の『エウアゴラス』（前三七〇年頃）は、キプロス島のエウアゴラス王の生涯を描いた伝記であり頌詞であるが、これに刺激されたクセノポンは自ら親しく接したスパルタ王アゲシラオスの一生を『アゲシラオス』で描いている。個人の起伏に富んだ生涯は、描き方によっては読者の興味をそそる格好の読み物となる。ここには若い男女の恋物語という側面は欠けているが、一個の人間の生涯をかけた事績の因果を辿り、そのことによってその人間の性格付けをし、しかもそこから何らかの教訓を導き出すことによって物語の完結性を図るという点で、じゅうぶんのちのギリシア小説の先蹤《せんしょう》たりえている。

現在、ギリシア小説の嚆矢《こうし》とみなされるものは『ニノス物語』（作者不詳。前二―一世紀）である。これはオリエントの古い伝承に基づく物語で、若きアッシリア王とその従姉妹セミラミスの苦難に満ちた恋を描いたものと想定されているが、わずか三断片しか伝わらないために詳しいことは不明である。ただ若い男女の恋という、のちのギリシア小説に特徴的なモチーフは、すでにここに明らかである。

こうしたあとを承けて、紀元前後のころから、ギリシア小説とのちに称されることになる一群の散文物語が現われ出てきた。さきに触れたように、現在それらはわずか五篇しか残存しないが、そのうちの最古のもの、カリトン作『カイレアスとカリロエ』が、おそらくこのころに世に出たと推測されているのである。これは若い男女の恋と冒険の物語である。その点で、上述のクセノポン『キュロスの教育』の中の「アブラダタスとパンテイア」、あるいは無名氏の『ニノス物語』を踏襲していると言える。いや、内容の点だけからいえば、ホメロスの『オデュッセイア』、悲劇の中の恋物語（たとえばエウリピデスの『アンドロメダ』）や新喜劇のメナンドロスのいくつかの作品などとも共通項を持っていると言いうる。しかしカリトンは、こうした恋と冒険の物語を韻文によらず散文で書いた。ここに彼の新しさがある。カリトンは、その長い物語の最後を「わたしは書き綴った（シュネグラプサ）」という言葉で閉じている。G・P・グールドが指摘するように、[1]これはトゥキュディデスがその『歴史』の冒頭で使用したのと同じ言葉である。彼は、「アテナイ人トゥキュディデスはペルシア人とアテナイ人とのあいだに起こった戦いを書き綴った（シュネグラプセ）」と書いた。フィクション（小説）とノンフィクション（史書）の違いはあれ、その叙述形式は同じ散文である。開巻部と閉巻部という場面の違いはあれ、おなじく内容を要約するのに用いられた一語である。フィクションを描きながら、その叙述形式はトゥキュディデスの顰《ひそ》みに倣う。ここにわたしたちはカリトンの意のあるところを掴み取ることができるように思われる。

2 小説を生み出した時代

アレクサンドロス大王の東征にはじまるヘレニズム時代は、それまでのギリシア世界の政治、社会、文化現象全般にわたって大幅な変動を促すことになった。まずその地理的世界が広がった。広大な帝国の公用語となったギリシア語コイネー（共通語の意）は、これまでポリス社会という狭い地域に限定されていたギリシア文化を帝国内に伝播拡散させる役目を担った。各地でギリシア語教育が施され、はるかティグリス河畔でもホメロスの詩句が暗唱された。文化の中心地は、もはやアテナイだけに止まらなくなる。大王没後、後継諸将の統治拠点となった各都市でもアテナイに劣らぬ文化の華が咲き初める。アレクサンドリアをはじめ、アンティオキア（現トルコ南部）、セレウキア（シリア北西部）、ペルガモンなどがそれである。ことにアレクサンドリアは、プトレマイオス王朝の歴代の王の庇護の下に図書館が建立されて数多の図書と優れた学者たちを集め、アテナイに取って変わってヘレニズム期の文化の指導的位置を占めるに至った。

さて、これら諸都市の構成員は、次のように三分化して考えてもよいかと思われる。(1)高位高官の役人を含む上流階級のギリシア人たち、(2)下層の労働者、農民、および奴隷身分のものたち（これが大多数を占める）、(3)そしてこの中間層として商人、一般官吏、法律家、教師、技術者たち。この中間層を成すのはギリシア人、およびギリシア語教育を受けることによってギリシア化したマケドニア人、および東方アジア人である。ギリシア語を読める人間は、帝国の版図内に多数存在していたのである。ただし女性も含めた識字層の増大は、前二世紀末のころからのこととされる。そのころからいよいよ商業活動、法廷活動に必要となってきたからである。そしてこれらの人々が、のちのギリシア小説の読者層の原型を形成することになる。

大王没後、四分五裂した帝国は絶えず政情不安な状況にあった。各都市間、各部族間では独立意識、対立意識が強かった。各階層間の乖離《かいり》も甚だしかった。しかし旧帝国内の交通や物的交流は、活発に行われていた。地中海、中近東の海陸はともに経済活動の重要なルートとなり、人と物の流通が頻繁に行われた。政情不安のゆえに海賊盗賊の類が多数出没したが、このことは裏を返せばその出没を許すだけの多量の人間や物資の流通があったということを意味している。その海賊たちの一番の商品は人間、すなわち奴隷売買であった。旅は危険と背中合わせであった。道が開けて旅は容易になったが、それだけ危険性も増大する。海賊に捉えられ奴隷に売り飛ばされて、昨日の自由人が今日は奴隷の境涯というようなことは、日常茶飯事であった。

このような環境は人々の心に運命信仰を芽生えさせることになる。ヘレニズム後期になって生まれてきた宿命思考《フェイタリズム》（fatalism ――星辰を支配する容赦ない力と同じものが、人間のすべての生活をも運命づけているとする考え）がそれである。かくしてあの古いオリュンポスの神々は、わずかにゼウス、アポロン、ディオニュソスらを除いて――この神々はおおむね他の文化圏の神々と同一視されることによって、残存した――姿を消した。代わって諸宗教の混合現象が起きる。そしてヘレニズム後期の地中海世界に一大流行を見たものは、エジプトのイシス信仰であった。イシスは死せる夫オシリスの死骸を捜して世界中を放浪し、最後に彼を見つけて甦《よみがえ》らせる。危険と苦難ののち最後の救済に至る過程は、おなじく波乱に満ちたこの時代に生きる人々の波乱に満ちた人生行路と相似する。カリトンは別として、クセノポン、アキレウス・タティオス、あるいはローマのアプレイウスらの作品に、このイシス礼讃が色濃く反映しているのも偶然ではない。

さきにギリシア語教育による識字層の増大に触れた。都市運営に不可欠な官僚機構が文書通達の必要性から、そうした識字層＝知識階級を生み出したことは当然であったが、ギリシア文字は一般家庭内にも浸透した。ヘレニズム後期、ローマ帝政初期の中・上流階級の婦女子は読み書きができた。以下で取り上げる作品、カリトン作『カイレアスとカリロエ』で女主人公カリロエが夫ディオニュシオスに宛てて別離の手紙を書く条があるが、これなどは当時のある一定の層の女性像を――アナクロニズムではあるが――反映したものと見なしてよいかもしれない。識字層が家庭内にまで広がったということは、家庭内の婦女子が有力な読者層を形成することを意味する。ギリシア小説の作家がそのターゲットとしたのは婦女子、ことに若い少女たちだったとする説もある。小説の主人公たちの年齢がほぼ十八歳から二十歳と若く、取り扱うテーマも〈愛〉となると、少女たちの共感は一段と得やすかったはずなのである。

小説がけっして一部の知識階級の独占物ではなく、むしろ逆にごく一般的な庶民相手の娯楽を志向するものであったらしいその証拠の一つに、挿絵の存在がある。挿絵の存在は、無名作家のものらしいパピルス断片(後二世紀のものと想定されている)に残されているものから認定できるが、今日わたしたちが新聞小説等で経験するとおり、これは小説世界への誘いとして読者層の拡大にきわめて有効であったろうと思われる。挿絵入り小説という形式は、中世まで存続した。

一般家庭と並んで小説の読者圏と想定されていたものに、軍隊がある。プルタルコスの伝えるところによると(『対比列伝』の「クラッスス伝」三二節)、アリステイデス(前二―一世紀)作の『ミレトス物語』のラテン語訳が出征ローマ兵士の持ち物のなかに発見されたという。この作品はどうやら卑猥な内容を含むものであったらしいが、そうしたものが男所帯の、しかも死と隣り合わせの軍隊で兵士たちに一時の娯楽と慰めを提供した経緯は、わたしたちにも理解できるところである。小説のあまり高級ならざる読者(ことに男性の)の興味を喚起するのは、猥雑性と暴力性にあることは古今東西不変のものであるが、残されたギリシア小説のなかにも、カリトンは別として、クセノポンやアキレウス・タティオスらの作品中には暴力性に繋がるいくぶんおどろおどろしい場面の描写が散見される。

ヘレニズム時代に端を発する広大な東方ギリシア語圏は、ローマ帝政期に入っても変わることなく存続した。そして後二世紀にギリシア文化再興期を迎える。いわゆる「第二次ソフィスト時代」の到来である。この時代、ソフィストと呼ばれる弁論術の教師たちは、その技術をローマやアテナイの学校だけではなく、広くギリシア語の通用する世界を歴遊して教授した。それだけでなく、自ら各地の都市の政府高官に就任することもあった。この背景には、時のローマ皇帝たちの親ギリシア文化政策がある。ことにネロ帝（後五四―六八年在位）やハドリアヌス帝（後一一七―一三八年在位）は、自らギリシアに旅行してその文化に親しみ、ギリシア語教育の振興と普及を図り、ギリシア学をもって教育の最高峰と位置付けるほどであった。ギリシア小説が古典古代やヘレニズム期ではなくて、ローマ帝政期に入って初めてその文学ジャンルとしての発展期を迎えるに至ったのには、このような事情があったからである。ギリシア語を解する広大な人口――それはすでに早くからあった――に加えて、時宜にかなったギリシア文化の見直しがそれである。

さきに述べたように、ギリシアでは古来創造的な作品は韻文形式で書かれるのが慣わしであった。創造的な作品、言い換えれば虚構の物語をほとんど初めて散文形式で綴ったもの、それがギリシア小説であり、その残存する五篇のうち最初期のものとして挙げられるのが、カリトンの『カイレアスとカリロエ』（後一世紀か？）である。

カリトンは、これまで叙事詩や悲劇、あるいは新喜劇などのなかで表現されていた愛と冒険の物語を、散文の形で――史書、伝記をその範として――表現した。すでに先行者がいたかもしれない。いたとしてもその先行者に、彼は迷わず倣った。時代が求めていたものを、彼もまた敏感に感じ取っていたからであろう。そしてそれを、すなわち大衆の声 vox populi を作品中に盛り込もうとしたのである。大衆の声を盛る場、器は、ホメロスの叙事詩のようにもはや領主の館の大広間でもなければ、また悲劇、喜劇の劇場空間でもなかった。もっと広い、そしてもっと狭い場、ローマ帝政期の帝国の東半分に散在する個人の家庭という場であった。そういう広くて狭い場からの要求を満たすのが、散文で書かれた書物という器物にほかならなかった。文芸はもはや限られた知識人たちの専有物ではなくなった。小説という文芸ジャンルの存在を許す環境、言い換えれば散文で書かれた文字を目から享受する広範な読者層がすでに存在していたのである。カイレアスとカリロエの恋と冒険の物語は、そうした時代環境の下で生まれるべくして生まれたと言ってよいのである。

3 カリトン作『カイレアスとカリロエ』について

さてここで、五篇残存するギリシア小説のうちの一篇、『カイレアスとカリロエ』を取り上げて、古代小説のいかなるものかを瞥見《べっけん》してみたい。まず物語の粗筋は以下のとおりである。

時は紀元前四〇〇年前後のころ。場所はシシリー（シケリア）島の町シラクサ（シュラクサイ）。愛の女神アプロディテの導きでたがいに結ばれた若い男女カイレアスとカリロエが、別離を余儀なくさせられる。カイレアスが嫉妬のあまり、妻カリロエの腹部を蹴りつけて失神させる。死んだと誤解された彼女は墓に埋葬されるが、海賊テーロン一味が墓荒らしの際に蘇生した彼女を見つけ、これを捕らえて小アジアのミレトスへ運び、奴隷として売り飛ばす。（巻一）

買い主はミレトスの有力者ディオニュシオスである。カリロエの美貌に一目惚れしたディオニュシオスは、彼女に求婚する。最初カリロエはこれを拒むが、おのれが腹中にカイレアスの子供を身ごもっていることを知り、召使プランゴンの説得に負けてディオニュソスとの結婚に踏み切る。（巻二）

一方、カイレアスは捕らえられた海賊テーロンから妻カリロエの拉致と売却を知ると、シラクサ当局の支援の下、カリロエ捜索のため船を仕立てて出発する。しかしイオニアでペルシア人の襲撃を受けて捕らえられ、ペルシアの総督ミトリダテスの奴隷となる。（巻三）

カリロエは、カイレアスは死んだものと思い、ディオニュシオスに頼んで盛大な葬式を挙げてもらう。新しい奴隷がカリロエの前の夫であることを知ったミトリダテスは、ディオニュシオスの許にいるカリロエに宛てて彼に手紙を書かせる。ところが手違いがあって手紙はディオニュシオスの入手するところとなり、これを妻に対するミトリダテスの不倫行為と誤解したディオニュシオスは、ペルシ

ア王の審理を仰いで決着をつけようとする。（巻四）
ミトリダテス、ディオニュシオスの両人はペルシア王アルタクセルクセスに召喚され、バビロンの都へと赴く。カイレアスもミトリダテスと、またカリロエもディオニュシオスとともにバビロンへと上り、審理の場で再会するが、カリロエはカイレアスの許へ戻ることは許されない。審理は不倫の問題からカリロエの帰属問題へと移る。（巻五）
ペルシア王もまたカリロエの美貌に心惑わされ、その争奪戦に名乗りを上げたため、事は複雑化し、帰属問題は一時棚上げにされる。そこへエジプト反乱の報が入る。（巻六）
王の出陣。ディオニュシオスも従軍する。カリロエは王妃ともども王の軍に従って戦地へ赴く。残されたカイレアスはエジプト軍に身を投じ、たちまち軍事才能を発揮してテュロスを陥れ、海軍の将となり、ペルシア海軍を破ってアラドスも占領する。（巻七）
このとき捕らえたペルシアの婦女子のなかに王妃ともどもカリロエもおり、ふたたび夫婦の再会がなされる。王妃らペルシア婦人を王の許に送り返したのち、カイレアスはカリロエを伴ってシラクサへ帰還し、市民の歓迎を受ける。（巻八）
まず作品の構造であるが、全体は八巻に分かたれている。これをもう少し整理して、五幕の芝居仕立てとする見方がある。第一幕が結婚、第二幕が隷属、第三幕が審理、第四幕が戦争、第五幕が再会で、主人公はカリロエである。これはB・E・ペリーが唱える[2]。

さらに機械的な分析を試みて、(1)カリロエの冒険、(2)カイレアスの冒険、(3)二人共同の冒険、(4)ふたたびカイレアスの冒険、という区分けの仕方もある(B・P・リアドン)[3]。これは、この物語が最初に公刊されたときおそらくは二巻のパピルスの巻物形式であったと想定され(巻五、すなわちパピルス巻本でいえば後巻冒頭における前巻の粗筋説明から、それは推定可能である)、それを前後半それぞれ二分する考え方に拠っている。

五幕形式の芝居仕立てとする見方は、ギリシア小説にすくなからぬ影響を与えたとされるギリシア新喜劇(これは五幕形式であった)の形式上の残影を認めようとするものかとも思えるが、作者カリトン本人はどうやら自らの作品を八巻に分けているようであるから(C・W・ミュラーによる)[4]、必ずしも作者の意に添うものとは言い難いであろう。むしろ内容的には新喜劇に扱われたのと同様なものを継承しながら、形式的にはその残影を払拭しようとしているところに、ギリシア小説という新しいジャンルに手を染めた作者の意図があることを汲み取るべきであるかもしれない。

ここに描かれているのは若者の恋と結婚、別離、旅、冒険(隷属、審理、戦争)、再会、である。さらに要約すれば、物語のテーマは〈恋と旅〉とまで絞り込むことができるであろう。〈恋〉のテーマはかくべつ目新しいものではない。若い男女の恋、それに伴う行き違いのドタバタは、すでに新喜劇で使い古されたテーマである。しかしいまそれに〈旅〉が加わる。新喜劇の世界は、都市アテナイという限定された空間の世界であった。いまや世界は格段に広がっている。西はシシリー島のシラクサから東はメソポタミアのバビロンまで、直線距離にしておよそ三千キロの大空間である。この大空間を舞台に、若い男女の別れと再会、それにまつわる冒険の数々が展開される。二人の旅は往復六千キロにおよぶ長旅である。もちろんここにはヘレニズム期以降のギリシア世界拡大という歴史的現象が反映していることは疑いない。物語のなかの事件は紀元前四〇〇年前後のことであるが、物語が書かれ、そしてまた読まれたのは、紀元後一世紀ないし二世紀の頃である。作者も読者も、その共有できる世界は、新喜劇のころのポリス社会とは比較できないくらいに拡大していた。〈恋〉に加えて〈旅〉のテーマがクローズアップされる背景は、すでに整っていたのである。以後、このカリトンに続くギリシア小説の作家たち、クセノポン、アキレウス・タティオス、ロンゴス、ヘリオドロスらの作品にも、多少の例外はあるにせよ、〈恋と旅〉のテーマが登場してくる。〈恋と旅〉は、古代ギリシア小説という一つの文芸ジャンルを特徴づける重要な要素と言ってよいかと思われる。

この〈恋と旅〉のテーマをじっさいの行動へと移し推進していくものは、愛の女神アプロディテとテュケー（運勢、巡り合わせ、偶然性）の力である。カリロエがカイレアスと初めて出会うのはシラクサのアプロディテ女神の祭礼のときであったし、最後、長い冒険の旅からシラクサに帰り着いたカリロエは、巻頭と同じくアプロディテの社に詣でて女神の加護による無事帰着を感謝する。長い旅のあいだにも陰に陽に女神はカリロエを援助する。カリロエの行動の背後には、そして心理の奥には、つねにアプロディテ女神が控えている。そもそもカリロエ自身、現身のアプロディテかと見まがわれるほどの美貌の持ち主と設定されている。〈愛〉のテーマは濃厚である。

テュケー（運勢、巡り合わせ、偶然性）もまた、この物語のなかで大きな役割を果たす。新喜劇においてもそうであったが、テュケーは小説に至ってますますその力を発揮する。二人の主人公が別れたのち、たがいに冒険を重ね、最後にふたたび相見えるのも、テュケーの働きのお蔭にほかならない。カリロエの見せかけの死。カイレアスの船とテーロンの船との広い洋上での邂逅。あるいはエジプトの反乱と主人公たち二人の再会。物語の節々でのこうした事件は、すべてテュケー（偶然性）のなせる業と言ってよい。そしてこのテュケーの働きによって生み出される波瀾万丈の筋立ては、読者の心に意外性を与え、興奮を喚起することになる。加えて最後の大団円。これこそロマンの醍醐味である。この〈テュケー〉は、現代に至るまで物語を構成する最大かつ不可欠の要素の一つであり続けているのである。

さてここで、こうした波乱万丈の物語の筋書きを担う主要人物たちを紹介したい。

カイレアス　シラクサの町随一の美青年。父親のアリストンは、アテナイ軍撃退（前四一三年の海戦がモデルとなっている）に勲功あった将軍ヘルモクラテスに次ぐシラクサの町第二位の有力者。そのヘルモクラテスの娘カリロエとアプロディテ女神の導きで結ばれるが、ライヴァルたちの仕組んだ策略に乗せられ、嫉妬心から彼女を足蹴にかけて失神させてしまう。この失神が死と誤解され、埋葬、蘇生、さらには海賊による拉致へと事態は進展する。カイレアスの冒険の旅もこの延長線上にある。この彼の〈嫉妬〉からくる短慮は、カリロエの二番目の夫ディオニュシオスの中年の分別と好対照をなす。またその冒険の旅は、そのほとんどが親友ポリュカルモスの支援の下に行われており、彼が主体的な行動をとる姿はほとんど見られない。美貌の持ち主ではあるが嫉妬深く涙もろく万事に消極的な彼が、しかし物語の後半のエジプト反乱後（巻七以降）では見違えるような偉丈夫に変身し、軍事的才能を発揮してペルシア王に復讐し、妻と戦利品を携えてシラクサに凱旋する。この変身はいささかご都合主義的で、唐突に過ぎる感がしないでもないが、読者はここに「苦難は人生の教師」との教訓を読み取るべし、ということなのかも知れない。いずれにせよ、主人公のこの〝好ましい〟変身は読者には喜んで受け入れられたことであろう。

カリロエ　シラクサの町の第一人者たるヘルモクラテス将軍の娘。アプロディテ女神の生まれ変わりと見まがうほどの美少女。カイレアスと結ばれるが、その彼の嫉妬心から思わぬ流浪の旅に出る羽目になる。その類い稀な美貌のゆえに多くの男性から懸想《けそう》されるが、聡明にして志操堅固な彼女は数多の危難を巧みに切り抜ける。また生まれてくる子供のためにディオニュシオスとの結婚を受け入れるしたたかさも持ち合わせているし、カイレアスを諭して虜囚《りょしゅう》の王妃スタテイラをペルシア王の許に戻してやるだけの情義も備えている。さらにシラクサへ凱旋する際、彼女はカイレアスに内緒でディオニュシオス宛に手紙を書く。その文面は通り一遍のものではなく、なかなかに情の籠もったものとなっている。そこには成熟した一人の女性の単純ならざる感性のほとばしりが、抑制されたかたちではあれ、垣間見られるのである。その美貌ゆえに事件が出来《しゅったい》し、その美貌ゆえに事件は処理されつつ物語は進展していく。彼女こそ、その美貌こそ、この物語の主人公役を演じているといって差し支えない。なによりも、カイレアスの場合とちがって、彼女の意志と行動は首尾一貫している。彼女は世界を動かす、あるいは世界を動かす者を動かす、そういう女性である。

ディオニュシオス　小アジアの町ミレトスの有力者で、ペルシア王の友人。女奴隷として買い入れたカリロエに一目惚れし、召使プランゴンの助力もあって結婚に漕ぎ着ける。富、知性とともに大人の分別を兼ね備え、内心の葛藤に苦しみつつもカリロエに対して思慮深い誠実な愛情を示す。物語中ただ一人の人間らしい人間、そして魅力的な人間と言ってよい。カリロエに生まれた子供も、父親が誰であるか承知の上で結婚したのではないか――そう思わせるだけの奥深い心情の持ち主と見なされる。最後はカリロエに去られることになるが、読者の彼に寄せる共感の思いは強いのではないか。小説の登場人物として魅力的な人物である。

テーロン　貿易業を表看板に、じつは奴隷売買を主とする海賊の首領。シラクサでの墓荒らしの際、生きていたカリロエを捕まえ、ミレトスへ運んでディオニュシオスに売り付ける。のち難破して海上を漂流しているところをカイレアスに捕まり、審問を受けてカリロエの拉致と売却を自白、磔刑《たっけい》に処せられる。物語の中で悪党と呼べるのは、おそらくこの男一人であろう。そして彼には利害に抜け目のない小悪党であることだけに止まらず、人情の機微を弁えた大悪党に成り上がりそうな気配を感じさせるところがある。ただしそうなる前に処刑されて、物語から姿を消してしまう。物語の最終場面まで生かされてあれば、単に美女と海賊という取り合わせ以上の、悪党とはいえ見応えある人物に化けていたかもしれない。〔テーロンなる人物は、じつはアプレイウス『変身物語（黄金のろば）』（巻七、五節）にも山賊の首領として登場する。アプレイウス（後一二五年頃生まれ）とカリトンのいずれが先にこの人物を造形したものか、不明である。両者に共通の祖として「悪漢テーロン」なる人物像がすでに存在していたのかもしれない。國原吉之助氏はその訳注で「〈恐ろしい獣〉のギリシア語である〈テール〉をもじったものか」と記しておられる（『黄金のろば』岩波文庫、下巻一七三頁）。いずれにしても、彼は「ギリシアの恋愛物語の登場人物のなかでももっとも生彩ある存在」（B・E・ペリー）[5]であると言えよう。のちの悪漢小説の主人公の祖の一人に数えてよいかもしれない。クセノポンが『エペソス物語』のなかで登場させた盗賊ヒッポトオスもその後裔の一人であろう。〕

プランゴン　ディオニュシオスに仕える女召使。カリロエ付きの女中となり、ディオニュシオスの意を受けてカリロエを説得しディオニュシオスに妻合わせようとするが、一方でカリロエにも同情を寄せ、なにくれとなく世話をやき誠意を尽くす。風呂場でカリロエの妊娠を見破り、生まれてくる子供のためと諭してディオニュシオスとの結婚を決意させるといったような世故に長けたところはギリシア悲劇に登場する乳母のそれに相似ているが、またいつの時代にも見られる情理《わけ》知りの庶民の女性の一典型でもあろう。

ポリュカルモス　カイレアスの親友。その冒険行に同道し、数多の危難をともに耐えつつ、これを助ける。ことにミトリダテスの奴隷となり逃亡事件に連座して危うく処刑されそうになったときは、その一声が二人の命を救うことになった。古くはアキレウスに対するパトロクロス、またオレステスに対するピュラデスというのと同様の友朋関係を形成する人物と言っても過言ではない。

ミトリダテス　イオニアの内陸部カリア地方を治めるペルシア総督。ぐうぜん買い入れた奴隷カイレアスが旧知のディオニュシオスの美貌の妻の元の夫であることを知った彼は、カイレアスを説いてカリロエ宛に手紙を書かせる。彼もまたカリロエに懸想しており、あわよくば彼女とディオニュシオスとの仲を裂いてわが物としたいと思っていたからである。ところがこの企みはディオニュシオスの知るところとなり、怒った彼は、ミトリダテスの行為はおのれが妻への不倫行為であるとしてペルシア王に訴え出る。王の主宰する法廷でミトリダテスはけっきょく無罪になるが、証人として連れて行ったカイレアスが法廷に姿を現わすことによりカリロエとの夫婦再会が果たされ(彼女もディオニュシオスに同道してきていた)、そのカリロエの帰属をめぐってカイレアスとディオニュシオスとのあいだに法廷闘争が展開するに至る。裁判を司るペルシア王アルタクセルクセスもカリロエの美貌に目が眩み、審理は混乱し、中断する。このようにミトリダテスの存在は、物語の中盤以降の展開に大きく作用する触媒の役割を担っている。重要な脇役の一人と見なしてよい。歴史上の人物に、前二―一世紀に黒海周辺を領有し、ローマ帝国の東部を荒らして時の政権を悩ませた梟雄《きょうゆう》ミトリダテスがいるが、もちろんこれとは直接の関係はない。

アルタクセルクセス　ペルシア王。物語中、後半の山場をなす〈審理〉と〈戦争〉の場で活躍する。審理の場では、ディオニュシオス対ミトリダテス、カイレアス対ディオニュシオスという二つの係争を裁くとともに、後者の場合は自らもカリロエの美貌に魅かれ、思い悩んで審理を中断するという人間臭い一面を見せる。また戦争の場ではエジプト反乱軍を陸上では破り平定するものの、海上ではカイレアス指揮下のエジプト海軍に敗れ、王妃スタテイラまで奪われてしまう。この人物のモデルは、実在のアルタクセルクセス二世（前四〇四―三五八年在位）であろう。プルタルコスによれば、実在のアルタクセルクセス二世は温和な性格の国民思いの王であったとされているが（『対比列伝』二および三〇節）。物語中の王も独裁者らしい気ままさもないではないが、概して聡明かつ温和な人間味を備えた人物に描かれている。

以上のほかに、ディオニュシオスの執事でテーロンからカリロエを買い入れる役を果たす**レオナス**、またペルシア王の信頼篤い宦官で、カリロエの色香に迷った王にいろいろな知恵をつける**アルタクサテス**、さらには夫の依頼で預かった夫の思い人カリロエとともに暮らすうち、たがいに打ち解けて親しい友人同士となる王妃**スタテイラ**（実在のアルタクセルクセス二世王妃も同名のスタテイラであった）

など、興味深い副人物が登場する。さきに挙げたテーロン、ミトリダテスを始めとして脇役に生彩ある人物が多いのが、カリトンの他の作家と異なる一特徴である。

このような多彩な人物が織り成す〈恋と冒険〉の物語が当時の読者に喜んで迎え入れられたであろうことは、想像に難くない。この種の話は、しかしギリシア文学史上、この時代（後一―二世紀）になって初めて現われたものではない。異国を遍歴してさまざまな事件に遭遇するという冒険物語は、すでに『オデュッセイア』の昔からギリシアの人々を楽しませてきた。文芸におけるこの古くからの〈娯楽〉の要素を作者カリトンはしっかりと受け継いで、ジャンルこそ違え、新たな装いの下にふたたび提示しているのである。しかも折に触れて、その本家本元のホメロスからの引用がなされる。それは全部で二十七回にも及んでいる（『イリアス』、『オデュッセイア』の引用比率は二対一の割合）。〈引用〉は文学的伝統継承の表示――作者にとってはもちろん読者にとっても――にほかならない。「小説はヘレニズム期の叙事詩である」（T・ヘグ）[6]とか、「カリトンは散文の吟遊詩人」（C・W・ミュラー）[7]との評は、このあたりをも指してのことであろう。

恋物語的要素の直接の淵源は、新喜劇以降ヘレニズム期のギリシア喜劇にあるとされる。恋する若い男女が世の荒波にもまれ、幾多の変転ののち大団円を迎えるという筋書きは、かつても観客の興奮と笑いと涙を誘ったが、この物語ではそれがもっと大掛かりに展開されている。「ギリシア小説は、本質的には物語形式をとったヘレニズム期のドラマである」（B・E・ペリー）[8]という評言は、この物語にも当てはまるかもしれない。

こうした夢幻的な恋と冒険の物語をよりいっそう身近なものとして読者に感得せしめるために、作者は一つの仕掛けを施す。物語をまったくの架空の域に止めないよう、これを四〇〇年ほども前の歴史事実（アテナイ海軍のシラクサ攻撃）の衣でくるむのである。歴史上の事件を作品中に織り込むと言い換えてもよい。小説の背景に歴史事実を借用した点で、カリトンはまた他の作家たちと際立った相違点を持つのである（ただしそのルーツはすでに『ニノス物語』にある）。同時にそれはギリシア小説の先駆けの一つである歴史書の残滓あるいはその活用とも解される。本来の小説に発展していくそのまだ初歩の段階を示すもの、と言いうるかもしれない。

それはさておき、巻頭からしてすでに歴史上著名なシラクサの将軍ヘルモクラテスの名前が登場し、読む者をして前五世紀のシシリー島へと誘う。そして女主人公カリロエは、これまた同名の人物がヘルモクラテス将軍の娘として実在した。カイレアスに相当するのは、前三八九年のエジプト反乱を指揮したアテナイ人カブリアスがモデルだともされている。もちろん物語のなかの人物の行動は、歴史上の人物のそれとそっくり同じではない。いや、ほとんど違っていると言ってよいであろう。枠組みとしては歴史上の事件を借りながら、そのなかで作者は自由に空想の翼を羽ばたかせている。ただ歴史上の事件を物語りに取り込む際、ややご都合主義的なアナクロニズムが、ないわけではない。しかしこの歴史上の事件という枠組みこそ、物語りに適度のリアリティを付与するものとなっているのである。

リアリティといえば、作者の地理的知識もそれに寄与している。ことにミレトスの港町の描写は、この町についての作者の豊富な知識の裏付けを推測せしめる。それに比べるとシラクサやバビロンの町の描写はやや生彩を欠き、いくぶん物足りなさが残る。いかに世界が広がったからとはいえ、広範な地理的空間を完全にカヴァーするだけの知識を求めるのは、いささか酷というものであるかもしれない。

審理の場での現実感あふれる切迫した遣り取りは、弁護士の書記をしていたという作者の前歴（物語の冒頭でそう自己紹介している）が功を奏したものであろう。

作品にリアリティをもたせようとするこのような種々の試みにもかかわらず、作品全体を支配する雰囲気はやはり〈恋〉と〈冒険〉の醸し出す夢幻性であり、物語の筋を司るのは偶然性である。主人公カイレアスは、その人物造形においてオデュッセウスと隔たるところ、そう遠くはない。しかしオデュッセウスにはあったアテナ女神の加護は彼にはなく、またすでに彼は英雄ではない。彼は一人の人間として自らの力で悩み、また考えはじめている。とはいえ彼には、あの悲劇のなかの人物たちが持っていた一瞬人生の真実を穿《うが》つ深遠な思索性は薄い。さらに十八世紀以降の近代小説の人物たちが持つ幅と深みを彼に求めようとしても、近代市民生活を経験していない彼にはそれは無い物ねだりになる。言い換えれば、そこでは歴史的必然と個人的運命とのあいだで悲劇が演じられるようなことはないし、また近代小説のように、二人の恋人たちの行状と背景の歴史的事件とが密接に関係付けられているというわけでもないのである。なによりも指摘されるべきは、各登場人物の輪郭が、一部を除いて、時代背景のなかで近代小説のそれのようにはいまだ明確には描き切れていないということであろう。それゆえにまた、人物相互の関係もじゅうぶんに描き込まれているとは言い難い。作者の筆は、次々に展開していく各場面をただ追いかけて繋ぐだけに終始しているという印象が否めないのである。ただここには、かつての吟遊詩人が遍歴した地域、劇場が吸引し収容した観衆よりもはるかに多様で広い地域、はるかに多様で多数の読者を包含する空間がある。平易な散文による一大エンタテインメントの世界。それは活力に満ちた庶民の精神的営為の母胎となるものであった。

4　手紙を書く女

古来、手紙を書いた女は少なくない。エウリピデスが創造したパイドラ（悲劇『ヒッポリュトス』の女主人公）は、恋に破れた腹いせに相手の男ヒッポリュトスを誹謗する、事実とは反対の内容の手紙を夫テセウス宛に遺して自死した。その手紙のせいでヒッポリュトスは父テセウスの怒りを蒙ることになり、最後は命を落とす。パイドラだけではない。恋にまつわる恨み辛みはそのはけ口を求める。オウィディウスはそうした女性たちに筆を執らしめ、相手の男を糾弾せしめた。オウィディウスの書簡体の詩『名婦の書簡』は、そうした恋に苦しむ女たちの心模様を細かに描いてみせたものである（中にパエドラのも含まれている。ただしその宛先は――エウリピデスの劇のように――夫テセウスではなく恋の相手ヒッポリュトゥスである）。

さて、問題のエウリピデスのパイドラの手紙であるが、その文面はわからない（作者は明らかにしていないのである）。前後の脈絡から、そこには（事実とまったく逆に）パイドラが義理の息子のヒッポリュトスから邪恋を仕掛けられ、凌辱されて、その屈辱のあまりに死を選ぶといったようなことが書かれていた、と推測できる。それを見たテセウスが、息子ヒッポリュトスを呪い殺すほどまでに怒ったからである。このテセウスの怒りは、親子、夫婦、長幼の序、いってみれば家庭内秩序の破壊、人倫を踏みにじる行為に対する怒りであり、より具体的に言えば息子に妻を寝取られた父親の個人的な屈辱感である。もし手紙の文面が明らかになっていれば、その間の因果関係がもっとよくわかって興味深かったであろう。しかしエウリピデスはそれを省略した。上演という限られた時間で先を急ぐ必要があったからであろうし、また劇場の舞台は私信の文面を公開するのにあまり適した場ではなかったからでもあろう。しかしいずれにせよ、手紙が、その文面がテセウスの次の行動を呼び起こしたことは事実であり、それは最終的に一家の破滅へと繋がっていくわけであるから、劇におけるこの手紙の存在の意味するものははなはだ大きいと言わねばならない。

ところで、これの模作『パエドラ』を書いたセネカは、パエドラに手紙を書かせることはしなかった。ヒッポリュトゥスを中傷する言葉を口頭で直接にテセウスに伝えさせた。事件の行く末は、いずれの場合も伝承の枠内に収まる。手紙という小道具を使ったからとて、伝承の枠組みに変動を来たすわけではない。それは承知の上で、エウリピデスは「手紙」を使用している。これには女主人公パイドラ像構築の問題がかかわってこよう。

周知のように、現存するエウリピデスの『ヒッポリュトス』は改作である。以前にも彼は『ヒッポリュトス』を書いたが、不評であった（この前作は極小断片を除いて現存しない）。不評の理由は、パイドラをあまりにも厚顔無恥な姿に描いたからであると推測されている（セネカの『パエドラ』は、この前作の模作と考えられている）。改作のパイドラは、貴族社会を律する倫理観を身につけた深窓の令夫人である。それゆえに不倫の恋を悩みに悩む。恋＝感性と人倫＝理性との葛藤に悩んだあげく、彼女は滅びの道を選ぶ。彼女は公徳心を弁えた貴婦人である。相手への恋の告白も、そんなはしたない真似は自らはしない。乳母にまかせる。そうした彼女に、セネカのパエドラのように、直接口頭で夫テセウスにヒッポリュトゥスを誹謗するような真似ができるわけがない。手紙という間接手段に訴えたところに、彼女の慎み深さの発露を見ることができそうである（ただし内容は事実とは正反対の悪意に満ちた誹謗である。それを言葉にしないで文字にしただけである。この点でわたしたちの求めようとする彼女の慎ましさは破綻するのである)。しかしまた一方で、「手紙」は彼女が初めて自主的な行動をとるに至ったその証となるものでもある。それまでの彼女は、恋の告白を含めて、ほぼすべての行動が乳母まかせであった。恋に敗れた彼女は、みずから自分の人生に決着をつけようとする。そして死を選ぶ。その死とともにこの手紙を遺すのである。ここには慎ましやかな深窓の令夫人から敗れた恋の復讐に邁進するおどろおどろしい女への変身がある。そういう側面をも、手紙は表示している。手紙を小道具に使うことによって、より屈折した、またより複雑化したパイドラ像が表現されている、そう言えるのではないか。

オウィディウスの場合は、もちろん手紙の文面はすべてわかっている。そして手紙を書いているのは、おおむね伝承上の女性たちである。彼女らが手紙を書かざるをえない状況は、所与のものとしてすでに決まっている。そして文面から事態がたとえどのように展開しようにも、その結果はあくまで伝承の枠内に止まる。この点は先の悲劇『ヒッポリュトス』の場合と同じである。しかし伝承の枠は枠として、手紙を書いている女性たちの心理の広がりに枠はない。そこは詩人の自由な裁量に任された世界なのである。そしてこの恋に破れた女性たちの肉声、その複雑な相貌を汲み上げるには、手紙こそ、つまり二人だけの密やかな秘密を共有できる意志の疎通手段である手紙こそ、最適なものであった。

さて、前置きが長くなったようだ。当該の小説『カイレアスとカリロエ』にも女主人公カリロエが手紙を書く場面がある。小説は舞台芸術とちがって、一定時間内にすべての出来事を終了させる必要はない。時間に余裕がある。私信の内容も、省く必要はない。そして伝承の枠組みは存在しない。手紙を小道具にして、いくらでも筋を展開させることは可能なのである。これは伝承に拠らない小説の利点と言ってよいであろう。作者カリトンは、カリロエの手紙の文面を明らかにしてくれている。以下のとおりである。

カリロエより大恩あるディオニュシオスさまへまいる。あなたはこのわたくしを海賊の手から、また奴隷の境遇から救い出してくださいました。お願いでございます、どうぞお怒りくださいますな。わたくしは、あのわたくしたちの子供を通じて、心においてはあなたと一つ身でございます。あの子はあなたにお預けいたします。わたくしたちにふさわしく養育し教育してくださいますように。彼に継母の味を味わわせたりなさいませぬよう。あなたには男の子だけでなく、女の御子もおありです。二人の御子があればじゅうぶんでございましょう。

あの子が成人した暁には彼ら二人をいっしょにおさせなさい。そしてあの子をお祖父さまと会わせるよう、シラクサへ寄越してやってください。プランゴン、おまえに抱擁を送ります。これをわたくしは自分の手でおまえに宛てて書いています。立派なお方、ディオニュシオスさま、ごきげんよう。あなたのカリロエをお忘れなく。(9)

カリロエは好きで一緒になったカイレアスとは離ればなれになり、いまでは二度目の夫ディオニュシオスの妻である。ところが死んだと思われていたカイレアスが生きており、再会した二人はこれまでの冒険生活を切り上げて故国シラクサへ帰って行こうとしている。右はそのカリロエの、現在の夫ディオニュシオスに宛てた手紙である。いまカリロエはアラドスにいる。ペルシア王の幕下にあるディオニュシオスとのあいだには、かなりの空間的距離がある（粗筋の巻七、巻八を参照）。彼女はなぜ手紙を書いたか。彼女はいう、「ディオニュシオスに宛てて一筆書いておくことは正当な行為であり、感謝の念を示すことにもなると思われた」からであると。そしてこれはカイレアスには内緒で書かれた。「彼の生まれついての嫉妬心の強さを知っていたので、彼には内緒に処理することを望んだのである」。

女はしばしば嘘つきである。そしてその嘘はしばしば効果的である。この手紙は世話になったディオニュシオスへの感謝の念から書かれた、そう彼女自身言っている。これは嘘ではない。真心から出た言葉と解してよい。嫉妬深いカイレアスに内緒で書いたことも、行き届いた配慮からである。しかし手紙のなかで彼女は嘘をついている。嘘といって語弊があるなら言い換えよう。明らかにしても周囲に何の利益ももたらさないこと、むしろ害すらもたらしかねないことに対して沈黙を守る能力、である。子供の件である。手紙のなかで触れられている子供はカリロエとカイレアスのあいだの子供である。妊娠初期にカリロエはディオニュシオスと再婚し、ディオニュシオスは子供は自分の胤であると思い込んでいる。この思い込みを覆させるようなことは、カリロエはしない。世継ぎのあの子こそディオニュシオスの希望の光であることを、そして同時に自分に対するディオニュシオスの愛情の崇高なかけらとなっていることを、彼女は知っているからである。「あのわたくしたちの子供を通じて、心においてはあなたと一つ身でございます」――これをこそ慈愛深い嘘と言わずしてなんと言おうか。カリロエは、子供がカイレアスの胤であることを隠してディオニュシオスと結婚した。それはプランゴンの知恵にすがった窮余の一策であったが、このときプランゴンとカリロエは女同士結託し、ディオニュシオスを騙したことになる。女はしばしば嘘つきである。そしてその嘘は、またしばしば効果的である。

手紙の中ほどにはこうある、「あの子が成人した暁には彼ら二人をいっしょにおさせなさい。そしてあの子をお祖父さまと会わせるよう、シラクサへ寄越してやってください」と。古代ギリシアでは同じ父親から生まれた兄妹、あるいは姉弟の結婚は可能であった。しかしその習慣に頼るまでもなく、姉弟二人の子供はまったくの他人であることを知っているカリロエは、何の懸念も痛痒もなくこの結婚話を勧めることができたのである。

カリロエは、カイレアスに対しては子供の件(子供はカイレアスの胤であること)も含めて、すべて真実を話した。ただ手紙に関しては、それを書いたこともその文面も、カリロエはカイレアスに知らせていない。それはカイレアスの嫉妬心を警戒してのことであった。男は嫉妬深い。わけてもカイレアスは嫉妬深い性格である（粗筋の巻一参照）。手紙が因で、またひと悶着起きるかもしれない。しかし隠したのはカイレアスの嫉妬心を配慮してのことだけではない、と思われる。短い期間でも夫婦生活を共にした相手ディオニュシオスに対する愛、とまでは言わなくても心優しい気持ち、カイレアスのとはまた違った中年男の魅力、そのまだ完全には払拭しきれていない心の傾きが彼女にあって、それを悟られることを嫌がったせいでもあるのではないか。その心の揺らぎは、文面にそこはかとなく漂っているように思われまいか。文末の「あなたのカリロエをお忘れなく」という一文は捨てられた男を苛《さいな》むとどめの一刺しであるが、といってそのまま恋の勝利者に常套の別れ文句というにはいささか情が籠もりすぎている、と見たは僻目《ひがめ》であろうか。

筋書きからすれば彼女はまだ二十歳前（後）の年齢であるはずであるが、ここにはすでに一人の成熟した女性の顔が見えている。それは、短期間ではあったが未曾有の生活体験が、元来聡明であった彼女を人間として一気に成熟せしめたのか、あるいはある種の女性は年齢に関係なくしたたかな聡明さを持ち合わせているということなのか。いずれにせよ、このしたたかな聡明さはこの小説にとって魅力的である。このカリロエ像は、ディオニュシオスの中年の渋い男性像とじゅうぶんに張り合う。わたしたちは、小説がこのあとこの二人の関係を軸に展開して行くところを期待したいのであるが、作者に紙数はもう尽きようとしている。手紙を書いたあと、カリロエは初恋の人カイレアスと故国シラクサへ帰って行く。ギリシア小説に常套の大団円が待っている。物語はギリシア小説の「枠内」に、みごとに収まるのである。

作者カリトンは手紙一本挿入することで、女主人公カリロエから新たな相貌を引き出した。年若い乙女ら読者の紅涙を絞りつつも結末は大団円とするというギリシア小説の枠組みは枠組みとして、この手紙のなかのカリロエは物語に新たな展開を生むその担い手となる可能性を秘めている、そう言えるのではないか。あるいはこのカリロエ像を得ることで、若い読者向けの単なる恋物語を越える、ちょっぴりスパイスの効いた大人の物語につながるものを感知できる、と言えるのではないか。作者カリトンは、『ヒッポリュトス』のエウリピデスと同様に、手紙を巧く使ったのである。個人の心情をより広い人間関係＝社会のなかに位置付けて描くこと、これは近代小説を読むわたしたちがしばしば体験するところであるが、その個人の心情を描くのに手紙というかたちを使用したのが、このカリトンの小説のこの部分である。もちろんそれと周囲の人間たちの行動との関係は、近代小説のそれのようにはいまだじゅうぶんに書かれているとは言い難い。ただ小説世界の構成員としての資格は、カリロエはすでに得ていると言っても過言ではないように思われる。

最後に、この手紙を受け取ったディオニュシオスの様子にも触れておかなければ片手落ちになろう。以下がそれである。

ディオニュシオスは宿舎へ戻り、ドアを閉じた。そして手紙の上にカリロエの筆跡を認めるとこれに接吻し、次いで開封し、それを生身の彼女のように胸に掻き抱いた。しばらくずっとそうして持ったままだった。涙のために読むことができなかったのである。やっとのことで泣き止むと、読みはじめた。まずカリロエという名前に唇を押し当てた。それから「恩人ディオニュシオスさまへ」という字句へ目を遣った。

「ああ」、彼は言った、「もう『背の君へ』とは書いていない。『あなたはわたくしの恩人なのです』だと。このわたしがその名に価するどんなことをおまえにしてしてやれたろう」。

手紙に含まれる弁明的な調子はまんざらでもなかった。そして同じところを何度も読み返した。彼女が彼を捨てたのは本意ではなかったというふうに読み取れたからである。ことほどさようにエロスの神は軽佻浮薄なもの。恋する男をして自分は愛されているのだと、やすやすと思い込ませてしまうのである。

彼は子供のほうに眼を遣り、それを腕に抱いてあやしながら言った。

「吾子よ、おまえとていずれはわたしを捨てて母親の許へと行ってしまうであろう。そうすることを彼女も望んでいるのだ。わたしは侘しい一人住いとなろう。なにもかも悪いのはわたしだ。空しい嫉妬心と、それにバビロンの町よ、おまえがこのわたしを滅ぼしたのだ」

こう言って彼は早々にイオニアへ戻る準備にかかった。(10)

泣け、存分に泣け、ディオニュシオス。諸君、わたしたちの同輩がここにいる。そして……あとはもう解説不要であろう。

5 カリトンの位置

カリトンの作品は、この『カイレアスとカリロエ』以外には伝わらない。ギリシア小説という名で呼ばれる現存作品は、このカリトンのものを嚆矢《こうし》として全部で五作品しかない。時代順に列挙すれば、以下の通りとなる。

(1) カリトン作『カイレアスとカリロエ』(一世紀?)
(2) クセノポン作『アンテイアとハブロコメスのエペソス物語』(二世紀初?)
(3) アキレウス・タティオス作『レウキッペとクレイトポンの物語』(二世紀後半)
(4) ロンゴス作『ダプニスとクロエ』(二世紀後半)
(5) ヘリオドロス作『エティオピア物語』(三世紀後半)

この五作品は、いずれも〈恋と冒険〉が中心テーマになっている点で共通している。また『ダプニスとクロエ』以外は、物語の場としてエジプトの地が大なり小なり関係している点に特徴が見出せる。時はローマ帝政期である。紀元後一世紀から三世紀にかけてが、ギリシア小説というジャンルの最盛期であった。広大なローマ帝国の東半分を中心とするギリシア語圏で、ヘレニズム文化の伝統を受け継ぎながら生まれ出たもの、それがギリシア小説と呼ばれるものである。先蹤《せんしょう》としてすでに前四世紀以来の散文作品があることは述べたが、そうしたものは史実の記録、あるいは哲理の開陳の際のいわば随伴的産物であった。ギリシア小説は、そうした他分野の随伴的産物たることを脱して、創作それ自体を目的とする。しかも〈旅〉を基調に〈恋〉の要素を盛り込んだ伝奇的性格の濃いものである。それが後世ロマン roman と呼び慣わされ、その作者たちがエロティキ・スクリプトレス erotici scriptores と呼ばれたゆえんである。

同じころ、ローマ帝国の西半分を中心とするラテン語圏では、ペトロニウス（一世紀半ば）、アプレイウス（二世紀初め）といった人たちが〈小説〉を書いていた。前者の『サテュリコン』、後者の『変身物語（黄金のろば）』がそれである。散文で書かれた一定の長さを持つ虚構の物語であるという点で、これら二作品は小説という分野に含まれるものであるが、「ギリシア小説」に比べるとより写実的で現実的、そして猥雑な要素を含み、また諷刺味が強い。もっとも異なる点は、若い男女の恋愛という要素の有無である。同じ時代に同じ帝国の東西で、使用言語は異なるとはいえ、小説というジャンルの作品が二様のかたちで発生した。これら両者の相互の関係を探ることは、小説というジャンルのその後の展開を占う上からも意義深いことであろうが、ここでは割愛する。

同じ時代、同じ帝国の東半分で、同じギリシア語で書かれた散文作品に、ルキアノス（一二〇―一八〇年頃）の一群のものがある。諷刺と諧謔に満ちた中短編小説ともいうべき対話篇のほかに、空想旅行譚『本当の話』がある。月世界や鯨の腹中への旅という奇想天外な趣向は過去の旅行譚のパロディと言ってよいが、ただ恋愛小説的側面は欠けている。この点でギリシア小説、いわゆるロマンの範疇からは外れるのである。

ただペトロニウスにもアプレイウスにもルキアノスにも、そしていわゆるギリシア小説の作家たちにも共通するものは、その作品の拠って立つ社会基盤である。ローマ帝国は爛熟期を迎え、経済的繁栄は共同体内に活力ある一般庶民層を生み出した。伝統的ローマの核心を成していた古い貴族の血統が衰微していくのに代わって、窮民も成り上がりの俄《にわか》成り金も取り混ぜた一般市民が力をつけてきた。そうした猥雑な世相を活写したものが右に挙げた作家たちの諸作品であり、また社会の中核を成す市民たちがそうした作品の読者として存在したのである。

こうしたパースペクティヴのなかで、『カイレアスとカリロエ』は作品としてどう位置付けられるであろうか。その座標軸を設定するには、現存ギリシア小説五篇のなかでの関連性を探るだけでなく、ローマ小説との比較検討も重要な課題となってくる。いずれも一朝一夕になしうる作業ではない。残念ながら後日稿を改めることにしたい。ここではただ一点、同時代のカリトン批判とおぼしきものを挙げておく。カリトンとその作品の置かれた位置を計る指標の一つになるかもしれない。ソフィストのピロストラトス（一七〇―二四五年）にカリトンの人気ぶりを皮肉った一文がある。

どうやら君（＝カリトン）は、死んだら自分の作品はギリシア人（＝知識人）に惜しんでもらえると思っているらしい。生前無名だった人間が、死んだからとてどうなるというのだ。（『書簡』六六）

ほぼ同時代（と推定される）の人間からのこの厳しい批評は何を意味するであろうか。これはギリシア小説の作家としての技量を批判したものであろうか。それともより広いジャンル全体の存立を諷したものであろうか。ギリシア小説すなわち恋愛小説に低い評価を下す向きは、世間一般になかったわけではない。すこし時代が下がるが、あのユリアノス帝は、恋愛物語は歴史書に劣るとして読書領域から省かれるべきであるとした（断片『ある司祭への手紙』三〇一B）。こうした恋愛小説に対するマイナス評価は、当時の社会文化全般にわたるキリスト教の布教浸透と無関係ではない。一般庶民のあいだにキリスト教が浸透することによって、世間一般にキリスト教世界とは異なる異教徒の世界――従来のギリシア小説が舞台としてきた世界、すなわち愛（エロース）と巡り合わせ（テュケー）に支配されていた世界――への違和感あるいは無関心が醸成されてくる。異教徒世界を代表するギリシア小説に代わって登場してくるのが、パウロを初めとする聖人たちの伝記、聖人伝（ハギオグラフィー）である。それはもうすでに二世紀に姿を現わすが、三世紀に入るとますます隆盛になっていく。布教のために苦行を重ねる聖人たちの波乱に富んだ生涯を虚構を交えながら書き記したもの——そこには娯楽と教訓も含まれる——が、新たに庶民の心を捉えはじめる。一方では、従来のギリシア小説の持つエロティックな内容がキリスト教の教義とそぐわないとして敬遠されたことも、小説ジャンルの衰退の理由の一つであろう。またキリスト教徒化した庶民、それも教育程度の高くない一般庶民にとっては、異教世界のロマンスはもはや言語的にも感覚的にも理解不能なものになっていくのである。ただしそうなるのはいま少しあと、七、八世紀のことである。

これがさらにビザンティン時代になると、一般読者の離反とともに知識階級（学僧）も異教社会を描くロマンの領域を評価しようとしなくなった。カリトンについての『スーダ』辞典の沈黙は、そのことを端的に示している。カリトン以後のこうした経緯は、わたしたちにも分からないわけではない。しかしカリトンと同時代人のピロストラトスの酷評は、どう考えたらよいのであろうか。ピロストラトス自身ソフィストであり、『テュアナのアポロニオス』を始めとするソフィストと呼ばれる知識人の伝記を残した人である。伝記もギリシア小説の先駆けの一つとなった表現形式であった。『テュアナのアポロニオス』は、一世紀のころに実在した新ピタゴラス派の哲学者アポロニオスの奇跡に満ち遍歴に富む生涯を記したものである。その伝奇性はギリシア小説の多くのものと共通するところがあるし、またそこに漂う宗教的雰囲気は、たとえばヘリオドロスの『エチオピア物語』を想起させるものがないでもない。そのような作品を書いたピロストラトスが、カリトンを痛罵した。同じ散文形式でも虚構の恋物語を嫌ったのか。あるいはカリトンの人気振りを嫉視したのか。盛名が上がれば誹謗中傷が生まれる。ピロストラトスの一節は、逆に当時のカリトンの流行振りを推測させるものと、解せないこともない。

ただし、こうした恋愛作家の隆盛は家庭の婦女子を中心とした庶民階級に支えられてのものであったろう。ギリシア小説というジャンルそのものが、そうした新規の識字層を基盤として興り栄えてきたものであった。愛と冒険を偶然性（テュケー）で綴り合わせる、なによりも娯楽を第一とする物語は、時の知識人をもって任じる人々には敬遠されこそすれ、けっして喜んで受け入れられはしなかったろうと思われる。しかしこのピロストラトスの批評が当たらなかったことは、のちの歴史が証明するところとなった。カリトンはその後も読まれ続けたし、なによりも今日のわたしたちの手元にまで伝えられているのである。

『ドン・キホーテ』を書いて近代小説の祖たる地位を獲得したセルバンテスは、その『模範小説集』の序文でヘリオドロスの『エティオピア物語』に言及し、次に執筆を予定している『ペルシレスの苦難』はこの古典に匹敵するものになろうと、自信たっぷりに予告している。古代ギリシア小説は、近代小説の祖とみごとに繋がっているのである。

第9章……ドン・キホーテのカタバシス――ラ・マンチャ

玉ねぎの里ラ・マンチャ

「(あなたとならば)パンと玉ねぎ」という諺がスペインにはある。和風に言い直すと「手鍋下げても厭《いと》やせぬ」ということになるらしい。つまり玉ねぎは粗食の代表である。そしてこれがけっこう『ドン・キホーテ』に出てくる。ラ・マンチャの村の郷士も、そのお供のサンチョも、また思い姫ドゥルシネア・デル・トボソも、みな玉ねぎを食しているのである。それも生でそのまま齧るという食べ方で。いや、ずっと時代が下がった現代でも、そのような玉ねぎの食べ方は変わりないようだ。スペイン文学者の荻内勝之氏は、若いころクローニンの小説『スペインの庭師』(一九五〇年)でこの玉ねぎに遭遇し(エブロ河で主人公の青年庭師が魚釣りする場面。昼食の弁当がその生玉ねぎのサンドイッチ)、はたして同じように食せるものかと、本邦における玉ねぎの名産地の一つ、播州加古川の野面《のづら》でこれを試してみたところ、辛過ぎて食べられなかったと書いておられる（『ドン・キホーテの食卓』、新潮選書、一九八七年、四三頁以下）。どうやらスペインのとは種類が違ったらしい。

ヘミングウェイも『日はまた昇る』（一九二六年）で、主人公のアメリカ人新聞記者ジェイクが休暇を取ってパリからスペインのパンプローナの闘牛祭にやって来、近郊の川で一日魚釣りに興じる場面を描いている。そのとき彼が持参した昼食の弁当も同じくパンに玉ねぎを挟んだだけの代物であった、と筆者は記憶していたが、いま読み返してみると、宿泊先の旅籠がこしらえた弁当は鶏肉に玉子、ワイン付きという豪華版である。異国の客人用の特例であろうか。

スペインだけではない。地中海海域では、古くから玉ねぎは食の友であった。すでにエジプトでピラミッドが造営されたとき、人夫の昼食がこれであったと言うし、ギリシアでも古い時代から食べられていたらしいことは、ホメロスが証言するところである。『イリアス』第一一歌、六三〇行に酒のツマミとして登場する。老雄ネストルが激戦の場から負傷したマカオンを連れて陣屋に帰り着いた条《くだり》、「女はまず二人の前に、青黒い琺瑯《キュアノス》張りの脚のついた、よく磨かれた美しい四脚机を据え、それに青銅製の籠と、飲物に添えてつまむ玉葱と、新鮮な蜂蜜とを載せ、またその傍らに聖なる大麦の粉と、実に見事な盃とを置く」（松平千秋訳、岩波文庫）とある。英雄たちの吐く息はさぞかし玉ねぎ臭かったことであろう。

写真●ラ・マンチャ（田尻陽一氏提供）

前五世紀のアリストパネスの喜劇『リュシストラテ』(前四一一年上演)にも玉ねぎが出てくる。老人のコロス(合唱隊)の長が老女のコロスの長に「なあ婆さん、キスさせとくれ」とせがむが、「したけりゃ玉ねぎなんか食べないでおくものよ」と一蹴される(七九七―七九八行)やはり玉ねぎは臭かったのである。

ドン・キホーテの思い姫ドゥルシネア・デル・トボソも、初めて出会ったそのとき(続篇第一〇章)、その口臭でドン・キホーテを悩ませ惑わせた。高貴な姫君が、まさか百姓娘さながらに玉ねぎ臭かろうとは! いや、この場合は玉ねぎではなく、ニンニクであった。とすれば、その臭いはもっと強烈であったろう。だがドン・キホーテは、また別のところで、たとえドゥルシネアがどれほど玉ねぎ臭かろうと彼女に懸ける想いは変わらぬと言っている(続篇第四八章)。この玉ねぎの臭いをドゥルシネアから取り去ることこそが、以下の物語でのドン・キホーテの最大の使命であったと、これは先の荻内氏の意見である。おそらく玉ねぎの臭いは、ドン・キホーテにとって架空の、そして想像の世界と現実世界とを弁別する物差しであった。それは、当時のスペイン上流社会と下層社会とを区別する物差しだけに止まるものではなかった。いかに視覚や聴覚が惑わされようとも、嗅覚が惑わされることはけっしてない。玉ねぎの臭いが消えないかぎり、ドゥルシネアは貴顕の淑女の思い姫とはなりえないのである。このあとわたしたちは「モンテシノスの洞穴下り」の条を取り扱おうとするのであるが、下降したドン・キホーテは地底でドゥルシネアにも会ったと言ったために、サンチョから話全部がでたらめだと決めつけられることになる。そのときドン・キホーテが目撃したドゥルシネアはひょっとすると玉ねぎの臭いをふんぷんとさせていたのではないか。作者のセルバンテスは臭いについてはなにも言っていないけれども、筆者つらつらおもんぱかるに、おそらく付け忘れたのではあるまいか。

1　下降の一章

カタバシスとは「下降」の意である。「洞穴へ入ること」の意もある。転じて「冥府行」の意味にも用いられる。ホメロス『オデュッセイア』第一一歌は、オデュッセウスが冥界へ下り、予言者テイレシアスをはじめいまは亡き親族知人らの霊魂との出会いの模様を描くが、通常この巻に「カタバシス」なる呼称を与えるのがホメロス学での慣例である。

唐突ではあるが、いまわたしたちはカタバシスなる語を、またその概念をドン・キホーテの下降すなわちモンテシノスの洞穴への潜入（セルバンテス『ドン・キホーテ』続篇第二二、二三章）に当てはめて、両者に共通するところがあるか否か、あるとすればそれはどのような意味においてであるのかを考察してみたいと考える。ドン・キホーテも洞穴内へ下降カタバシスするのである。したがってすくなくとも双方の物語の主人公オデュッセウスとドン・キホーテは、それぞれあるいは冥界へあるいは洞穴内へと「下の世界」へ下降する点で共通性があることになる。

　しかしドン・キホーテの場合、あれは「冥府行」であったのであろうか。これは検証が必要になる。ただなによりも両作品に、その長い物語の途中で冥界へあるいは地底へ下降する一章が設けてあることは、注目に値することであろうと思われる。この一章は、それぞれの作品の中ではたしてどのような意味を持つのであろうか。その意味が解明され、両作品のあいだに単に形態上の相似性以外の相似性、共通性が認められるとすれば、「カタバシス」なる現象にかこつけて両作品の比較検討を試みることも許されるであろう。幸いと言おうか、『ドン・キホーテ』の作者セルバンテスはおのれが作品を提示するに当たって、以下のようなたいへん寛大な態度を、わたしたち読者に許容してくれている。「また、したがって、（読者諸君は）この伝記（『ドン・キホーテ』のこと。筆者注）については、思うままのこと todo aquello que te pareciere をいうがよろしい。悪く言ったからって、どなりこまれる心配は無用、よく言ったとて、褒美《ほうび》にありつく算段も無用だがな」（『ドン・キホーテ』正篇緒言[1]）。わたしたちはこれを大いに多としたい。思うがままのこと todo aquello que *nos* pareciere を言って褒美にありつこうなどという算段ははなからないが、ひょっとすると『ドン・キホーテ』解釈に一石を投ずることができるかもしれない。まずはカタバシスの本家、『オデュッセイア』第一一歌の考察からはじめたい。

2 オデュッセウスのカタバシス

すでに触れたように、オデュッセウスは『オデュッセイア』第一一歌でカタバシス、すなわち冥府行を敢行する。それより前オデュッセウスは部下とともにアイアイエ島に流れ着き、島の主キルケの許に身を寄せていた。一年の滞在ののち、オデュッセウスは部下に諭されて帰国する気になり、その許可をキルケに願い出る。キルケはこの願いを受け入れるが、一つ条件をつける。それが冥府行である。「だが、そなたらは帰国の前に、今一つの旅を仕遂げねばならぬ、すなわち冥王《アイデス》と恐るべきペルセポネイアの館へ行かねばならぬのです。これはテバイの盲目の予言者、テイレシアスの霊に行先のことを訊ねるため」（『オデュッセイア』第一〇歌四九〇―四九三行。松平千秋訳、岩波文庫。以下同）というのがそれである。難行を課せられた思いのオデュッセウスは「転々と身を捩《よ》じて泣く」（同、四九九行）が、そのオデュッセウスにキルケは冥界へ続く道筋を教える。海路船で行くのである。「帆柱を立て白帆を張って、あとは坐っておればよろしい。船は北風の息吹きが運んでくれましょう。船を進めてオケアノスの流れを越えたならば、平坦な岸が連なり、ペルセポネイアを祀る森が茂り、ポプラの大樹と、時ならず種子を落してしまう柳の立ちならぶ場所に出るから、そこで深く渦を巻くオケアノスの流れの岸に船を揚げ、そなたは冥王の暗湿の館へ入ってゆきなさい。ここでは

「火焔の河《ピュリプレゲトン》」と「憎しみの河《ステュクス》」の支流である「歎きの河《コキュトス》」とがアケロン河に注いでおり、巨岩をめぐって二流れの河が轟々たる水音を立てて合流しているのです。そこで、勇士よ、これからわたしが指示するように、その場所へにじり寄って、縦横それぞれ一腕尺ほどの穴を掘りなさい。それからその穴の縁《ふち》に立って、すべての亡者《もうじゃ》に供養」(同、五〇六—五一七行)し、テイレシアスの霊を待ち受けるがよいと。オデュッセウスはこの指示どおりに航行する。そして冥界に達してテイレシアスやその他知人、親族らの亡霊と邂逅《かいこう》することになる。第一一巻が詳しく伝えるところである。

さてこのときに冥界は現世(地上界)とどのような位置関係になっているであろうか。キルケの教示するところによれば、まずそれは「オケアノスの流れを越え」(同、五〇八行)たところにある。オケアノスとは、古代ギリシア人の知識では、自分たちの住居する大地(この世)の果てをぐるりと取り巻いて流れる大河のごときものであった。そのオケアノスに到達するために、オデュッセウスら一行は海路航行している。しかもアイアイエ島から「北風の息吹き」(同、五〇七行)を受けて南行している。そして到達したオケアノス河のあたりは「キンメリオイ族が[……]霧と雲に包まれて住んでいる。輝く陽の神も[……]光明の矢を注ぐことが絶えてなく、憐れな人間どもの頭上には、呪わしい闇が拡がっている」(同第一一歌一五—一九行)。闇の国である。アイアイエ島から南行して太陽の光の乏しい地域へ至るとなると、実際の地図上では那辺を想像すればよいのか。正確な位置測定は不可能でもあるし、また不要であるかもしれない。ただここでわたしたちが確認しておきたいことは、さきに触れたとおり、古代ギリシア人はその住む世界を平坦な大地であるとし、その周囲をオケアノス河が取り巻いて流れていると想定していたらしいことである。そして冥界はそのオケアノスを越えたところにある。となるとオデュッセウス一行は高所から低所へ文字通り下降カタバシスしたわけではない。平坦な海上を航行してオケアノス河に至り、それを〝越え〟て冥界に至ったのである。これをしもカタバシスと称するのは、物理的に下降したゆえではなく、この世からあの世へ移行したことをもってそう称するのである（『オデュッセイア』を踏襲したウェルギリウス『アエネイス』では、アエネアスはクマエ近郊で巫女シビュラの案内でじっさいに洞穴に潜入カタバシス、すなわち物理的に下降し、冥界に至ることになっている）。

さてオデュッセウス一行はこのオケアノス河の岸に船を舫《もや》い、岸に上って流れに沿って歩き、キルケの指示どおりの場所で縦横一腕尺四方の穴を掘り、招魂のための供犠を行なって予言者テイレシアスの亡霊が現われるのを待つ。やがて姿を現わしたテイレシアス（の亡霊）は、帰国を願うオデュッセウスの今後を以下のように予言する。曰く、海神ポセイドンは息子ポリュペモスがオデュッセウスのために目を潰されたことを怒り、従前どおり今後も帰途の航路を邪魔するであろうこと、次に訪れるトリナキエの島で太陽神エエリオスの牛群をもしも害することがあれば、その懲罰に部下全員を失ってただ一人惨めな帰国をするであろうこと、また故国イタケに無事帰着したとしても、留守宅は妻ペネロペイアへの求婚者たちによって荒されており、これを退治する大仕事が待っていること、さらに、そのあとまだ櫂を手に海を知らぬ民の国へ旅を続け、櫂を大地に突き立ててポセイドン神へ生贄を捧げ、さらに国許へ帰って神々すべてに百牛の贄を献じるべし、最後は安らかな老衰死が予定されていよう、というのがそれである。

ここでは今後まだ苦難の旅が続くとはいえ、そしてまたたった一人になる可能性はあるとはいえ、とにかく故郷イタケへの帰国が保証されている。その留守宅を妻への求婚者らが荒していることは初耳であるが、それへの報復も予定されている。これまでのいつ帰国できるやらあてのない冒険の連続から一歩抜け出て、ここで初めて帰国の道筋が明示されたのである。

帰国への確証を得たオデュッセウスが次に知りたがるのは留守宅の模様、家族の動向、ことに妻ペネロペイアのことである。これには母アンティクレイアの亡霊が答える（アンティクレイアはオデュッセウスがトロイアへ向けて出立したあとに鬼籍に入っていたのである）。曰く、妻ペネロペイアは「堅忍の心を胸に」（同、第一一歌一八一行）屋敷に留まっているし、王権は他人の手に移ってはいず、王の領地は息子テレマコスが管理している。そして父ラエルテスは田舎で隠居生活をしているが、寄る年波と闘いながらそなたオデュッセウスの帰還を待ちわびている、というものである（同、第一一歌一八〇―二〇三行）。ここでは留守宅を荒らす求婚者らの消息には触れられていない。しかしながら先のテイレシアスの予言といい、この母アンティクレイアの話といい、それは具体的なふるさと情報である。一〇年前トロイアを出港して帰国の途についたオデュッセウス一行は、イタケという目標は設定されておりながら、その道程は試行錯誤の連続であった。キコネス人の国、ロトパゴイ族の地、キュクロプス族の島、風神アイオロスの島、ライストリュゴネス族の国々を経て、いまやっとキルケの島に漂着したところである。しかしいまキルケの指示にしたがって冥界へ降り、右に見たようにテイレシアスの予言および母アンティクレイアからの情報を得て、新たに帰郷への具体的な道筋、その方向性が定まることになる。(冥界では上記二人以外の人物たちの霊にも多数出会う。しかしオデュッセウスの〝今後〟に関する情報をもたらす者はほぼこの二人に限定してよろしいかと思われる。)二〇年間離れていた故郷イタケの様子が、またそこへ至る道筋がいまやっと彼に示されるのである。これまで隠されていた情報が提示され、以後の航海図と目的地の現況を知らされたことによって、オデュッセウスの旅は現実化し、具体化することになる。ここで、これまでオデュッセウスが旅してきた世界は、マレアの岬で嵐のため航路をはずされて以来、地図上に同定できない架空の地域であったことも、あわせて考慮されてよかろう。もちろんこのあともまだ架空の地の旅は続く。最後の寄留地パイエケス人の島も地図上に同定できない架空の地ではある。しかしこの冥府行ののちの旅は帰国が約束された旅である。途中寄港する地はほぼすべてキルケが告げる予定表に載っているところばかりである。オデュッセウスの旅は架空の世界から現実の世界へ戻る。冥府行の前と後で、旅は画然と区別されなければならない。後の旅は、いわば海図のある旅、羅針盤付きの旅なのである。

オデュッセウスはキルケの指示を受けて冥界へ降り、テイレシアスの予言を受けて地上へ戻り、ふたたびキルケの愍ろな助言を背に最終的な帰郷へ向けて新たな旅立ちをすることになる。地下の世界への「今一つの旅」(『オデュッセイア』第一〇歌四九〇行)は、キルケの言葉どおり帰国を確実なものとするための必要不可欠なものであったのである。それは架空の世界から現実の世界へ戻るための儀式であったのである。

3 ドン・キホーテのカタバシス

『ドン・キホーテ』続篇において、ドン・キホーテはお目当てのサラゴサの武芸試合の開催日までの間、暇つぶしの冒険の一つとして、モンテシノスの洞穴探検を試みる。道案内役は、道中知りあった剣道の達人の学士の従兄に当る古典学者である。この古典学者はちょうど『変形、一名イスパニヤのオヴィディウス』なる一書を執筆中で、洞穴内に降るドン・キホーテにそれに収録するに価する現象の発見を期待する。そしてのちに洞穴内での体験談を、サンチョともどもドン・キホーテから聞かされる役割をも引き受けるのである。その彼の案内で洞穴の入り口に達したドン・キホーテはその身をロープで縛り、彼とサンチョに見送られ、思い姫ドゥルシネア・デル・トボソの庇護を祈願しながら洞穴内へ下降潜入する。

さてこのとき、このモンテシノスの洞穴はまずドン・キホーテ自身によって「奈落 el abismo」と表現されている、「それがしは今、目前にあらわれたる奈落へ下り、その深みを冒して、身を闇にうずむ所存なるも」（続篇第二二章。上掲テクスト第六巻八三頁）と。abismo には地獄の意味もある。一方、送り出すサンチョは、「わざわざその暗闇 oscuridad にへえるため、捨てていぎなさる enterrarte この世の光 la luz desta vida」（同八四頁）と言う。洞穴内は闇の世界 oscuridad であるとされる。そして enterrar には「地中に埋める、埋葬する」の意がある。ここでサンチョはドン・キホーテの行動、すなわち地上、この世から地下、冥界へ移行することを、闇に身を埋める行為すなわち生きながらの埋葬に等しい行為、冥府行にも等しいものと見なしていることになる。いずれにせよそれは単に物理的な上下の距離を下降することだけを意味するものではない。それと同時にこの地上の世界とは違う世界に入って行くことをも意味しているのである。

そこが地上とは違う世界であることは、そうサンチョに意識されていることは、次の章句からも明らかである。これはもうすでに洞穴から地上に戻ったあとのことであるが、サンチョはドン・キホーテに向かって「おめえ様はあの世へ al otro mundo おりて行き、そしてよくねえ場所で en mal punto、モンテシーノス様に出会いなさっただよ。おめえ様をこんなざまにして、けえしてよこしただからね。おめえ様が、この上の世に acá arriba にいなさったときにゃ〈以下略〉」（続篇第二三章。同一〇七頁）と言っている。古典学者もまた洞穴の中の世界を「あなたがこの中に allá abajo 降りておられた実にみじかい時間のうちに」（同一〇三頁）と言っている。acá arriba（上のこちら）と allá abajo（下のあちら）は、文字通り地上の世界と地下の世界を、まずは意味しよう。しかしサンチョは allá abajo を al otro mundo と言い換える。otro mundo（違う世界）は、mundo（この世）と対置される「あの世」となる。それは mal punto（よくねえ場所）であり、さらに infierno（地獄）とも言い換えられるところなのである（続篇第二二章。同八六頁）。この「地獄 infierno」という表現は、ドン・キホーテには拒否されるけれども、地上の光の世界の住人であるサンチョにとっては、そこが異常でまた歓迎すべからざる世界であったことは明らかである。洞穴内での体験談を聞かされたあとでも「よくねえ場所 mal punto」としか表現されないその世界とは、ではじっさいにはいったいどのような世界であったのか。ここでわたしたちもまたサンチョ、古典学者とともにドン・キホーテの語る体験談に耳を傾けてみる必要がある。

洞穴内でドン・キホーテが目にしたのは壮麗な宮殿であった。その大門が開き、中から上品な翁が姿を現わしてドン・キホーテを迎えた。それが宮殿の主モンテシノスであった。このいまに洞穴にその名を遺すモンテシノスとは何者か。モンテシノスとは、イスパニアのロマンセの伝えるところによれば、かの歴史に名高いシャルルマーニュ帝のスペイン遠征時、退却する帝の殿軍《しんがり》を務めたブルターニュ辺境伯ロランらとともにピレネー山中のロンセスバリェス（ロンスヴォ）の谷間で敵勢の待ち伏せに遭い、敗走したシャルルマーニュ十二卿将の一人である。[2] そのロンセスバリェスの戦いのおり、彼は討ち死した従兄で親友のドゥランダルテ臨終の際の願いを容れてその心臓を短剣でえぐり取り、思い姫ベレルマの許へ持参したことになっている。そのモンテシノスが、しかしいまはドゥランダルテや近習の者、老女中らとともに「(賢人メルリンの)幻術にかかって、この人外の境に」(続篇第二三章。同九一―九二頁)、五〇〇年ものあいだ閉じ込められている。そのモンテシノスと、ドン・キホーテは地底の世界で邂逅《かいこう》したのである。モンテシノスばかりではない。ドゥランダルテの屍にも、またその死を悼み悲しむベレルマの姿をもそこで目にすることになる。

この邂逅はドン・キホーテの旅の一つの到達点であると言ってもよい。その旅とは、サンチョに伴われロシナンテの背に揺られる現実の旅ではない。騎士道物語を読みすぎた結果辿ることとなった心の旅、いや妄想の旅のほうである。架空の旅のほうである。騎士道物語に登場する騎士たちの華やかな活躍で脳中が一杯になっているドン・キホーテは、遍歴の途次に遭遇するさまざまな事象に脳中の妄想を適応させようとする。羊群を軍勢と見まがう挿話がその適例である。彼は「自分が見ない、存在もしないものを想像で見ながら」(正篇第一八章。同第一巻八一頁)、スペイン騎士道物語の代表作『アマディス・デ・ガウラ』に登場する事物・人間をはじめ、自身の創作になるでたらめの地名・人名を列挙して軍勢の説明に供する。「なぜというに、この人は、いかなる時間にも瞬間にも、想念を、騎士物語に出ている合戦、幻術、椿事、狂態、恋慕、挑戦といったようなもので満たし、語るところ、考えるところ、なすところをことごとく、そうしたものに結びつけたから」(同七七頁)である。こうした彼の想念は、このモンテシノスの洞穴という場を得ることによって、これまでもっとも美わしい、もっとも幸福な、そして虚構でありながら（ドン・キホーテはこれを拒否するが）この上なく詳細にして複雑かつリアルな情景を現出させることになるのである。[3] 一人ドン・キホーテの脳中の想念としてではなく、その場に臨んで見聞した一つの挿話として、作者はそれを読者の前に開陳するのである。

ドン・キホーテを出迎えたモンテシノスは、洞穴の持つ秘密を世に広く知らしめてほしいと宮殿内に彼を招き入れる。そのモンテシノスにまずドン・キホーテは、「上の世界で en el mundo de acá arriba」で語られている話、すなわちドゥランダルテの臨終とその心臓を思い姫ベレルマの許へ運んだ話は事実か否かを訊ねる。モンテシノスはこれを事実と認める。ここでわたしたちは、ドン・キホーテがかのように架空の世界の人物たちに遭遇しながら、しかしこれまでのようにその世界に同化することはせず、上の世界の人間としていわば客観的な立場から冷静に対処していることに留意しておく必要がある。彼はいわば観察者である。ちょうど生者として冥界に降ったオデュッセウスさながらに。

さてモンテシノスはドン・キホーテを一つの部屋に案内する。するとそこに大理石の墓があり、その上にドゥランダルテの屍が横たわっていたが、命絶え心臓を抜き取られたはずの屍がそのとき声を発し、思い姫ベレルマにわが心臓を届けよと、ドン・キホーテの眼前でモンテシノスに嘆願する。[4] モンテシノスは、すでにその請願はかの敗戦のおりに果たされた旨を告げ、以後五〇〇年間関係する者一党がメルリンの幻術にかかってこの地底に幽閉されていることを語った上で、改めてドン・キホーテをドゥランダルテに紹介し、「されば、この仁により、この仁の助けをえて、われらも、幻術をほどかるる望みなしとはしませぬぞ」（同二三章。同第六巻九九頁）と言う。その傍らをドゥランダルテの最期を悼み悲しむベレルマと召使の行列が通りすぎて行く……。[5]

遥かな昔に虚構の物語の登場人物となったモンテシノス、ドゥランダルテやベレルマと、ドン・キホーテはこの地底で遭遇する。それは地上の場所ではけっして起こりえなったことである。幻術師メルリンといえども地上にはこれだけの舞台を設定することは不可能であったろう。ドン・キホーテは洞穴内へ下降し地底に至ることによって、はじめて現実に邪魔されることなくその幸せな妄想の極地に到達することができたのである。作者セルバンテスは主人公ドン・キホーテと古い騎士道物語の登場人物たちとの邂逅の場をここにわざわざ、しかも意図的に設定した。それはなぜなのか。意図的というのは、篇中他には騎士道物語中の架空の人物たちがドン・キホーテとこのように親しく交わる場はないからである。そして、さきに触れたように、このときドン・キホーテは地底に展開する世界、過去の世界、五〇〇年の昔に凍結した世界に現世から訪れた一人の観察者という立場にあるからである。こうした設定は、一つにはドン・キホーテにその想念の世界で思うさま遊ばせるためであったと思われる。そしてそのことによって、想念の世界における遍歴の旅を、いよいよ終わらわせるためではなかったか。

4　ドン・キホーテ、夢の終わり

ドン・キホーテの地底探検譚を古典学者ともども聞いていたサンチョは、これを「だれにも考えつけねえでたらめばかり」（同第二三章。同第六巻一〇七頁）と決めつける。サンチョは地上の、この世el mundo の人間である。いまの時代、いまの社会を生きている人間、そしていまの時代と社会の最大公約数的なものの考え方、いわば常識にどっぷりと浸かった人間である。それゆえその常識に合わぬでたらめな話は端から受け付けない。これまでも彼は想念の世界に遊ぶ主人ドン・キホーテと、その点で厳しく対峙してきた。夢の世界に遊ぶドン・キホーテに対して現実をよく見るようにと、つねに諭してきたのである。風車を巨人と見まがう挿話で、「しなさることをよう見なせえよ mirase bien lo que hacía、風車にちげえねえだから、と言ったでねえか」（正篇第八章。同第一巻一九三頁）というのがそれであり、またこれに続くビスカイヤの婦人の馬車をめぐる騒動で、「よく見さっせえよ。いんにゃ、しなさることをよく見さっせえてよ Mire que digo que mire bien lo que hace」（同右二〇〇頁）というのがそれである。それゆえこれまでは、このサンチョという「現実」が対置されることで、ドン・キホーテの夢はまさに夢として終わっていた。夢は現実の前に砕け散るのが常であった。ドン・キホーテの旅は、この夢と現実との葛藤、そして夢の挫折、その繰り返しであったと言ってよい。

それがこのモンテシノスの洞穴の場に至って一変する。そこには夢と現実との葛藤がないのである。それはすべて夢の世界である。ドン・キホーテは現実に邪魔されることなく夢の世界を堪能できるのである。それは、そこがこれまでのように地上の世界でなく、現実の及ばない地底の別世界 otro mundo であるからであろう。またそこにはこれまで常に陪席していた現実の世界のあの監視者サンチョがいなかったせいでもあろう。ラモン・メネンデス・ピダルは、このモンテシノスの洞穴ではドン・キホーテの英雄的理想 el ideal heroico は従来のように現実 la realidad と葛藤することなく、むしろ現実との厄介で痛みを伴う接触から解放され自由な状態になっているとし、そこにこの冒険の持つ例外性、特異性があるのだと言っている[6]。それゆえに、現実との痛みを伴う接触から開放されているがゆえに、ドン・キホーテは夢の世界で存分に遊ぶことができたのである。地底の世界を地獄 infierno と評したサンチョにドン・キホーテはするどく反応する、「地獄などと言ってはなりませぬ。あとでお話し申そうが、ぜんぜん当っとらぬからな」（続篇第二二章。同第六巻八七頁）と。そこは、「いかなる人間も見たり遭ったりしたことのない、すこぶるよい味の、こころゆく夜昼と眺め」（同八六頁）、いわば極楽の世界であったのである。

しかしサンチョはこのドン・キホーテの語る物語を誰にも考えつけられぬでたらめと断じ、「もはや疑いなく、主人が正気を失い、まったくの狂人になったことを知ってしまった（同一〇七頁）のである。そしてまたもや例の決まり文句、「自分をようく見なせえよ。vuesa merced mire por sí」（同一一三頁）を吐くのである。サンチョがでたらめと断ずるのはなぜか。彼は地底に同行せず、これまでのようにドン・キホーテの夢想が現実と葛藤し粉砕されるところを実見しなかったにもかかわらず、そう断定するのはなぜか。

それはドン・キホーテが地底で思い姫ドゥルシネアに遭遇したと語ったからである。遅れ馳せながら一つ付け加えておこう。ドン・キホーテは地底の世界で、モンテシノス、ドゥランダルテ、ベレルマらに出会っただけでなく、まだ他に「おまえがびっくりすることを聞かせてやるぞ」（同一〇六頁）と言いつつ、以前出会った三人の百姓娘（そのうちの一人はサンチョの策略でドゥルシネア姫と思い込まされているもの）が姿を見せて草原を山羊のように跳ねまわったのを見たと、加えて手許不如意のドゥルシネアに四レアルの金銭を都合してやったとも、語ったのであった。これを聞いたサンチョは、「自分の頭がへんになるか、笑い死ぬのではないかと思った」（同一〇七頁）。それは「ドゥルシネアのにせ幻術の真相を知っており、姫を幻術にかけた者も、その証言をした者も、余人ではなかったから」（同一〇七頁）である。

ドゥルシネア（それはじっさいは最前地上で出会った百姓娘であるにすぎない）の名前を聞いたサンチョは、たちまちにしてドン・キホーテの夢想に対する現実の側からの反撃の拠点を確保したのである。彼自身が臨席しなかった地底の物語は真とも偽とも判定がつかなかった。いや、真と言われても信じる以外に方法はなかった。しかしすでに地底に滞在していた時間の点での両者の齟齬からその真実性を疑っていたサンチョは、このドゥルシネアに話が及ぶに至って確信を持つことになる、すべては従来同様にドン・キホーテの夢想にすぎないと。ドン・キホーテは、モンテシノスが「ここには、過ぎた世々と今の世の貴婦人が、（百姓娘姿のドゥルシネアの）ほかにもたくさん、幻術にかかって、いろいろふしぎな姿で来ておる」（同一〇七頁）と言ったと語る。[7] しかしそのドゥルシネアは、サンチョが当世のそこらあたりの百姓娘を詐術でもってドゥルシネアと言いくるめたものにすぎない。サンチョはモンテシノス以下の人物たちに対置すべき「現実」は持ち合せていないけれども、地底のドゥルシネアに対置さるべき「現実」は持ち合せているのである。ここにドン・キホーテの物語る世界の架空性、いいかげんさが際立って明白となる。ドゥルシネアの件だけではない。一事が万事、地底での物語はすべてドン・キホーテの夢想 fantasía にすぎないと、サンチョは断定するのである。前者にとっての理想 el ideal は後者にとってはでたらめ disparate である。

　この地底で展開された物語（ドゥルシネアの件は除くとしても）の真実性を疑う者は、じつはサンチョばかりではない。作者セルバンテスにしてからが、この物語を語りながらそこに一抹の疑念を隠しおおせないでいる。この物語を収める続篇第二三章の標題に、それはすでに表明されているではないか、「あっぱれなドン・キホーテがモンテシノスの底なし穴で見たと語った驚くべきこと、そのありえないすばらしさにこの冒険は作りごと apócrifa と信ぜられる章」と。

　おなじく続篇第二四章冒頭には、原作者シデ・ハメテ・ベネンヘリ自ら、この件は実際に起きたと思えない、「理由はといえば、今までに起きた冒険がすべてありうることであり、信じうることであったのに、この洞穴の冒険だけは、理性が承認してよい限度をあまりにも越えているので、これを真実と思わせる根拠がどこにもないからだ」(同一一五—一一六頁)と余白に書き込まれていたとされている。そして続けて、「読者よ、諸君はかしこいのだから、どうともすきなように判断せられたい。わしはこれ以上言うべきことがないし、言えもしないのだ。もっとも、ドン・キホーテは、最後のいまわの床において、この冒険を否認して、あれはかつて物語で読んだ冒険にそっくりであり、ところをえているを見たので、創作してしまった había inventado 旨を、語ったとやら、噂ではあるが、確かなことに思われてもいるのだ」(同一一六—一一七頁)とも言ったとされている。

好きなように判断してよろしいと言われたからというわけではないが、わたしたちにはやはりサンチョの側に一票を投じるのが妥当ではあるまいかと思われる。理由はサンチョと同じ、百姓娘ドゥルシネアの登場である。そしてここでわたしたちは一つの重要な指摘をしておきたい。このドゥルシネアの登場はドン・キホーテが意識して登場させたのであると。それは騎士道物語に触発された彼の長い架空の旅、夢想からの覚醒を自ら告げるものであると。ドン・キホーテは夢から覚めたのである。ドゥルシネアを緒《いとぐち》にサンチョという「現実」を地底の夢物語の世界と関わらせることによって、自らの語るその物語が虚構であることを明らかにせしめ、自らもまたそれが虚構であることを認識していることを告白したのである。夢に現実をぶつけるのは、これまではサンチョの役目であった。いまその役をドン・キホーテ自身が演じるのである。「(サンチョは) 主人公が正気を失い、まったくの狂人となったことを知った」と記されているが、このサンチョの認識は間違っている。逆にドン・キホーテはいまこそ正気に戻ったのである。

これまでの冒険はけっして偽りのものではなかった。というか、ドン・キホーテ自身偽りと認識していなかった。幸せにも彼はすべて事実と信じ込んでいたし、信じ込んでいられたのである。過去の騎士道物語へ遡る〝時間の旅〟は恙《つつが》ない旅であった。サンチョによって現実に引き戻されても、その都度メルリンの幻術を適用することで夢の世界の虚偽性が暴露されることはなかった。しかし今回はその夢がまさに夢であったことに、ドン・キホーテ自ら気づいたのである。ドゥルシネアの登場はそのことを告げるべく発せられたドン・キホーテからの密かな信号にほかならない。

5 古典の受容

ドン・キホーテは二つの旅をする。空間の旅と時間の旅である。愛馬ロシナンテにうち跨がり、従者サンチョ・パンサを引き具して故郷ラ・マンチャからはるばるバルセロナまで往還したのが前者、空間の旅である。一方で彼は過去の騎士道物語が提供する夢の世界、架空の世界に、つねにその身を置いている。それは過去へ向けて時間を遡る、いわば時間の旅となる。その時間の旅がいま終末を迎えようとしている。それはモンテシノスの洞穴へ降りることによって初めて可能となったのである。

オデュッセウスにとっては、冥界へ降りることが帰国の旅の新しい出発点となった。もちろんそのあと直ちにイタケへ帰着したわけではない。パイエケス人の島に至るまで、いま少し架空の地を遍歴する。それと同様に、ドン・キホーテもこのあとすぐに騎士道的冒険から足を洗うわけではない。このあとも幻術の小舟に乗ってエブロ河を下り、粉ひき所で大立ち廻りを演じることになる（続篇第二九章）。ドン・キホーテは夢からすっかり覚めているわけではないのである。しかしながらモンテシノスの洞穴で覚醒への凡《およ》その途はついた。そう見てよいのではないか。

空間の旅のほうも、まだバルセロナ訪問が残っている。さらには地中海の船上に、往古オデュッセウス一行が迷走したかもしれない海域に身を置くまでに至る。じっさいに帰途につくのは、そのバルセロナの浜辺で銀月の騎士との一騎討ちに破れてからのことである。それまではまだ少し時間がある。それに先立ってドン・キホーテは帰り仕度をはじめたのである。

オデュッセウスの冥府行は、その帰国を確実なものとするための「今一つの旅」であるとされた。同様にドン・キホーテのモンテシノスの洞穴へのカタバシスも、彼をその帰郷へと誘う「今一つの旅」であったと解される。時間の旅の終末は見えてきたのである。時間の旅が終わることは、空間の旅も終わることである。両者は表裏一体なのであるから。ドン・キホーテは自らの夢に誘われて旅に出たのであるから。夢が覚めれば旅は終わるのである。

オデュッセウスは、そこが冥界（この世とは違う世界）であることを最初から意識したうえで下降カタバシスした。ドン・キホーテは異界と明瞭に意識したうえで下降したのでは、おそらくない（そこが異界・あの世 el otro mundo であるというのはサンチョの認識である）。下降し上界へ戻ってきたあと、そこを過去の人間＝霊が巣喰う異界としたのである。そのうえで彼は、自らの語る地底の世界が架空の世界であることを、ドゥルシネアという「現実」を混入させることで示唆した。

ただ言えば、ドン・キホーテの語る地底冒険譚が真実であるか否かは、じつは問題ではない。問題は、それが従来と同じ架空の夢物語であることをドン・キホーテ自身が気づいていることである。この認識を獲得したことがこの冒険行の持つ最大の意味である。

オデュッセウスは冥界でテイレシアスと母親の霊魂とに出会い、その予言と情報を受けることによって、帰国へ向けての新たな旅への足掛りを得た。ドン・キホーテはモンテシノスの洞穴へ下降し、また戻ってくることによって、それまでの夢想世界、いわば架空の旅から脱出する手掛りを得たのである。いずれにせよカタバシスと呼称される「今一つの旅」は、それぞれの作品の中で特異な一章を形成していることが見てとれるであろう。

セルバンテスがいわゆる古典（古代ギリシア・ローマ文学）の影響を直接間接に受けていたことは、まず疑いえない。上はホメロスを始めとして下は紀元後のギリシア小説に至るまで、その作品にはおびただしい量の古典作品への言及がなされている。(8) しかし単に言及するに止めるのみならず、古典作品を受容し消化吸収して、その全体なり一部なりをおのれが作中に巧妙に取り込んだ（と見られる）例もある。本篇の正篇第一八章の例の羊群を軍勢と見誤る場面はそのわかり易い一例であろう。クラッペはこの場面の〝源泉 la fuente〟にソポクレス『アイアス』におけるアイアス狂乱の場を想定するが、(9) これはほぼ首肯できる。女神アテナに心を狂わされ、家畜の群をギリシアの将兵と見誤って切りかかるアイアスは、騎士道物語を読みすぎて心狂い、おなじく羊群を軍勢と見誤って切りかかるドン・キホーテと同じ位相にある。ここにはセルバンテスの意図的な作意が窺われると言ってもよい。

それでは右にわたしたちが見てきた〝モンテシノス洞穴探検の場〟はいかがであろうか。そこには「オデュッセウスの冥府行」がカタバシスの先蹤《せんしょう》として見え隠れしていないであろうか。冥界と冥界に似た地底の世界。下降カタバシスを通じてなされるいま一つの旅。その旅によって確実となる新しい門出、新しい旅。架空の旅からの脱出。これが『オデュッセイア』第一一歌と『ドン・キホーテ』続篇第二三章の両者に通底する項目である。となるとここに両者の近似性が明白となるのではないか。セルバンテスの脳中には『オデュッセイア』第一一歌が鳴っていたと、わたしたちは主張する。独断あるいは偏見と断ずるもよし、セルバンテスの了解はすでに取りつけてある（「第一節」を見よ）。ただ遥かな別のところからサンチョの声が聞こえてくるような気がしないでもない。「しなさることをようく見なせえよ mirase bien lo que hacía」というあの声が。

〔注〕

第1章

（1）アリストテレス『詩学』一四五九a三〇。訳は岩波文庫「アリストテレース『詩学』ホラーティウス『詩篇』」（松本仁助・岡道男訳）に拠る。またこの頃に付けられた註（二〇三頁）を参照。

　岡はこのアリストテレスの主張するところに添う形で、しかもトロイア戦争という全体構造とアキレウスの怒りというエピソードとのあいだに対比的相関関係のあることを指摘しつつ、その『イリアス』論を展開している（岡道男『ホメロスにおける伝統の継承と創造』第三章『イリアス』とアキレウスの怒り――ヘレネ、クリュセイス、ブリセイス――、創文社、一九八八年、四五～七三頁）。岡は言う、「クリュセイスをめぐる事件は、王の驕り、神と人間の怒り、和解において、ブリセイスをめぐる事件すなわち『イリアス』全体をいわば縮小した形で反映する。同様にクリュセイスとブリセイスをめぐる葛藤（『イリアス』）は、人間の ἄτη、神と人間の怒り、都の滅亡（ヘクトルの死）において、ヘレネ誘拐の物語すなわちトロイア戦争の物語を縮小した形で反映する。このように全体を、たんに網羅的に（例えば年代記のごとく）捉えるのではなく、ある限られた部分に集中・投射する形で把握・描出すること――その結果全体はその多様性のゆえに錯雑した姿に陥ることなく、かえって見通しのよくきくもの

（εὐσύνοπτον）となる――それは当時の叙事詩人に独特な、事象の把握の仕方を示すものといえよう。これは上に見たごとくエピソードの技法の発展・拡大の過程において生み出されたと推測される」（七〇～七一頁）と。ここにはアキレウスの怒りという一エピソードと「イリオスの歌」という題目の表示するトロイア戦争全体とのパラレルな関係そのものは過不足なく捉えられている。しかしそれは単なる技法の問題であって、トロイア戦争全体を歌うのに、すなわち詩篇は「イリオスの歌」と題されているのになぜアキレウスの怒りというエピソードが取り上げられているかというエピソード選択の意図、つまりは作歌の本質に関わる問題の説明はなされていない。トロイア戦争全体から一部分だけを取り上げたホメロスは神技の詩人というアリストテレスの言は確かに一面の真理をついているが、なぜその部分（エピソード）がアキレウスの怒りであって他のものでないのかという問いの答にはなっていない。岡が掲げた「詩人はなぜアキレウスの怒りをトロイア戦争全体と関連させて『イリオスの歌』として語ったのかという疑問」（岡、同書、四八頁）は残り続けるのである。

（2）作者ホメロスは主題となるエピソードを選択することができた。そしてそうしたのである。それをマゾンも言う。Cf. P. Mazon, *Introduction à L'Iliade*, Paris, 1959, p. 145 ~ 146.

（3）この提案の実際の主はパリスであるが、それを総大将ヘクトルが両軍の前で公言する役を引き受けている。このときアキレウスは戦線離脱して現場に不在である。もしいたとしたらこの休戦協定に反対したであろうか。彼を獅子にし狼にするパトロクロスの死は、この時点ではまだ現実とはなっていない。

第2章

（1）ここのピロクテテスはアッキウス『ピロクテテス』に拠っている。しかしソポクレスの描くピロクテテスも同様に傷の痛みに苦痛の声をあげたことを、わたしたちは知っている。ちなみにラテン語にはギリシア語にいう英雄へーロースに相当する語がない。強いて示せば「強い男ウィル・フォルティス」になる。

（2）これはトロイア戦争の一コマと見なされるが、わたしたちの持つ『イリアス』には収録されていない。古注は、ヘクトル死後イリオスを落とす方策の違いでアキレウス、オデュッセウス両者が宴席で争ったエピソードに言及している。また『キュプリア』（プロクロスの要約）によれば、テネドスでアガメムノン、アキレウスの両者が争ったとあり、このこともこの場とあるいは関係するものであるかもしれない。Cf. A. Heubeck, S. West & J. B. Hainsworth, *A Commentary on Homer's Odyssey*, Oxford, 1990 (1988), ad 8. 75.

（3）この木馬の物語も現存の『イリアス』にはない。しかし楽人デモドコスがこれをよどみなく歌い上げるところをみれば、このころにはすでに物語化していたことになっている。作者はそう設定していると見なしてよかろう。オデュッセウスはトロイア戦争での自らの活躍を第三者の目に捉えられた物語＝作品によって振り返ることになる。なお第四歌二六五行以下も参照。そこではメネラオスが木馬の計略の段を讃歎している。

（4）この第二の歌は次の第三の歌と、じつは密接に関連していると思われる。オデュッセウスが自らの策略を讃えてもらおうと木馬の計略の段をデモドコスに頼むのは、第二の歌のヘパイストスの策略（木馬と照応する網）に触発されてのことであると推測されるからである（このあたりの議論は小川に詳しい。ただ小川は、第三の歌が歌われてはじめてオデュッセウスは第二の歌との関連性に気づいたとするが、そうすると木馬の計の段をわざわざ所望した意味あいが薄くなる。二つの歌の相似性を言うなら、最初からオデュッセウスは意図的に所望したと見るほうが自然である。小川正廣『ウェルギリウス研究――ローマ詩人の創造』京都大学学術出版会、一九九四年、二〇五ページ参照。さらに付け加えれば、第一の歌も、古注を信じれば、オデュッセウスのドロス（策略）がテーマとなっていた。三つの歌は〈ドロス〉テーマで連関することになる）。しかしその結果は哄笑と楽しい気分ではなく、滂沱の涙となる。小川はこの涙のわけを、第二の歌で神々が演じる喜劇と第三の歌で語られる人間の悲劇とのするどい対照によって生まれてくる「人間の運命の不条理（上掲同書二〇七ページ）」に求めようとする。この論旨は理解できる。ただしかし、この解釈では第一の歌による涙の意味がいま一つうまく説明できない。第一の歌も含めて解釈するためには一段と広いパースペクティブが必要となる。

（5）"Es ist eine Erschütterung der Seele, die bis an die Wurzeln des Lebens greift." Cf. W. Schadewaldt, Die Heimkehr des Odysseus, In: *Von Homers Welt und Werk*, Stuttgart, 1965, S. 383.

（6）ただここでペミオスが苦難に満ちた帰国譚を歌ったわけは、いま一つ考えられる。それはオデュッセウスの苦難に満ちた帰国というこの詩篇の内容を先取りする形で、作品のテーマ提示の役割を担わせているのである。それは詩篇冒頭に置かれるべくして置かれているのである。それゆえここでは、それはトロイアでの武勲よりもやはり歌われるにふさわしい歌と言わねばならないであろう。

（7）加えてエウペイテスは、オデュッセウスがトロイアへ連れて行った部下の兵らを皆死なせ、自分一人だけが助かって帰還したことにも強い不満を表明している（『オデュッセイア』第二四歌四二七—四二八行）。この、将たる者の戦争責任追求の問題は興味深いが、詩篇の中ではまずほとんど問題視されていない。ただここで一瞬わたしたちには『イリアス』第二歌のテルシテスの姿が想起されよう。トロイアが、英雄時代が次第に背後に遠のいていくことを気づかせる一つの兆しとでも言えようか。

（8）スタンフォードは、英雄オデュッセウスが他の英雄と比較して食に対するこだわりの強い点を指摘している（たとえば、『イリアス』第四歌三四三—三四六行、また同第一九歌二一五—二三七行）。Cf. W. B. Stanford, The Untypical Hero, In: *Homer A Collection of Critical Essays*, ed. by G. Steiner & R. Fagles, Prentice-Hall, Inc., Englewood Cliffs, N. J., 1962, p. 124 ff. これはすでに『イリアス』においてオデュッセウスが日常志向の強い存在であったことを意味するが、この傾向は『オデュッセイア』において強まりこそすれ弱まることはない。そのことと相俟って、本篇では英雄的相貌に代わる市民的相貌が、有力豪族としての存在はそのままとしても、その全体に現われつつある。彼が示す家族愛の強さはその一端であろう。ただ彼にはまだまだ古い氏族社会の家長――英雄と言い換えてもよい存在の残滓もうかがえないことはない。次の章句がそれである。「思い上がった求婚者どもが、散々に乱費した家畜については、大方はわしがまたどこからか掠奪してきて埋め合せよう」(『オデュッセイア』第二三歌三五六―三五七行。松平千秋訳、岩波文庫)。英雄社会の経済的基盤、すくなくともその重要な一部は、掠奪にあった。

第3章

(1) この点は、藤澤令夫訳『オイディプース王』(岩波文庫)の解説の中でも触れられているとおり、「二人の悲劇詩人が同じ題材にあたえたモチーフの相違」にあり、「アイスキュロスの三部作における中心主題は、ラブダコス家三代にわたる罪と呪いと報いの伝達ということにあった」(一二三―一二四頁)と考えられるからである。

(2) アイスキュロスは〈懲罰〉には触れていない。

(3) エウリピデス『オイディプス』(断片)では、ライオスの従者たちがオイディプスを地面に抑えつけて無理矢理に盲目にしたことになっている。Cf. A. Nauck, *Tragicorum Graecorum Fragmenta*, Hildesheim, 1964, S. 532, Euripides 541.

(4) オイディプスが命長らえて放浪の旅へ出ることはすでにテイレシアスに予言されていることである。それをそのまま踏襲してはオイディプスの独自性はない。合唱隊に「死んだほうがよかったのでは」(一三六八行)と言わせ、オイディプスに首を括るくらいでは償いきれぬと言わせることによって、生きることも彼独自の選択の結果であったことを示そうとしたのである。所与の事実の中で主人公に独自性を発揮せしめること、神の計画の中へ人間の関与する場を確保すること、一三六八行はそのための緒となる重要な一行であると言える。

(5) かつてオイディプスはアポロン神の意を告げるテイレシアスやクレオンの言葉を信用しなかった。

(6) ライオスに下された神託は、ペロプスの子クリュシッポス拉致事件によるペロプスの呪詛に起因するともされるから、ライオスは無実ではないと言いうる(ただし、このことは劇中では一切触れられていない。作者ソポクレスは本篇ではライオスの罪の問題は不問に付していると言ってよい)。しかしオイディプスは苛酷な神託に見合うだけの罪は犯していない。父親ライオスの罪を引継いでいるということは考えられるけれども、彼自身には罪はないと言わねばならない。

(7) 川島は、イオカステが縊死したのに対してオイディプスが目を潰しても生きる途をとったことについて、「オイディプースは、自分の生においてアポローンの神託が成就したことを世に示すことで、このメッセージ(この世を支配しているのは、〈テュケー〉ではなく、〈ディケー〉(神的秩序)であるということ。引用者註)を伝えるアポローンの使徒とされたのである」(川島重成『オイディプース王』を読む」講談社学術文庫、一九九六年、二三二―二三三頁)と書く。わたしたちは「アポローンの使徒」なる表現には違和感を覚える。オイディプスが最終的にアポロンの使徒となったとする解釈は、わたしたちとは相容れないものである。示された神の力に畏怖しつつも神に帰依するのではなく、おのれを神から憎まれた存在と規定し、すべてを自らの知の未熟さの責任として目を潰した上に生き恥を晒す姿は、まさに人間存在の不逞なる(と言ってもよい)主張と言えるのではあるまいか。これはオイディプスの入信の記録ではない。さらに言えば、この劇はけっきょくこの世界を支配しているのはテュケーではなくディケーであるとのメッセージをオイディプスに伝えさせるだけにはたして終わるものであろうか。〈知ること〉のためのオイディプスの数々の奮闘は何であったのか。この世界はディケーに支配されているとしても、その中でおのれのありうべき位置を求めて奮闘したのがオイディプスではなかったか。劇中のオイディプスが「アポローンの真理を証しする使徒」(同上、一八頁)にだけ終わるとは、とうてい思われない。

第4章

（1）本邦では『女の平和』という訳名で知られる。原題『リュシストラテ』は〝軍隊を解体する女〟なる意であり、従来の邦訳名ではいささか意が足らぬように思われる。本章では原題の片仮名表記そのままにしておく。

（2）先議委員とはシケリア遠征失敗後の戦局の窮状を打開するために、アテナイの各部族（ピューレー）の四〇歳以上の市民から一人ずつ選挙されて出た一〇人の任期無期限の委員。五〇人からなる評議会の評議員の役目の他に行政権も持っていた。民主制への反動の先駆とされたが、前四一一年の「四〇〇人会」成立時に消滅した。

（3）『イリアス』第六歌四九〇―四九三行のパロディ。

（4）独裁政治を警戒する言辞は他作品にも随所に見えている。『鳥』一〇七四―一〇七五行、『女だけの祭』三三八―三三九行、『蜂』四一七、四六三―五〇七行。本篇でもこの他に六一九行で往年のアテナイに君臨した独裁者ヒッピアスの名が言及されているが、ヒッピアスこそ独裁君主の代名詞であり、このことをもってしても作者アリストパネスの独裁制への嫌悪感は見てとれる。Cf. A. H. Sommerstein, *Lysistrata*, Oxford, 1987, ad 619.

（5）当時男性の性（セックス）の捌け口としては遊女という存在があったはずであるが、ここではそれは考慮されていない。

（6）アリストパネスの政治的真意は那辺にあるのか。独裁制反対の立場は注（4）で触れたとおりであるが、のちの『蛙』（前四〇五年上演）では「四〇〇人会」に関係したプリュニコスの名を挙げて、政治的過失を犯した者にも寛容の精神を、と訴えている。『蛙』六八六行以下参照。

（7）ただ『女の議会』（前三九三／二年上演）ではより具体的な政治制度（共産主義的色彩を持つもの）が、やはり女性によって議論されている。もちろん本篇とは無関係にではあるが。

（8）ただし『バビロニアの人々』（前四二六年上演。散佚）で当時の戦争推進派クレオンを非難攻撃した際は、クレオンから厳しい反撃（告訴）を受けた。翌年上演した『アカルナイの人々』三七七行以下で「すんでのところでお陀仏になるところだった」と詩人自ら語っている。

第5章

（1）『アンドロメダ』に出演した非常に背の高い俳優。

（2）古来エウリピデスは女性嫌悪主義者なる風評が高いが、これにはアリストパネスの作中におけるエウリピデスへの揶揄嘲弄（それは実生活でのさまざまなエピソード――たとえば妻の不倫、そのための二度の結婚、親の職業等々――の言挙げによる）が増幅作用をもたらした趣がつよい。

（3）A. Nauk, *Tragicorum Graecorum Fragmenta*, Hildesheim, 1964, S. 392 ～ 404.

（4）本篇全体を通観し解釈を試みたものに、中村善也「エウリピデスの〝アンドロメダ〟」（『西洋古典学研究』Ⅲ、岩波書店、一九五五年、五三～六二頁がある（のち中村善也著『ギリシア悲劇研究』岩波書店、一九八七年、第三章四一～五二頁に再録）。さきに挙げたルキアノス『歴史はいかに記述すべきか』の冒頭部分を緒にアブデラ市民の熱狂ぶりを作品そのものの中に探ろうとした好論文である。

（5）前者は、タウロイ人の地に住まうイピゲネイアがはるばる到来した若者二人がギリシア人であることを知って、故郷の弟オレステス宛に手紙伝達を頼む条。頼まれたピュラデスは傍らのオレステスに手渡しをする。二人がオレステス、ピュラデスであることを知らないイピゲネイアとピュラデスのこの行為との落差は、観客のおかしみの対象となる。また後者では、幻のヘレネを実像と思い込んでいるテウクロス、メネラオスらは本物を目前にしても認知できず偽物と断じてしまう。これも観客に笑いを提供する（可能性をじゅうぶんに秘めている）。これはのちの喜劇の一形態、「取り違え qui pro quo」の原初的なものと言ってもよいであろう。

（6） この作品では、アブデラでの『アンドロメダ』上演は俳優アルケラオスによるものではなく、それより約一〇〇年前作者エウリピデス自らがアブデラに赴いて上演したという設定になっている。これはありうることである。前四〇八年初夏、エウリピデスはマケドニア王アルケラオスの招請に応じてペラへ赴いているからである。ペラからアブデラは遠くない距離にある。

（7） ヴィーラントはスターンの次の箇所、"but of all the passages which delighted them, nothing operated more upon their imaginations, than the tender strokes of nature which the poet wrought up in that pathetic speech of Perseus, O Cupid! prince of God and men, & c. (Laurence Stern, *Sentimental Journey Through France and Italy by Mr. Yorick*, California U. P., 1967, p. 131)" を以下のように訳している。"aber von allen Stellen, die dem Volke gefielen, wirkte keine stärker auf seine Imagination als die zärtlichen Naturzüge, die der Dichter in die rührende Rede des Perseus verwebt hatte —— O du, der Götter und der Menschen Herrscher, Amor!" これをみると、"O du … Amor!" の一行にのみ "die zärtlichen Naturzüge" が存するとみなされているかに見えるが、スターンの言うのは、"O Cupid!" 以下ペルセウスの全せりふ（断片一三六）の中に「優しき自然の鼓動」が内蔵されているというのではないか。cf. Ch. M. Wieland: Geschichte der Abderiten, In: *Ch. M. Wielands Sämtliche Werke*, VI., Band 19, Hamburg, 1984 (Leipzig, bey Georg Joachim Göschen, 1796), S. 362.

（8） 『蛙』の最後でディオニュソスは危うくエウリピデスの勝利を宣しそうになる。作者アリストパネスのエウリピデスへのある種の執着をはしなくも露呈した結末である。「一人は賢明、また一人を私は愛好しているのだ（一四一三行）」。愛好しているのは、エウリピデスである（と思われる）。Cf. W. Süss, *Die Frösche des Aristophanes*, Berlin, 1959, S. 85. しかしここは問題の箇所で、「愛好している」のがどちらなのか、じつは確定的でない。むしろアイスキュロスとする説も、アレクサンドリア時代のアリスタルコス以来根強くある。Cf. K. Dover (ed.), *Aristophanes Frogs*, Oxford, 2002 (1993), p. 19ff. また W. B. Stanford (ed.), *Aristophanes The Frogs*, London, 1963, ad 1413. いずれにせよ当初(冥界下降時)

の目論みとは違うかたちで事は収拾される。ディオニュソスは「心ののぞむところにしたがって（一四六八行）」アイスキュロスを地上に連れ戻すことになる。しかしこれで『アンドロメダ』の魅力が無に帰したわけではない。

（9）悲劇の脚本は前四世紀に入って俳優の手による改竄が甚だしかった。それを排して純正なテクストを作る動きが前三三〇年ごろに起こった。リュクルゴスによる国定版テクストの作成である。アレクサンドリア図書館はこれを借り受けて模写したが、返却する際その模写版のほうを返したという。

（10）その一〇篇とは、『アルケスティス』、『メデイア』、『ヘカベ』、『オレステス』、『ポイニッサイ（フェニキアの女たち）』、『ヒッポリュトス』、『アンドロマケ』、『トロアデス（トロイアの女）』、『バッカイ（バッコスの信女）』、『レソス』である。このうち『ヘカベ』、『オレステス』、『ポイニッサイ』は、〝ビザンティン三部作〟として後世ことに有名であった。

第6章

a

（1）E. H. Warmington (ed. & tr.), *Remains of Old Latin.* I., Loeb. C. L., London, 1979 (1935), p. 311.

（2）Cf. E. J. Kenney & W. V. Clausen (ed.), *The Cambrige History of Classical Literature,* II. *Latin Literature,* Cambrige U. P., 1982, p. 136.

（3）*Op. cit.*, p. 136. "the same scenes in the same order as in his original."

（4）H. J. Mette, Die Römische Tragödie und die Neufunde zur Griechischen Tragödie, *Lustrum* 9 (1964), S. 62. "...... , hat Ennius die Medeia des Euripides Szene für Szene umgesetzt."

（5）エウリピデスの『メデイア』で提示されたテーマがセネカ以降近現代の作家たちによってどう受容され展開され

ていったかという問題については、サーデンによる研究がある。Cf. M. Thaden, *Medea: A Study in the Adaptability of a Literary Theme*, Ann Arbor, Michigan, 1972.

またエウリピデスに対するセネカの独自性とセネカの近現代の作家たちに与えた影響に関しては、小林の次の論考がある。小林標「《メデアになる》、《メデアである》——セネカにおけるメデア劇のメタモルフォーゼ——」『西洋古典論集』XIII、一八五—二二一頁、京都、一九九四年。なおまた近代のメデア劇の一つ、グリルパルツァーの『金羊皮』については、拙稿「野望と恋——グリルパルツァー『金羊皮』考——」、和歌山県立医科大学進学課程紀要第十三号、四一—六二頁、一九八三年を参照されたい。

（6） M. Schanz & C. Hosius, *Geschichte der Römischen Literatur*, München, 1979 (1927), S. 89.

（7） Schanz-Hosius, *op. cit.*, S. 89. また O. Skutsch, Zur Medea des Ennius, In: *Navicula Chiloniensis*, Festschrift Felix Jacoby, Leiden, 1956, S. 107.

（8） Skutsch, *op. cit.*, S. 107.

（9） ローマの、ことに喜劇作家は、先行のギリシア作家の作品のいわば〝本歌取り〟をしばしば行なったが、その際対象を一作だけに止めず、複数の作品を下敷にしてそれを一作にまとめ上げるということもした。これをコンターミナーティオー contaminatio と言う。

（10） E. Lefèvre, Versuch einer Typologie des römischen Dramas, In: *Das Römische Drama*, hrsg. von E. Lefèvre, Darmstadt, 1978, S.11.

（11） E. J. Kenney & W. V. Clausen (ed.), *The Cambridge History of Classical Literature*, II. *Latin Literature*, Cambridge U. P., 1982, p. 130

（12） H. Cancik, Die Republikanische Tragödie, In: *Das Römische Drama*, hrsg. von E. Lefèvre, Darmstadt, 1978, S. 337.『ヘクバ』におけるこの改変はすでにゲッリウスの指摘するところでもある。Cf. A. Gellius, *Noctes Atticae*, 11, 4.

（13）『メデア』以外の作品に残されている fidus あるいは類縁語の fides の用例は、残念ながら少数に止まる。それゆえわたしたちの立論を補強するには充分でない。しかしそのいずれもが信頼に基く人間関係を表わすのに用いられていることは確かである。『年代記』に三例（Warmington, 78 fidem, 112 fidei, 220 fidelis）、所属不明悲劇断片に一例（Warmington, 403 fides）、諷刺詩断片に一例（Warmington, 18 fidem）ある。

b

（1） Cf. G. E. Lessing, *Werke*, VI., Carl Hanser Verlag, München, 1971, S. 38.

（2） Cf. *ebd.* レッシングは最初ブリュモアのセネカ批判に対してその弁護を試みるが、やがてセネカの悲劇に批判的立場をとるようになる。その顕著な例が『ラオコオン』のこの箇所である。Cf. J. L. Moreno; *Sénecas Tragedias*, I., Madrid, 1979. p. 72. また G. A. Seeck Senecas Tragödien, In; *Das Römische Drama*, hrsg. von E. Lefèvre, Darmstadt, 1978, S. 382.

（3） 南大路振一「『ハンブルク演劇論』における〈das Menschliche〉の諸相——一つの粗描——」（南大路振一著「18世紀ドイツ文学論集」三修社、一九八三年、二一〇—二三四頁所収）参照。以下のわたしたちの考察もこの論文に負うところが大きい。なお最近同著者による『ハンブルク演劇論』の翻訳が出た（鳥影社、二〇〇三年）。裨益を受けること大なるものがある。

（4） わたしたちは一〇七九行の *τῶν ἐμῶν βουλευμάτων* を従来の数々の翻訳のように「思慮分別」の意にとらない。「子供殺しの計画」ととる。これは劇全体の解釈とも関連してくる重要な点と思われるが、これについては拙著『ギリシア悲劇研究序説』東海大学出版会、一九九六年、第二章第七節以下（七五頁以下）を参照。Cf. H. Diller; *θυμὸς δὲ κρείσσων τῶν ἐμῶν βουλευμάτων*, *Hermes* 94 (1966), S. 273 ff.

（5） Moreno は、セネカは劇に furor vs. ratio（激情対理性）の対立の図式を適用させ、そのメデア像をストア派教義の対極にあるもの、いわば反面教師役として登場させることを意図したとする（*op. cit.*, p. 282）。たしかに彼女はストイシズムの対極に位置するが、劇全体は furor vs. ratio の対立の図式で簡単に割切れるものではない。

(6) ギリシア悲劇におけるコロス（合唱隊）はつねに主人公の味方である。しかしセネカのこの劇のコルス（コロスのラテン語表記）はメデアに敵対的であり、むしろヤソンに好意的である。

(7) とは言うものの、わたしたちは劇の末尾でメデアにまったく憐みの情を感じないかというと、そうでもない。しかしそれはメデア個人の人間性によるものではなく、〈復讐の輪廻〉に翻弄される卑小な存在としてのメデアに対するものなのである。

(8) 追放令によって仲を裂かれる子供たちの身の上を気遣う姿は二度見える（二八二―二八三、五四一―五四三）が、これは母性愛の表明ではないとは言えぬとしても、純粋な愛情だけとは言い難い。どこか相手に対する駆け引きの籠った気配がある。

(9) Moreno もまた、このメデア自身の内部に愛と憎しみの葛藤があることを指摘する。*op. cit.*, p. 283.

(10) コトゥルヌス（半長靴）は俳優が舞台で履く靴。句の意味は、なりは劇の登場人物だが実体は闘技場の剣闘士同然の存在ということ。

(11) Cf. *Werke*, IV., S. 80 ff. それは単なる模倣ではなく、原本のエウリピデスの劇の欠点と見られるところを改良すらしたと述べている。

(12) ここで問題が生ずる。それは魔女と英雄は同日に論ずることが許されるのかどうかという問題である。〝人間的な英雄（たとえばピロクテテス）〟は存在しても〝人間的な魔女〟というものが存在しうるのかどうか。つまり夫ヤソンへの生々しい愛情の吐露はメデアの魔女としての特性の許容範囲に入るのか、そしてメデアは人間味と魔性とが止揚され統一された悲劇的人物ということになるのかどうか。〝人間的な魔女〟という存在が考えられないことはないとしても、ここのメデア像はやはり統一性の破綻した不自然な姿と見なすのが妥当ではあるまいか。

第7章

(1)『アエネアス』の訳文は、岡道男・高橋宏幸訳（京都大学学術出版会版）による。ただし多少の改変を引用者の手で行わせていただいた。また訳文中の固有名詞等の音引きは引用者の都合でこれを省かせていただいている。

(2) オデュッセウスの旅もまたけっして無目的な旅なのではない。望郷そのものが旅の一つの目的になりうるだけでなく、なにより求婚者退治と家庭再建という目標が存在する。これはしかし第一一歌の冥府行でテイレシアスと母アンティクレイアから留守宅の情報を得るまでは、オデュッセウスの念頭にはなかったことである。これ以後に初めて帰郷の旅の目的となるのである。トロイア出航時オデュッセウスにはまず帰郷することだけが目的であった。

(3) 前三一年アクティウムの海戦で勝利したオクタウィアヌス（アウグストゥス）は、ニコポリスで盛大な祝祭アクティウム祭を創始する。この詩行を書く詩人の脳裏にこの史実があったことは疑いない。

(4) 岡道男訳。『世界文学全集1　ホメロス／アポロニオス』講談社、一九八二年所収。のちに講談社文芸文庫に再録（アポロニオス『アルゴナウティカ――アルゴ船物語』、一九九七年）。

(5) ディール校訂断片九四。訳文は以下からの借用。アンドレ・ボナール著『ギリシア文明史I』（岡道男、田中千春訳）、人文書院、一九七三年、一四二頁。夜の静寂を歌ったものとしてはアルクマンの次の断片がある。

眠っている、山々の峯も渓谷も／岬も渓流も／黒い大地が養う地を這うすべての種族も／山棲みの獣《テーレス》たちも蜜蜂の族《やから》も／藍色の海底に棲む怪物《クノーダラ》たちも。／眠っている、長い翼をもつ鳥の族《やから》も。（断片八九）

アルクマン他『ギリシア合唱抒情詩集』丹下和彦訳、京都大学学術出版会、二〇〇二年、五三頁参照。ただしここには〝恋する女〟は欠けている。元からなかったのか、それとも抜け落ちたのかは不明である。

(6) 中山はこの箇所について次のように述べている。「ディードーとアンナの懇願と非難の声は嵐に、アエネーアースの心は嵐に打たれる柏の木に、それぞれ喩えられているが、重要なのは、愛の苦悩に対応する枝のきしめきと幹の動揺と葉の散乱が、出発の決意に対応する柏自体の末梢的な部分と見なされていることである。つまり彼の心は左右二つの対等な部分に分かれて対立し、格闘しているのではなく、中心に不動の決意があり、愛の苦悩は周辺の、いわば切捨て可能な部分にすぎないことになる。周辺を切捨てても、彼は彼であるが、中心が負ければ、彼は彼でなくなってしまう。涙は、葉と同様に、いくら落ちても、本体は傷つかない」。中山恒夫「アエネーアースの愛」、『文学研究論集』第九号、筑波大学比較・理論文学会、一九九二年、二一一頁参照。

（7）ポエニ戦争でローマを苦しめたカルタゴの将軍ハンニバルを指す。Cf. T. E. Page, *The Aeneid of Virgil*, Books Ⅰ～Ⅵ, Macmillan, 1951 (1894), ad 4. 625.

（8）近代の評家では、たとえばオーティス。Cf. B. Otis, The Odysseian Aeneid and the Iliadic Aeneid, In: *Virgil A Collection of Critical Essays* ed. by S. Commager, Prentice Hall, Inc., Inglewood Cliffs. N. J., 1966, p. 89ff. ただしこれはホメロスの単純な模倣を意味しない。形式上は相似していても、それ以外の点で『アエネイス』の独自性あるいはホメロスとの相違点を探ろうとする試みは多い。その点で多大な貢献をしたのが、R. Heinze, *Virgils Epische Technik*, Leipzig/ Berlin, 1908 である。

（9）Cf. V. Pöschl, *Die Dichtkunst Virgils. Bild und Symbol in der Äneis*, Wien, 1964.

（10）Cf. K. Büchner, *P. Vergilius Maro, Der Dichter der Römer*, Stuttgart, 1961 (1955).

（11）中山恒夫「東洋から西洋へ――ウェルギリウスの場合」、『地中海学研究』Ⅰ、地中海学会、一九七八年、一八頁参照。

（12）Cf. *op. cit.* p. 103～104.

（13）中山は第四歌二二一、二九二、三三二、三九五行を挙げて愛が存在したことを示す。けれどもその愛のありようがディドのそれとは違っていたことを指摘する。中山、前掲論文「アエネーアースの愛」、二一二頁以下。

(14) 中山はアエネアスの愛に、「義務のために犠牲にすることのできるようなものを、いったい「恋」と呼べるだろうか」との疑問を呈示し、「カトゥルルスが開拓した語の上での「恋」と「愛」の区別」を援用しながら、結局アエネアスの愛とディドの愛は異質のものであったとしている。中山、前掲論文「アエネーアースの愛」、二三頁以下参照。

(15) 中山はペイジにはじまる〝アエネアス、神の傀儡説〟ともいうべき見解に異を唱えている（前掲論文「アエネーアースの愛」二七頁注一七）。これは第四歌三九三行の pius の語の解釈如何によるが、筆者にはオースティンやウイリアムスがいかように言おうとペイジの見解は捨て難いように思われる。ペイジの言うとおり、ウェルギリウスは桂冠詩人としてかく歌わざるをえなかったのである。Cf. Page, *op. cit.*, Introduction xviii ff.

第8章

(1) G. P. Goold, *Chariton Callirhoe*, Loeb C. L., London, 1995, p. 413. Cf. B. E. Perry, *The Ancient Romances: A Literary–Historical Account of Their Origins*, University of California Press, Berkeley, 1967, p. 137.
ちなみに、シュネグラプサの原形シュングラポーは「散文で文を作る・書く」の意である。

(2) B.E. Perry, *The Ancient Romances: A Literary–Historical Account of Their Origins*, University of California Press, Berkeley, 1967, p. 144 ff.

(3) B. P. Reardon, Theme, structure and narrative in Chariton, *YCS* 27 (1982), p. 7.

(4) C. W. Müller, Chariton von Aphrodisias und die Theorie des Romans in der Antike, *Antike und Abendland* 23 (1966), S. 119 u. anm. 23.

(5) B. E. Perry. Chariton and his Romance from a Literary–Historical Point of View, *AJP* 51 (1930), p. 118.

(6) T. Hägg, *The Novel in Antiquity*, Basil Blackwell, Oxford, 1983, p. 111.

(7) C. W. Müller, *op. cit.*, S. 132.

(8) B. E. Perry, *The Ancient Romances: A Literary-Historical Account of Their Origins*, University of California Press, Berkeley, 1967, p. 78.

(9) 丹下和彦訳。カリトン『カイレアスとカッリロエ』叢書アレクサンドリア図書館XI、国文社、一九九八年、二二九〜二三〇頁。

(10) 前掲書、二三五〜二三六頁。

第9章

(1) テクストは以下のとおり。

Miguel de Cervantes, *El ingenioso hidalgo Don Quijote de la Mancha*, Ⅰ.-Ⅷ, edición, prólogo y notas de Francisco Rodríguez Marín, Clásicos Castellanos, Espasa-Calpe, S. A., Madrid, 1964-1969.

当註箇所は第一巻九頁。訳文は永田寛定訳（岩波文庫）を借用させていただく。以下も同じ。ただし音引きは省かせていただいた。

(2) シャルルマーニュ帝のスペイン遠征は七七八年。この歴史事件がのちに中世フランス最古の武勲詩『ロランの歌』となって結実した（成立年代は十二世紀後半とされる）。ただし『ロランの歌』にはモンテシノスは（またその従兄弟で親友のドゥランダルテも）登場しない。スペインのロマンセにのみ登場する騎士である。またドゥランダルテ Durandarte は元来ロラン所有の名剣の名（デュランダル Durendal）にすぎなかったものを新たに設定した騎士の名に転用したものである。以下を参照。「むしろわれ、デュランダルもて大いに打ちまくらん。／そはわれ脇に佩きたる名剣なり。Einz i ferrai de Durendal asez,/ Ma bone espee quë ai ceint al costét. 1065〜66」（『ロランの歌』有永弘人

訳、岩波文庫、七〇頁。Cf. Cesare Segre (ed.), *La Chanson de Roland*, Tome Ⅰ., Genève, 1989, p. 146)。

(3) ここでは『アマディス・デ・ガウラ』などのいわばブルターニュ系の騎士道物語にシャルルマーニュ系のロマンセが取って代わる。しかしそれもすでにドン・キホーテにはお馴染みのものであった。ロンセスバリェスでロルダン（ロラン）を屠った当の騎士ベルナルド・デル・カルピオ、シャルルマーニュ帝十二卿将の一人レイナルドス・デ・モンタルバン（レイノー・ド・モントバン）、ロルダンの義父で裏切者のガラロン（ガヌロン）らがそれである。この大河物語の冒頭（正篇第一章）を参照。また和尚と床屋がドン・キホーテの蔵書を焚書する同第六章には、アグスティン・アロンソ作『無敵の騎士ベルナルド・デル・カルピオの功名譚』（一五八五年）およびフランシスコ・ガリド・デ・ビリェナ作『真書ロンセスバリェスの戦。付けたりフランス十二卿将の死』（一五八三年）も蔵書の一部として言及されている。上掲テクスト第一巻一五七頁注を参照。

(4) この箇所に付けられたロドリゲス・マリンの校注は、ここでセルバンテスはドゥランダルテの死を扱った古い二篇のロマンセの章句を混合して提示している、そしてさらに自ら創作せる試行（テクストの最後の二行）を付加しているというクレメンシンの主張を紹介している。上掲テクスト第六巻九五―九六頁参照。

(5) このときモンテシノスは、「賢人メルリンにいろいろとあのような予言をさせた、あっぱれな騎士 aquel gran caballero de quien tantas cosas tiene profetizadas el sabio Merlín」(VI., p. 99) と言い、ドン・キホーテの登場が予定され期待されていたことを明らかにしている。引用句中のメルリンの予言 tantas cosas profetizadas の内容はいま一つ曖昧であるが、そこでドン・キホーテは五百年の呪縛からの解放者に擬せられていたのであろうか。

(6) Cf. Ramón Menéndez Pidal, *De Cervantes y Lope de Vega*, Colección Austral, No. 120, Espasa-Calpe, S. A., Madrid, 1964, p. 49.

(7) 地底の、過去の世界にいてしかるべき人間たちと現世の地上の人間とを混在させて語ることで、モンテシノス自身も自らの創り出した世界の虚偽性を認めていること、結果としてそうなっていること、あるいはそこに作者の意図が見て取れるということにわたしたちは留意すべきである。あるいはまたこうも考えられようか。サンチョにとって、もしドン・キホーテの語る話を信じるとすれば、それは冥界 el otro mundo（サンチョは洞穴の中の世界を〝あの世 el otro mundo〟と呼んだ）へ降ったドン・キホーテが霊魂と出会った話としてである。それならば信じられる話である。しかしそこにドゥルシネアが混入される。彼女は現世に生きる人間であって、冥界の住人ではない。その彼女を冥界の霊魂に算入することでドン・キホーテの語る物語は破綻したと、サンチョは見なすのであると。

（8）　その一例として『ドン・キホーテ』中のドン・ディエゴが息子自慢をする条を挙げておく。そこにはホメロス『イリアス』、マルティアリス、ウェルギリウス、ホラティウス、ペルシウス、ユウェナリス、ティブルスなどの名が見えている（続篇第一六章）。ギリシア小説とはヘリオドロス『エティオピア物語』（三世紀後半）である。セルバンテスは『模範小説集』の序文でこれに言及し、次に執筆を計画している『ペルシレスの苦難』は、この古典に匹敵するものとなろうと自信たっぷりに予告している。またその『模範小説集』に所収の『犬の対話』の中には、オデュッセウスについて、いろいろな地を旅行し、いろいろな民族や人間たちと交ったという理由だけで世間から賢人と呼ばれているという甚だ皮肉っぽい言及がなされていることも付け加えておこう。

（9）　Cf. A. H. Krappe, La fuente clásica de Miguel de Cervantes, *Don Quijote*, Primera Parte, capítulo XⅧ, *The Romanic Review*, XX (1929), Columbia U. P., p. 42～43.

翻訳と参考文献（抄）

1　アポロドーロス『ギリシア神話』高津春繁訳、岩波文庫、一九五三年。
2　アポロニオス『アルゴナウティカ――アルゴ船物語』岡道男訳、講談社文芸文庫、一九九七年（講談社『世界文学全集――ホメロス／アポロニオス』一九八二年刊に所収のアポロニオスの文庫版）。
3　『アリストテレース「詩学」ホラーティウス「詩論」』松本仁助・岡道男訳、岩波文庫、一九九七年。
4　ウェルギリウス『アエネーイス』岡道男・高橋宏幸訳、京都大学学術出版会、二〇〇一年。
5　太田秀通『ポリスの市民生活』「生活の世界歴史」3、河出書房新社、一九九一年。
6　岡道男『ギリシア悲劇とラテン文学』岩波書店、一九九五年。
7　岡道男『ホメロスにおける伝統の継承と創造』創文社、一九八八年。
8　小川正廣『ウェルギリウス研究――ローマ詩人の創造――』京都大学学術出版会、一九九四年。
9　荻内勝之『ドン・キホーテの食卓』新潮選書、新潮社、一九八七年。
10　オルテガ『ドン・キホーテに関する思索』A・マタイス／佐々木孝訳、古典文庫、現代思潮社、一九六八年。
11　P・カートリッジ『古代ギリシア人――自己と他者の肖像』橋場弦訳、白水社、二〇〇一年。

12 カリトン『カイレアスとカッリロエ』丹下和彦訳、叢書アレクサンドリア図書館XI、国文社、一九九八年。
13 川島重成『「イリアス」ギリシア英雄叙事詩の世界』岩波セミナーブックス、岩波書店、一九九一年。
14 川島重成『「オイディプース王」を読む』講談社学術文庫、一九九六年（これの改訂版として『アポロンの光と闇のもとに——ギリシア悲劇「オイディプス王」解釈』三陸書房、二〇〇四年）。
15 川島重成『ギリシア悲劇——神と人間、愛（エロース）と死（タナトス）』講談社学術文庫、一九九九年。
16 川島重成・高田康成編『ムーサよ、語れ——古代ギリシア文学への招待』三陸書房、二〇〇三年。
17 『キケロー選集』全一六巻、岩波書店、一九九九—二〇〇二年。
18 『ギリシア喜劇』I、II、ちくま文庫、一九八六年。
19 『ギリシア悲劇』I—IV、ちくま文庫、一九八五—八六年。
20 『ギリシア喜劇全集』I、II、人文書院、一九六一年。
21 『ギリシア悲劇全集』全一三巻、別巻、岩波書店、一九九〇—九三年。
22 久保正彰「『オデュッセイア』伝説と叙事詩」岩波セミナーブックス、岩波書店、一九八三年。
23 高津春繁『ホメーロスの英雄叙事詩』岩波新書、一九六六年。

24　小林標「《メデアになる》、《メデアである》――セネカにおけるメデア劇のメタモルフォーゼ」『西洋古典論集』XII、一八五―二一一頁、京都、一九九四年。
25　桜井万里子『古代ギリシアの女たち』中公新書、一九九二年。
26　H・シュリーマン『古代への情熱――シュリーマン自伝――』村田数之亮訳、岩波文庫、一九五四年。
27　C・セルトマン『古代の女たち』藤井昇訳、冨山房、一九七三年。
28　セルバンテス『ドン・キホーテ』（正続各三巻）永田寛定訳、岩波文庫、一九八六―八七年（なお二〇〇一年に牛島信明氏による新訳が岩波文庫から、また二〇〇五年には荻内勝之氏による新訳も新潮社から出ている）。
29　ソポクレース『オイディプース王』藤澤令夫訳、岩波文庫、二〇〇三（一九六七）年。
30　丹下和彦『女たちのロマネスク――古代ギリシアの劇場から』東海大学出版会、二〇〇二年。
31　丹下和彦『ギリシア悲劇研究序説』東海大学出版会、一九九六年。
32　丹下和彦「野望と恋――グリルパルツァー『金羊皮』考――」、和歌山県立医科大学進学課程紀要第一三号、四一―六二頁、一九八三年。
33　トゥーキュディデース『戦史』（上・中・下）久保正彰訳、岩波文庫、一九六六―六七年。
34　E・R・ドッズ『ギリシア人と非理性』岩田靖夫・水野一訳、みすず書房、一九七二年。

35 中村善也「エウリピデスのアンドロメダ」、『西洋古典学研究』Ⅲ、五三―六二頁、岩波書店、一九五五年（中村善也『ギリシア悲劇研究』岩波書店、一九八七年、第三章四一―五二頁に再録）。
36 中山恒夫「アエネーアースの愛」、『文学研究論集』第九号、筑波大学比較・理論文学会、一九九二年。
37 中山恒夫「東洋から西洋へ――ウェルギリウスの場合――」、『地中海学研究』Ⅰ、三―二〇頁、地中海学会、一九七八年。
38 中山恒夫『ローマ恋愛詩人の詩論――カトゥルルスとプロペルティウスを中心に』東海大学出版会、一九九五年。
39 服部伸六『カルタゴ――消えた商人の帝国』現代教養文庫、社会思想社、一九八七年。
40 パウサニアス『ギリシア案内記』（上・下）馬場恵二訳、岩波文庫、一九九一―九二年。
41 M・I・フィンリー『オデュッセウスの世界』下田立行訳、岩波文庫、一九九四年。
42 ヘロドトス『歴史』（上・中・下）松平千秋訳、岩波文庫、一九七一―七二年。
43 ホメロス『イリアス』（上・下）松平千秋訳、岩波文庫、一九九二年。
44 ホメロス『オデュッセイア』（上・下）松平千秋訳、岩波文庫、一九九四年。
45 A・ボナール『ギリシア文明史』（全三巻）岡道男・田中千春訳、人文書院、一九七三―七五年。
46 松本仁助『ギリシア叙事詩の誕生』世界思想社、一九八九年。

47 松本仁助・岡道男・中務哲郎編『ギリシア文学を学ぶ人のために』世界思想社、二〇〇四（一九九一）年。
48 松本仁助・岡道男・中務哲郎編『ラテン文学を学ぶ人のために』世界思想社、二〇〇四（一九九二年）。
49 P・マトヴェイェーヴィチ『地中海——ある海の詩的考察』沓掛良彦・土屋良二訳、平凡社、一九九七年。
50 マドレーヌ・ウルス＝ミエダン『カルタゴ』高田邦彦訳、文庫クセジュ、白水社、一九九六年。
51 南大路振一『18世紀ドイツ文学論集』三修社、一九八三年。
52 G・メレディス『喜劇論』相良徳三沢、岩波文庫、一九三五年。
53 G・E・レッシング『ハンブルク演劇論』南大路振一訳、鳥影社、二〇〇三年。
54 G・E・レッシング『ラオコオン——絵画と文学との限界について——』斎藤栄治訳、岩波文庫、一九七〇年。
55『ロランの歌』有永弘人訳、岩波文庫、一九六五年。

1. Dover, K. J., *Aristophanic Comedy*, University of California Press, Berkeley and Los Angeles, 1972.
2. Hägg, T., *The Novel in Antiquity*, Basil Blackwell, Oxford, 1983.

3. Highet,G., *The Anatomy of Satire*, Princeton U. P., 1962.
4. Latacz, J. (hrsg.), *Homer, Tradition und Neuerung*, Wege der Forschung CDLXIII, Darmstadt, 1979.
5. Lefèvre, E. (hrsg.), *Das Römische Drama*, Darmstadt, 1978.
6. MacDowell,D. M., *Aristophanes and Athens, An Introduction to the Plays*, Oxford U. P., 1995.
7. Mazon, P., *Introduction à L' Iliade*, Société d' Édition «Les Belles Lettres», Paris, 1959.
8. Mette, H. J., Die Römische Tragödie und die Neufunde zur Griechischen Tragödie, *Lustrum* 9(1964).
9. Moreno, J. L., *Senecas Tragedias*, I., Gredos, Madrid, 1979.
10. Nauck, A., *Tragicorum Graecorum Fragmenta*, Georg Olms, Hildesheim, 1964.
11. Perry, B. E., *The Ancient Romances: A Literary-Historical Account of Their Origins*, University of California Press, Berkeley, 1967.
12. Ramón Menéndez Pidal, *De Cervantes y Lope de Vega*, Colección Austral, No. 120, Espasa-Calpe, S. A., Madrid, 1964.
13. Schadewaldt, W., *Vom Homers Welt und Werk*, Koehler, Stuttgart, 1965.
14. Steiner, G. & Fagles, R. (ed.), *Homer A Collection of Critical Essays*, Prentice-Hall, Inc., Englewood Cliffs, N. J., 1962.
15. Thaden, M., *Medea: A Study in the Adaptability of a Literary Theme*, An Arbor, Michigan, 1972.

あとがき

はるか昔（紀元前一九〇〇年ころと推定される）、中央ヨーロッパからバルカン半島へ南下してきて海と出会った古代ギリシア人は、その海を利用して地中海の諸地域と通交した。いや、地中海だけではない。黒海にも、またジブラルタル海峡を越えて大西洋にまでも出没した。地中海に船を駆ったのは、しかしギリシア人が最初ではない。先輩がいる。フェニキア人である。彼らは早くから地中海一帯、いや、それにとどまらず大西洋や紅海にまで進出し、商業活動に従事していた。一方、後輩のローマ人は地中海を文字通り自らの国土の内海とした。ことほどさようにこの海域では、すでに古くから人の往来、物資の流通が活発に行われていたのである。人と物の交流は、情報の伝達も活発化させる。そこから文化が生まれてくる。紀元以前の地中海地方――ちなみに「地中海地方とはオリーブの木が生育する地域である」という定義がある――では、主体を変えつつ高度で華やかな文化が盛衰した。その結晶の一つである文字化された作品群の嚆矢は、前八世紀半ばに現われるホメロスの『イリアス』であろう。以後一〇〇〇年近い年月の間に、この豊饒の海は、そしてその周辺地域は数多の作品を生み出してきた。本書は、その中からいくつかの作品を取り出して二一世紀の現代の眼でいま一度とらえ直し、その意味を改めて問おうと試みるものである。わたしたちもその恩恵と余沢を受けている近代西欧文化の根幹は、やはり何と言っても古代ギリシア・ローマ文化にある。温故知新、古代地中海文化に目を通すことは、現代のわたしたちにとってけっして無意味なことではなかろう。

取り上げる作品が示す時代も場所もそれぞれに異なっている。本書は、そのあいだの時間と空間を旅に見立てて訪ね歩くという趣向である。副題に「古典文学周航」と謳ったゆえんである。取り上げる作品のジャンルは、ギリシア、ローマ取り混ぜて叙事詩、悲劇、喜劇、小説と多岐にわたるか、一つ抒情詩が欠けている。これは、海図のない旅をあてどなく続けているあいだに結果的にそうなっただけのことで、他意はない。抒情詩については後日また考えたいと思っている。その代わりというわけではないが、近世の小説作品『ドン・キホーテ』が一つ上がっている。異質といえば異質かもしれないが、本文で触れたように、これは古典の受容の一つの例と言えば言えよう。ともあれ古典の世界とまったく無関係ではないと考えてのことである。せっかくの地中海の旅でイベリア半島にも足を伸ばしておきたい気持ちもあった……。

『ドン・キホーテ』の場合に限らず、あとのどの作品の場合でも、そこで展開されているのはいわゆる真っ当な作品論ではない。自由に気ままに読んだ、その報告書である。いわば漂白の旅人の目を通して見た観察記録である。結果の評価は読者諸賢の鑑識眼に委ねたいが、読者にとってはこうした読み方も取りつきにくい（と思われる）古典作品に取りつく縁《よすが》の一つになるかもしれない。とすれば、著者の望みはまずかなえられたことになる。そしてそこに一貫するテーマとして、ラテン語にいう「フーマーニタース（人間らしさ、さらには教養とでも訳したい）」が読み取られれば、著者の意とするところは達成されたことになる。

初出一覧は以下のとおりである。第五章を除く九篇の論稿はそれぞれ初出の原稿をもう一度見直し、本書の趣旨に合うように加筆また削除等の修正を施したものである。

第一章　原題「英雄の死——アキレウスとヘクトル——」関西外国語大学紀要『研究論集』第七九号、七七—九三頁、関西外国語大学、二〇〇四年二月。

第二章　原題「咽び泣くオデュッセウス——デモドコスの歌についての若干の考察——」関西外国語大学紀要『研究論集』第八〇号、八一—九六頁、関西外国語大学、二〇〇四年八月。

第三章　原題「目を潰すオイディプース」古澤ゆう子編『オイディプースをめぐる悲劇作品と伝説——運命論の展開——』日本独文学会研究叢書〇一二、二〇—三一頁、日本独文学会、二〇〇二年九月。

第四章　原題「アテナイ——喜劇『リュシストラテ』を透かして見るその都市像——」大阪市立大学大学院文学研究科ＣＯＥ国際シンポジウム報告書『都市のフィクションと現実』、一六五—一

七五頁、大阪市立大学大学院文学研究科都市文化研究センター、二〇〇五年二月。

第五章　原題「アブデラ人気質――エウリピデス『アンドロメダ』を巡って――」京都大学大学院文学研究科二一世紀COEプログラム「グローバル化時代の多元的人文学の拠点形成」第八回研究会（二〇〇四年一〇月）発表草稿。これをもとに新たに書き下ろしたもの。

第六章a　原題「エンニウスの『メデア』」大阪市立大学文学部紀要『人文研究』第五〇巻、第七分冊、五五―七五頁、大阪市立大学文学部、一九九八年一二月。

b　原題「メデアは剣闘士か」和歌山県立医科大学進学課程『紀要』第一六号、六三―七六頁、和歌山県立医科大学進学課程、一九八七年三月。

第七章　原題「アエネアス、逃げる――ウェルギリウス『アエネイス』第四歌――」関西外国語大学紀要『研究論集』第八二号、六九―八四頁、関西外国語大学、二〇〇五年八月。

第八章　カリトン『カイレアスとカッリロエ』の拙訳（叢書アレクサンドリア図書館XI、国文社、一九九八年六月）の後に付けた解説をもとに、さらに加筆修正したもの。

第九章　原題「ドン・キホーテのカタバシス」関西外国語大学紀要『研究論集』第八一号、九五―一〇八頁、関西外国語大学、二〇〇五年二月。

本書が京都大学学術出版会学術選書の一冊として世に出るにあたっては、同出版会の國方栄二氏および安井睦子さんにたいへんお世話になった。ことに國方氏にはお手を煩わすことが多かった。また年若い友人佐藤文彦君には校正その他で多忙の身を煩わせた。ここに記して篤くお礼を申し上げる。なお口絵や各章の冒頭を飾る写真は、川島重成、湯本泰正、松本宣郎、小川正廣、田尻陽一の各氏のご好意によるものである。これまた記して篤くお礼を申し上げたい。

追記　古典語の音引きの問題は、その処置につねに頭を悩ますところであるが、本書ではとくに断っている場合を除き、固有名詞（人名、地名、神の名称など）はこれを無視し、普通名詞および動詞の場合はなるべく発音通りに記すこととした（例エロース、テューモス、テュケー、フィードゥス、マンタノーなど）。却って混乱を招く結果になったかもしれないが、ご了解いただければ幸甚である。

平成一九年三月一三日

神戸魚崎

丹下和彦

索　引

1．配列はすべて50音である。
2．原則として本文中に言及したものに限る。
3．神名および地名は事項索引に掲げる。

人名索引

事項索引

丹下　和彦（たんげ　かずひこ）

1942 年　岡山市生まれ
1970 年　京都大学大学院文学研究科博士課程中退
2005 年　京都大学博士（文学）
和歌山県立医科大学教授，大阪市立大学教授を経て，現在，関西外国語大学教授，大阪市立大学名誉教授
専攻は西洋古典文学で，ギリシア悲劇を中心に著書，翻訳が多い．

【主な著訳書】

『ギリシア悲劇全集』５・６巻（共訳，岩波書店）
『ギリシア悲劇全集』別巻（共著，岩波書店）
『ギリシア悲劇研究序説』（東海大学出版会）
カリトン『カイレアスとカッリロエ』（国文社）
『女たちのロマネスク―古代ギリシアの劇場から』（東海大学出版会）
アルクマン他『ギリシア合唱抒情詩集』（京都大学学術出版会）
『ライン河―流域の文学と文化―』（晃洋書房）

学術選書

旅の地中海—古典文学周航　学術選書 024

2007年6月15日　初版第1刷発行

著　　者…………丹下　和彦
発 行 人…………本山　美彦
発 行 所…………京都大学学術出版会
京都市左京区吉田河原町 15-9
京大会館内（〒606-8305）
電話（075）761-6182
FAX（075）761-6190
振替 01000-8-64677
URL http://www.kyoto-up.or.jp

印刷・製本…………㈱太洋社
装　　幀…………鷺草デザイン事務所

ISBN 978-4-87698-824-2
定価はカバーに表示してあります